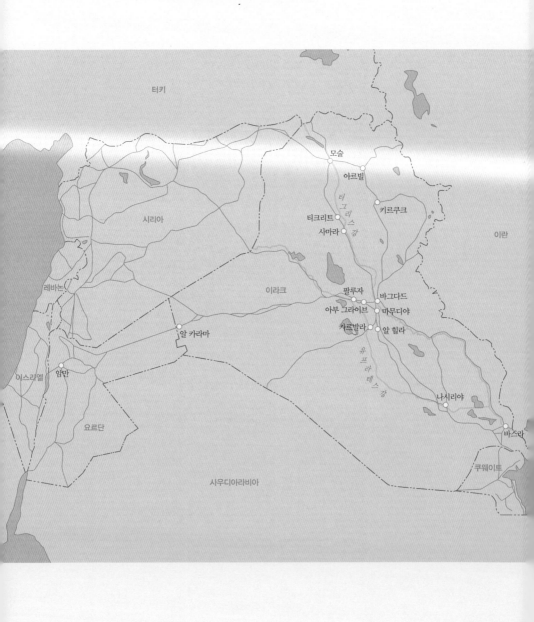

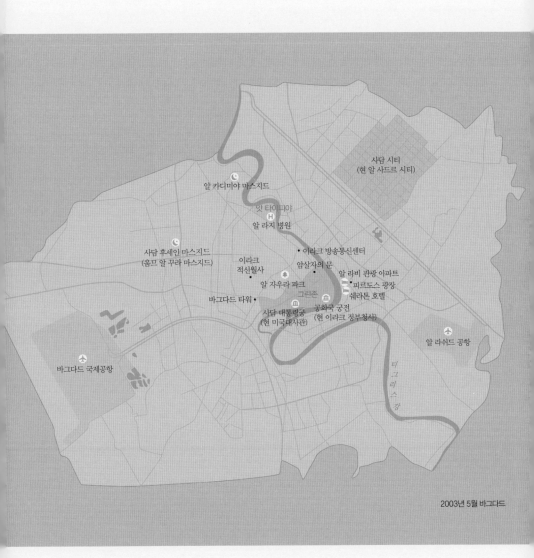

사담 시티
(현 알 사드르 시티)

알 카디미야 마스지드

앗 타이미야
알 라지 병원

사담 후세인 마스지드   • 이라크 방송통신센터
(움므 알 꾸라 마스지드)   이라크   암살자의 문
                          적신월사   •
                        알 자우라 파크   알 라비 관광 아파트
                          그린존   파르도스 광장
바그다드 타워 •   쉐라톤 호텔
                    사담 대통령궁   공화국 궁전
                    (현 미국대사관)   (현 이라크 정부청사)   알 라쉬드 공항

바그다드 국제공항   티그리스강

2003년 5월 바그다드

일랄 리까,
바그다드

일랄 리까,
إلى العراق
바그다드

이라크전쟁 종전 직후
국제구호요원의 38일간의 기록

유성훈 지음

일조각

전쟁으로 고통받는 이라크에
하루속히 평화가 정착되기를 기원하며
바그다드에서 전재민 구호를 위해 함께 일한
한국과 이라크의 동료들에게
이 책을 바칩니다.

책머리에

지난 몇 년간 건강이 안 좋아 무척 고생했다. 걸린 줄도 모르고 있던 간염이 서서히 악화돼 결국 만성 간염으로 몸져눕고 말았다. 손가락 하나 까딱할 수 없을 만큼 극심한 피로와 무력감 때문에 1년 넘게 자리보전을 해야 했다. 흑달黑疸이 올라 시커메진 얼굴로 하루 종일 자리에 누워 끙끙 앓다 보니 너무 힘들어서 이러다 덜컥 죽는 것은 아닌가 걱정스러울 지경이었다. 이대로 인생이 끝날지도 모른다는 생각이 들자 문득 이 세상에 무언가 하나쯤은 남기고 떠나고 싶다는 간절한 바람이 생겼다. 무엇을 남길까 고민하던 끝에 늘 한번 해보고 싶었지만 엄두가 나지 않아 차일피일 미루고 있던 작업을 하기로 결심했다. 2003년 이라크 전쟁터에서 국제적십자요원으로 활동했던 체험담을 글로 쓰기로 한 것이다.

마음을 먹었다고 해서 바로 글쓰기가 가능한 것은 아니었다. 무엇보다도 건강상태가 문제였다. 오랜 투병 끝에 겨우 자리를 털고 일어나 앉을 수 있을 만큼 몸이 회복되자마자 글을 쓰기 시작했다. 막상 집필에 착수하고 보니 글다운 글을 쓰기에 내가 가진 배경지식이 너무나 빈약하다는 사실을 깨달았다. 당장 도서관으로 달려가 중동 지역의 역사와 문화에 관한 책을 찾아 닥치는 대로 읽기 시작했다. 특히 이슬람교와 중동 분쟁에 관한 서적을 많이 읽었다. 독서 중에 틈틈이 인터넷을 뒤져 신문기사와 각종 통계 등 이라크 전쟁에 관한 자료를 수집하는 일도 게을리 하지 않았다. 독서와 자료 수집만으로 꼬박 1년의 시간을 보냈다. 그동안 모은 자료는 500여 건, 읽은 책의 숫자만 100여 권에 이른다.

자료가 어느 정도 쌓이자 자신감이 생겨 본격적인 글쓰기에 돌입했다. 그런데 글이라는 것이 그렇게 마음먹은 대로 술술 써지는 것이 아니었다. 단 한 줄이 써지지 않아 몇 날 며칠을 머리털을 쥐어뜯으며 고심한 적이 한두 번이 아니었다. 이미 10여 년이 지나 희미해진 기억도 수월한 글쓰기에 커다란 장애요인이었다. 이라크에서 찍은 사진 1,000여 장과 일일 결산을 위해 바그다드 현지에서 물건을 살 때마다 수첩에 적어 놓은 메모들이 잊힌 기억을 되살리는 데 큰 도움이 되었다. 본문 중에 알 라지 병원에서 있었던 에피소드들은 조선일보에 보도된 이철민 기자의 기사 내용에 많이 의존했다. 이철민 기자가 쓴 기사가 없었다면 환자들의 이름과 사연, 사건이 벌어진 정확한 날짜 등은 도저히 기억해 내지 못했을 것이다. 참으로 엄청난 산고 끝에 가까스로 글 한 편을 써냈다. 집필과정이 얼마나 힘들었던지 글 말미에 마지막 문장을 완성하고 마침표를 찍었을 때, '이제 홀가분한 마음으로 죽을 수 있겠구나.'라는 생각이 들 지경이었다.

아무래도 나는 이라크와 악연(?)이 있는 것 같다. 2003년에는 골치 아픈 집안 사정 때문에 도망치듯 이라크에 가게 됐었다. 이번에는 다시 10여 년 만에 건강 악화 탓에 이라크에서 겪은 일을 죽을 고생을 해가며 글로 쓰게 되었으니 말이다. 한 가지 못내 아쉬운 것은 이라크에서 전면전의 위기가 다시 고조되고 있다는 사실이다. 2012년 9월 중순, 내가 이 글을 쓰기 시작했을 때만 해도 이라크 내전은 서서히 끝나가는 듯했다. 그런데 2014년 6월 이슬람 극단주의 무장단체 이슬람국가[IS]가 준동하면서 이라크는 또다시 위기에 휩싸였다. 부디 이번 사태가 조속히 해결돼 이라크에 항구적인 평화가 찾아오기를 간절히 기원한다.

막상 내가 쓴 글이 출판되어 나온다고 하니 감사드리고 싶은 분들이 너무나 많다. 먼저, 이라크에서 생사고락을 함께했던 모든 동료들, 그중에서도 특히 변성환 단장님께 감사드리고 싶다. 변성환 단장님은 집필과정 내내 내가 쓴 글을 꼼꼼히 읽어봐 주시고 진심 어린 충고와 격려를 아끼지 않으셨다. 그 밖에 특별히 감사하고픈 동료로는 취재 중 촬영한 주옥 같은 보도사진들을 책에 수록할 수 있도록 흔쾌히 승낙해준 조선일보 조인원 기자도 빼놓을 수 없을 것이다. 이 자리를 빌려 두 사람에게 다시 한번 감사드린다. 그리고 내 졸작의 출판을 선뜻 허락해 주신 일조각 김시연 사장님, 좋은 책이 나올 수 있도록 지도와 조언을 아끼지 않으신 안경순 편집장님, 그리고 내 졸필을 가다듬는 데 온갖 수고를 마다치 않은 일조각 편집부 여러분께 진심 어린 감사의 말씀을 드린다.

누구보다도 고마움을 전하고 싶은 대상은 물론 가족들이다. 가족 두 사람의 헌신과 사랑이 없었다면 이 글은 결코 세상에 나올 수 없었을 것이다. 지난 몇 년 간 내 병구완을 위해 노심초사하신 어머니, 그리고 내가 글쓰기에만 전념할 수 있도록 물심양면으로 나를 든든히 지원해준 이 세상에 하나뿐인 누나에게 형언할 수 없는 감사와 사랑의 마음을 전한다.

2015년 4월
설레는 마음으로 꽃피는 봄날을 기다리며
유성훈

차례

일러두기

1. 국립국어원에서 정한 아랍어 표기법이 없어 한국이슬람학회의 공식 표기를 참고하여 아랍 인명과 지명, 역사 용어 등을 표기하였습니다.

2. 이라크 긴급의료지원단 멤버 중 여전히 각종 재난현장에서 현역 적십자 구호요원으로 활동하고 있는 몇 사람의 이름은 본인의 요청에 따라 안전상의 이유로 부득이하게 가명을 사용하였습니다.

1. 출발

우연히 맺은 이라크와의 인연

영원히 지속될 것만 같았던 전쟁이 마침내 끝났다. 2011년 12월 18일 이라크에 주둔하던 마지막 미군부대가 국경을 넘어 쿠웨이트로 철수했다. 이보다 사흘 앞선 12월 15일 미국 오바마 대통령은 TV를 통해 전 세계에 생중계된 공식성명을 통해 이라크에서 전쟁이 최종적으로 종식되었노라고 선언했다. 2003년 3월 20일 개전 이래 수많은 재화와 인명을 집어삼키며 9년 가까이 지속됐던 이라크 전쟁은 그렇게 허무하게 끝을 맺었다. 종전 소식을 보도하는 TV 뉴스 화면에는 이라크 국경을 넘어 쿠웨이트로 철수한 미군 병사들이 무사귀환을 축하하며 서로 얼싸안고 환호하는 모습과 전쟁 종식을 발표하는 오바마 대통령의 모습이 오버랩된 영상이 이어지고 있었다. 저녁을 먹으며 TV 뉴스를 지켜보던 내 뇌리에는 순간 여러 가지 상념이 스치고 지나갔다. 미국은 이라크 전쟁에서 과연 승리했는가? 미국은 막대한 대가를 치른 전쟁을 통해 달성하고자 했던 목적을 이루었는가? 그리고 무엇보다도 이번에는 정말 전쟁이 끝난 것인가? 전쟁이 끝났다면 이라크 땅에도 이제 진정한 평화가 찾아올 수 있을까? 이런저런 상념에 젖어 있던 내 기억은 마치 타임머신을 탄 것처럼 어느새 8년 전으로 거슬러 올라가고 있었다.

2003년 봄 나는 일생일대의 어려움에 빠져 하루하루 힘겨운 나날을 보내고 있었다. 봄이 찾아왔어도 내 마음속에는 아직도 엄동설한이 이어지고 있었다. 자그마한 사업체를 경영하시던 아버지는 IMF 사태로 인한 불황의 여파로 그만 부도를 내고 파산하셨다. 그 과정에서 생겨난 부채가 시간이 지나면서 눈덩이처럼 불어나 우리 가족은 살던 집마저도 차압당할 절체절명의 위기에 봉착해 있었다. 그해 3월 대구에서는 지하철 화재사고로 수많은 인명이 희생되는 대참사가 일어났고, 나라 밖에서는 이라크 전쟁이 터졌다. 하지만 내게 그런 일들은 관심 밖의 사소한 사건에 불과했다. 일주일이 멀다 하고 법원으로부터 가압류 통지서가 날아들었고 연일 이어지는 빚쟁이들의 빚 독촉에 난 불면증과 신경쇠약에 시달려야 했다. 온 가족이 집안을 지켜내야 한다는 일념으로 몇 달을 악전고투한 이후에야 비로소 지긋지긋한 지옥의 나날에서 벗어날 수 있었다. 복잡한 집안일이 어느 정도 해결되었을 때 정신적으로 완전히 탈진해 버린 나는 일상으로부터의 탈출을 간절히 원하고 있었다. 몇 달 동안 나를 옥죄던 진저리 나는 현실로부터 잠시나마 벗어날 수만 있다면 그것이 어떤 형태이건 마다하지 않을 작정이었다. 그때 운명은 우연이라는 이름으로 내게 다가왔고, 그 우연은 상상조차 하지 못했던 미지의 땅, 이라크로 나를 이끌었다.

단원들과의 첫 만남 그리고 출발

내가 집안일에 사로잡혀 정신없는 나날을 보내는 동안 머나먼 중동 지역에서는 세계사에 기록될 만한 일대 사건이 진행되고 있었다. 9·11 테러 사태를 계기로 테러와의 전쟁을 선포한 미국 부시 행정부는 알카에다를 비호하던 탈레반 정권 타도를 목표로 아프가니스탄을 침공한 이후에 또다시 테러지원 근절과 대량살상무기WMD 제거를 명분으로 사담 후세인 정권을 축출하기 위해 이라크를 침공했다. 3월 20일 개전 이래 쿠웨이트에서 출병한 미군은 파죽지세로 이라크군을 몰아붙인 끝에 20여 일 만에 수도 바그다드를 함락했다. 5월 1일 부시 대통령은 이라크 전쟁에 참전했다 본국으로 귀환 중이던 항공모함 에이브러햄 링컨호 함상에서 종전선언(Mission Accomplished speech)을 했다. CNN을 통해 시시각각 생생하게 전해지는 전쟁 상황을 숨죽이며 지켜보던 국제사회는 종전선언을 계기로 이라크 전재민을 위한 구호활동에 본격적으로 나서기 시작했다. 전쟁기간 내내 이라크 국경을 봉쇄한 미군이 종전선언을 계기로 국제구호단체들에 문호를 개방한 것이다.

내가 소속되어 있던 대한적십자사는 창사 이래 최초로 나라 밖에서 구호활동을 펼치기 위해 이라크에 인력을 파견하기로 결정했다. 긴급성을 요구하는 국제구호의 특성상 구호팀 파견을 위한 준비 작업은 일사천리로 진행되었다. 파견되는 팀의 성격은 의료지원단으로 정해졌다. 먼저 대한적십자사는 의료지원단의 구성원을 선발함과 동시에 선발대 세 사람을 바그다드에 급파해 현지 상황을 파악하게 했다. 대한적십자사는 창사 이래 첫 해외 구호인력 파견이라는 거사를 성사하기 위해 전사戰社가 비상근무 체제에 들어갔다. 인사과에서는 파견될 인원을 선발하고, 회원홍보국에서는 파견에 필요한 재원을 마련하기 위해 모금 활동과 함께 후원 단체를 모집하기 시작했다. 이 일은 조선일보와 공동으로 진행했다. 구호팀 파견의 주무 부서인 국제협력국에서는 윤병학 과장이 박정태(가명) 서울적십자병원 외과 과장과 남북교류국 김근수(가명) 씨를 대동하고 선발대로 이라크 현지로 출발했다. 처음 해외 파견이 결정되었을 때만 해도 사내에서조차 회의적 반응이 지배적이었다. 그때까지 대한적십자사는 국제적 이슈가 있을 때마다 성금을 모아 국제적십자위원회ICRC나 국제적십자사·적신월사연맹IFRC에 전달하는 방식으로 간접 지원을 해왔을 뿐 해외 구호현장에 직접 인력을 파견해본 경험은 전혀 없었다. 더구나 준비기간이 너무 짧았기 때문에 제때 모든 준비를 완료할 수 있을지 의심스러운 상황이었다. 그러나 서영훈 총재의 의지는 단호했고 대한적십자사는 불가능해 보였던 일을 불과 3주 만에 끝마쳤다. 서울적십자병원을 주축으로 의료진을 구성하고 부족한 인원은 혈액원과 본사 및 지사를 통해 선발했다. 모금도 순조롭게 진행되었다. 6·25 전쟁의 아픈 기억 때문인지 기대했던 것보다 훨씬 많은 국민들이 이라크 전재민을 위한 모금에 선뜻 동참해 주었다.

그러나 긴급의료지원단 파견에 가장 중요한 인원 선발은 난항을 겪었다. 현지 사정을 파악하기 위해 먼저 바그다드에 들어간 선발대 중 박정태 과장과 김근수 씨는 전쟁의 참상을 직접 목격하고 충격을 받아 긴급의료지원단에 참여하기를 거부하고 중도에 귀국해 버렸다. 박정태 과장을 대신해서 서울적십자병원 변성환 외과 과장이 단장직을 맡고 김근수 씨 자리에는 내가 교체 투입되었다. 사실 나는 본래 파견 대상자가 아니었다. 회사에서는 김근수 씨의 자진사퇴로 공석이 된 자리에 내가 아닌 다른 직원을 보내려고 했다. 하지만 회사 내의 그 누구도 고생스럽고 위험천만한 임무를 떠맡고 싶어 하지 않았다. 심지어 대상자로 내정된 한 직원은 회사가 끝까지 이라크행을 강요하면 퇴사도 불사하겠노라고 강하게 반발했다. 그런 와중에 내가 자청해서 참여 의사를 밝히자 회사는 기다렸다는 듯이 곧바로 나를 긴급의료지원단의 행정요원으로 임명한 것이다.

물론 가족들은 내 결정을 반기지 않았다. 특히 어머니는 한사코 나의 이라크행을 반대하셨다. 어머니는 아들이 자진해서 전쟁터에 뛰어드는 것이 못내 걱정스러우셨던 모양이다. 하지만 내 결심은 흔들리지 않았다. 그때 내 심정은 비록 전쟁터 한복판에서 목숨이 위태로워지는 한이 있어도 지긋지긋한 일상에서 벗어날 수만 있다면 그 무엇이라도 감수할 수 있을 것만 같았다. 그 당시 나는 그만큼 절박했다. 파견을 자원했던 한 간호사가 뒤늦게 임신 사실을 알고 자진사퇴하여 다른 사람으로 교체되는 등의 우여곡절을 겪은 후 출발 사흘 전에 본사 홍보과의 장영은 씨가 홍보 담당으로 최종 투입되면서 조선일보 특파원 2명, 의사, 간호사, 약사로 구성된 의료진 9명, 행정요원 5명, 전기기사 1명, 통신 담당 1명 이렇게 총 18명으로 구성된 긴급의료지원단이 꾸려졌다. 긴급의료지원단으로 선발된 인원 명단을 살펴보면 다음과 같다.

1. 변성환: 긴급의료지원단 단장, 서울적십자병원 외과 과장

2. 권오명: 서울적십자병원 가정의학과 레지던트

3. 이수하: 서울적십자병원 내과 레지던트

4. 김정하(가명): 본사 보건복지과장, 행정 담당

5. 윤병학: 본사 국제협력과장, 행정업무 총책임자

6. 채선영(가명): 국제적십자요원(프리랜서), 행정 담당

7. 장영은(가명): 본사 홍보과, 홍보 담당

8. 유성훈: 본사 혈액관리본부, 행정 담당

9. 류 리: 본사 혈액관리본부, 약사

10. 문숙자: 서울적십자병원, 간호사

11. 김재경: 서울적십자병원, 간호사

12. 홍희연(가명): 서울동부혈액원, 간호사

13. 박연재: 서울동부혈액원, 간호사

14. 윤혜주: 서울남부혈액원, 간호사

15. 마인우(가명): 대한적십자사 봉사원, 통신 담당

16. 최인화(가명): 본사 총무과, 전기기사

17. 이철민: 조선일보 특파원, 국제부 기자

18. 조인원: 조선일보 특파원, 사진기자

단원들은 이라크 현지로 출발하기 전에 단 두 번의 사전 미팅을 가졌을 뿐 서로 초면이나 다름없었다. 소속기관이 같은 몇몇을 제외하고 단원들은 서로에 대해 아는 것이 거의 없는 상황이었다. 나 역시 본사에서 함께 근무하던 몇 명을 제외한 다른 단원들은 모두 일면식도 없는 사람들이었다.

이라크행을 준비하면서 가장 힘들었던 것은 다름 아닌 예방접종이었다. 해외 구호현장 파견 시 각종 예방접종은 필수요건이다. 그런데 예방접종이라는 것이 종류가 많은 경우에는 백신별로 일정한 시차를 두고 순차적으로 맞아야 몸에 무리가 가지 않는 법인데, 우리에게는 그럴 만한 시간 여유가 없었다. 어쩔 수 없이 우리는 장티푸스, A형 간염, 파상풍, 콜레라 외에도 명칭만으로는 어떤 종류인지 짐작하기조차 어려운 백신까지 합쳐 무려 7가지 예방주사를 단 이틀 만에 전부 맞아야 했다. 모든 예방접종을 마치고 그 다음 날 아침 일어나 보니 확실히 무리였는지 몸살 기운이 돌았다. 화장실에 가서 소변을 보자 소변에서 진한 약품 냄새가 났다. 해외 파견이고 뭐고 이러다 몸져눕는 것은 아닌지 걱정스러울 지경이었다.

시간에 쫓겨 충분한 준비기간을 갖지 못한 나는 꼭 필요하리라 여긴 개인 물품만 몇 가지 마련하고 출발 전날 입대를 앞둔 신병처럼 머리를 짧게 자르는 것으로 출발 준비를 마무리 지었다. 아마 다른 단원들의 사정도 모두 마찬가지였을 것이다. 우리는 그렇게 충분한 준비도 갖추지 못한 채 일생일대의 위험천만한 임무를 수행하기 위해 미지의 땅 이라크를 향해 출발했다.

2. 바그다드로
가는 길

서울에서 암만으로

이역만리異域萬里. 서울에서 바그다드까지의 여정을 설명하기에 이보다 더 적절한 표현은 아마 없을 것이다. 지도상으로 직선거리를 측정해 보면 서울에서 바그다드까지는 7,242킬로미터 떨어져 있다. 결코 가깝다고는 할 수 없지만 비행기를 타고 가면 8시간 정도면 도착할 수 있는 거리다. 하시만 전쟁이라는 특수한 상황 때문에 우리 일행은 머나먼 길을 돌고 돌아 꼬박 사흘 만에 바그다드에 도착할 수 있었다.

5월 16일 남산 본사 4층 강당에서 발대식을 마친 후 우리 일행은 비행기로 인천 국제공항을 출발해 10시간 반을 날아 독일 프랑크푸르트 국제공항에 도착했다. 그곳에서 비행기를 갈아타고 다시 6시간 반을 더 날아가 요르단 암만 국제공항에 내렸다. 프랑크푸르트에서 경유 편을 기다리기 위해 4시간여를 지체한 것까지 포함해 무려 약 20시간의 비행 끝에 마침내 미지의 땅 중동 지역에 도착한 것이다. 현지 시각으로 오전 1시 30분 한밤중이어서 그런지 공항은 한산했다. 정세가 불안한 아랍권이다 보니 암만 국제공항의 입국심사는 비교적 까다로운 편이었다. 특히 우리가 가져간 무선통신장비 때문에 세관 검사에 오랜 시간이 소요되었다. 공항 안에 머무는 동안에는 아직 낯선 땅에 와 있다는 느낌이 별로 들지 않았다. 하지만 공항 청사를 빠져나오자마자 마치 한증막에라도 들어선 것 같은 열기가 엄습해 왔다. 에어컨이 가동되어 쾌적한 공항 청사와는 달리 바깥은 한밤중인데도 숨이 턱 막힐 만큼 더웠다. 몇 걸음 내딛지 않았는데도 이곳이 열사熱砂의 땅 중동임을 절감할 수 있었다.

입국장을 나서자 선발대로 먼저 와 있던 윤병학 과장님이 우리 일행을 환한 미소로 맞아 주셨다. 윤병학 과장님의 인도로 우리는 호텔 측에서 제공한 버스에 올라 숙소로 향했다. 라디슨 사스Radisson SAS는 세계적으로 유명한 호텔 체인으로 우리 일행이 암만에 머무는 동안 묵을 숙소였다. 이 호텔은 암만 시내에 위치한 5성급 호텔임에도 불구하고 전쟁이 일어나자 이라크 전재민을 위한 기부 차원에서 국제기구 직원에 한해 정상가의 4분의 1 가격으로 객실을 제공했다. 그 덕분에 라디슨 사스 호텔은 이라크 구호활동을 위해 암만에 모여든 각종 국제기구 직원들이 최종 목적지인 바그다드로 가기 전에 머무는 중간 기착지 역할을 하고 있었다. 숙소에 도착하자마자 우리는 각자 배정받은 객실로 흩어져 잠을 청했다. 장거리 비행으로 몸은 녹초가 되었지만 미지의 세계를 향한 호기심과 곧 펼쳐질 구호임무에 대한 기대감 때문에 나는 밤새 깊은 잠을 이루지 못하고 뒤척여야만 했다. 암만에서의 첫날밤은 그렇게 지나갔다.

5월 17일 아침 식사 직후 우리 일행은 바그다드로 출발하기 전 마지막 점검을 겸한 회의를 가졌다. 출발은 다음 날 오전 3시 30분으로 예정되었기 때문에 우리에게는 하루 정도 여유가 있었다. 회의를 마치고 회의에서 결정된 바에 따라 우리 일행은 네 그룹으로 나누어 각자 맡은 임무를 수행하기 위해 호텔을 나서 암만 시내로 흩어졌다. 변성환 단장님과 윤병학 과장님, 그리고 채선영 씨는 업무 협의를 위해 요르단 적신월사*로, 최인화 기사, 마인우 봉사원, 조인원 기자는 이라크에서 사용할 쑤라야 Thuraya 위성전화기와 충전카드 등 통신기기를 구입하기 위해, 그리고 약사 류리 씨와 일부 의료진은 미비한 의약품과 의료용품을 구하기 위해 각자의 목적지로 향했다. 나는 김정하 과장님과 함께 나머지 일행을 이끌고 바그다드로 이동하는 중에 먹을 식품과 음료수, 바그다드 현지에서 필요하리라 예상되는 물품 등을 장만하기 위해 호텔을 나섰다. 이날 나는 암만 시내의 현대적인 슈퍼마켓뿐만 아니라 재래시장까지 모두 둘러보았는데, 물건을 파는 상인들 그리고 시장을 오가는 사람들의 낯선 생김새와 여기저기서 들려오는 생소한 아랍어만 제외하면 요르단 재래시장의 모습은 한국과 별 차이가 없어 보였다. 하지만 조금만 주의를 기울이면 한국과는 확연히 다른 점을 한 가지 발견하게 된다. 요르단은 이슬람

---

* 적십자사는 종교, 이념의 차이를 넘어서 인도주의 구현이라는 공통의 목적을 실현하기 위해 활동하는 세계적 규모의 민간국제기구다. 흰 바탕에 붉은 십자가가 새겨진 적십자 표장은 적십자 운동의 창립자 앙리 뒤낭Jean-Henri Dunant의 모국 스위스의 국기를 색깔만 뒤바꾼 형태로 종교적 의미는 전혀 없다. 그러나 십자가가 기독교의 상징이라는 이유로 이슬람권에서는 십자가 대신 이슬람교가 신성시하는 초승달 문양을 사용한다. 조직의 이름도 적십자사 Red Cross Society 대신에 적신월사Red Crescent Society라고 불린다.

국가여서 여성의 외출이 자유롭지 않은 탓에 상인과 손님을 구분할 것 없이 시장에 있는 사람 거의 모두가 남성이었다. 오후 5시경 각자의 업무를 마치고 다시 숙소로 돌아온 우리 일행은 힘든 내일 일정에 대비해 저녁 식사 후 일찍 잠자리에 들었다.

매혹적인 사막의 일출

암만에서 바그다드까지 이어지는 여정은 멀고도 험난했다. 전쟁이 끝났다고는 하나 이라크 영공은 비행금지 구역으로 묶여 있었기 때문에 암만에서 바그다드로 가려면 반드시 위험천만한 육로를 거쳐야 했다. 일반적으로 이라크 주변 국가에서 육로로 바그다드에 접근하는 루트는 크게 두 갈래로 나뉜다. 첫째는 쿠웨이트에서 출발해 북쪽으로 바스라, 나시리야, 카르발라를 차례로 지나 바그다드로 들어가는 쿠웨이트-바그다드 루트이고, 다른 하나는 요르단 암만에서 동쪽으로 이동하여 국경도시 알 카라마를 통해 이라크에 입국한 후 계속 동진하여 바그다드에 이르는 암만-바그다드 루트다. 이 두 갈래 루트에는 모두 고속도로가 건설되어 있어 비교적 신속하게 바그다드로 들어갈 수 있다. 이 중 쿠웨이트-바그다드 루트는 전쟁 중 미군이 바그다드로 진격할 때 이용한 노선으로 길을 따라 곳곳에서 치열한 전투가 벌어졌다. 미군은 이 노선을 탬파 루트Tampa Route라고 불렀다. 이 명칭은 9·11 테러 당시 현장에서 순직한 뉴욕 소방관의 이름에서 따온 것이라고 한다. 종전 선언 이후에도 미군은 이 루트를 군사용으로만 사용할 뿐 민간에는 개방하지 않았기 때문에 군용이 아닌 모든 차량은 오직 암만-바그다드 루트를 통해서만 바그다드에 접근할 수 있었다. 암만에서 바그다드까지는 자동차로 고속 질주해도 평균 12~14시간 정도가 소요된다. 암만에서 요르단 국경까지 331킬로미터, 국경을 넘어선 이후에도 이라크 국경도시 알카라마를 지나 다시 620킬로미터 이상을 더 달려야 바그다드에 이를 수 있다. 일단 국경을 넘어 이라크 영토에 들어서면 누구도 안전을 보장할 수 없기 때문에 바그다드까지의 이동은 군사작전을 방불케 한다. 반드시 해가 떨어지기 전에 바그다드 시내에 도착해야만 하기에 시간을 맞추려면 불가피하게 암만에서 한밤중에 출발해야 한다. 이동 중에 발생할지도 모르는 위험을 최소화하기 위해 보통 바그다드로 향하는 차량 행렬은 여러 단체가 연합하여 큰 무리를 이루어 단체로 이동한다. 미국 서부시대 개척민들이 서부로 향하는 도중 인디언이나 무법자들의 습격을 피하기 위해 여러 대의 포장마차들이 뭉쳐 큰 대열을 이루어 이동하던 것과 동일한 이치다. 우리 일행도 안전을 위해 무리 지어 이동하고자 출발 전에 다른 단체들과 교섭해 봤지만 불운하게도 일정이 맞는 팀을 구할 수 없어 부득이하게 단독 출발을 하게 되었다. 결국 바그다드까지 이동하는 동안 우리 일행의 안전을 보장해줄 유일한 수단은 차량마다 부착된 적십자 표장*뿐이었다.

차량 넉 대로 이루어진 소규모 단독 출발이라 그만큼 긴장감은 더했

---

* 적십자 표장은 제네바 협약에 의해 적십자라는 신분 표시 외에 국제적으로 보호 표시로서의 기능을 가지고 있다. 군대 내에서 의무병이나 군대 앰뷸런스, 군 병원이 적십자 표장을 사용하는 것은 보호 표시의 기능을 나타내기 위함이다. 전쟁 중에 적십자가 표시된 인원이나 시설을 고의로 공격하는 것은 심각한 국제법 위반행위로 간주되며 위반자는 승패 여부와 상관없이 전후 사법처리 대상이 된다.

다. 행정업무 담당자로서의 책임감 때문에 밤늦도록 잠을 이루지 못한 나는 아예 잠자는 것을 포기하고 새벽 2시쯤 객실을 정리하고 로비로 나와 홀로 출발 준비를 시작했다. 새벽 3시경 예정에 맞춰 우리를 바그다드로 태워 갈 차량들이 호텔 경내로 들어와 로비 앞에 일렬로 늘어섰다. 우리가 이용할 차량은 많은 짐과 인원을 싣고 거친 사막을 내달리기에 적합한 미제 GMC 99 밴이었다. 나는 차량 운전기사들과 계약 사항을 재차 확인하고 호텔 직원들에게 도착 당일 호텔 창고에 맡겨둔 화물을 차량으로 옮겨 싣도록 지시했다. 차량에 실린 화물을 목록과 대조해 확인한 후 각 차량마다 앞뒤와 양 측면에 적십자 표장 스티커를 붙이고 있을 즈음 동료들이 하나둘 로비에 모습을 드러냈다.

인원을 점검하고 호텔 로비에서 숙박비를 계산한 후 명단에 맞춰 동료들이 각자 지정된 차량에 탑승할 수 있도록 인도한 뒤 마지막으로 나도 행렬 중 세 번째 차량에 올라탔다. 오전 4시가 조금 지난 시각, 드디어 우리 일행을 태운 차량 행렬은 호텔을 뒤로 한 채 바그다드를 향해 출발했다. 모두가 잠든 한밤중의 암만 시내는 인적 하나 없이 고요하기만 했다. 쓸쓸한 도시의 불빛만이 우리를 배웅해 주었다.

어느새 차량 행렬은 도시를 벗어나 사막지대로 접어들었다. 한밤중 사막 한가운데의 모습은 말 그대로 암흑천지의 적막강산이었다. 불교에서 말하는 무간지옥無間地獄이 이런 모습이 아닐까 싶었다. 깊은 정적 속에 들리는 소리는 오직 우리가 탑승한 자동차의 엔진 소리뿐이었고, 칠흑 같은 어둠 속에 보이는 것이라고는 어둠을 칼날처럼 찢어 가르는 차량의 헤드라이트 불빛뿐이었다. 그렇게 아무것도 보이지 않는 컴컴한 사막을 달리고 있는데 갑자기 무전기에서 다급하게 일행 모든 차량의 정지를 요청하는 무전음이 들려왔다. 무슨 일인가 싶어 전방을 주시하니 앞서 가던 두 번째 차가 도로를 벗어나 급정거하는 모습이 보였다. 무전기를 통해 무슨 일인지 묻자 타고 있던 차량의 타이어가 터졌다는 변성환 단장님의 응답이 들려왔다. 큰 사고가 아니어서 천만다행이었다. 우리는 두 번째 차량의 타이어 교체가 끝날 때까지 어두운 사막 한가운데에 정차한 채 기다릴 수밖에 없었다. 운전기사는 이라크 국경을 넘기 전에 타이어가 터진 것이 오히려 잘된 일이라며 미리 액땜한 셈 치라고 우리를 안심시켰다.

타이어 교체를 위해 멈춰 선 지 20분 정도 지났을 무렵, 차에서 내려 가볍게 스트레칭을 하고 있던 내 눈앞에 이제까지 본 것 중 가장 아름답고 장엄한 광경이 그 모습을 드러냈다. 그것은 이른 아침 사막에 떠오르는 태양, 일출의 모습이었다. 사막의 일출은 너무나 신비롭고 아름다워 종교적 감흥마저 불러일으킨다. 사방을 분간할 수 없을 만큼 어두운 사막의 동쪽 지평선에 붉은 기운이 감돌면서 여명이 밝아 오면 비로소 들쑥날쑥한 지형이 눈에 들어온다. 하늘과 사막을 이어 주는 지평선 너머 상서로운 붉은 기운이 새하얀 천에 번져 가는 핏물처럼 기세를 떨치다가 어느 순간 바늘처럼 날카로운 빛줄기를 쏟아내며 태양이 그 순결한 모습을 드러낸다. 그 순간 빛은 암흑을 몰아내고 세상 천지에 생명을 불어넣는다. 눈이 멀 것만 같은 빛의 향연에 취해 사막의 일출을 바라보고 있노라니 문득 성경 창세기에 나오는 문구가 떠올랐다. "하나님이 이르시되 빛이 있으라 하시니 빛이 있었고, 빛이 하나님이 보시기에 좋았더라. 하나님이 빛과 어둠을 나누시어 빛을 낮이라 부르시고 어둠을 밤이라 부르시니라. 저녁이 되고 아침이 되니 이는 첫째 날이니라"(창세기 1:3-5). 아마

바그다드로 가는 길에 동트는 요르단 사막에서 동료들과 함께   ⓒ 조인원

도 신이 천지를 창조하실 때 첫째 날이 이런 모습이 아니었을까 싶다.

우리 일행은 모두 사막의 일출에 매료되어 동녘 하늘을 바라보며 대자연이 선사하는 장관에 빠져들었다. 우리는 잠시 임무를 잊고 관광객처럼 사막의 일출을 배경으로 사진을 찍으며 망중한을 즐겼다. 하지만 사막의 일출이 마냥 아름다운 것만은 아니다. 일단 해가 떠오르면 사막은 삽시간에 용광로로 돌변한다. 상쾌하게 느껴졌던 새벽의 찬 기운은 온데간데없이 사라지고 사막은 지평선 가득 아지랑이를 토해 내며 후끈 달아오르기 시작했다. 서둘러 타이어 교체를 마친 우리 일행은 짧은 망중한을 뒤로하고 예기치 못한 사고로 지체된 시간을 만회하기 위해 부랴부랴 다시 머나먼 바그다드로의 여정을 재촉했다.

드디어 국경을 넘다

아침 8시경 우리 일행은 마침내 국경에 도착했다. 'Iraq(al-Karama)'라고 쓰인 도로 표지판을 따라가다 보면 도로가 끝나는 지점에 요르단 국경 검문소가 나타난다. 우리 일행은 국경을 넘기 직전 검문소 근처에 있는 작고 허름한 식당에서 아침을 먹었다. 잡화점과 식당을 겸한 이곳은 전쟁 전에는 국경을 넘나드는 차량 운전기사들이 들러 한 끼 식사를 해결하고 떠나는 이름 없는 기사식당에 불과했다. 그러나 전쟁이 일어나자 이곳은 전쟁 특수를 타고 일약 세계적 명소로 탈바꿈했다. 전황을 취재하려는 각국 기자들이 몰려들면서 국경 근처의 초라한 이 식당은 이라크로 입국하려는 종군기자들의 쉼터로 유명세를 타게 되었다. 지저분한 식당 내부에는 사방 벽마다 각국 언론사 특파원들, 그리고 나처럼 구호업무를 수행하기 위해 이라크로 향한 국제기구 요원들의 명함이 빼곡히 붙어 있었다. 빽빽이 붙은 명함들 사이로 특파원들의 모습이 찍힌 사진도 군데군데 눈에 띄었다. 이미 수많은 사람이 이곳을 다녀갔는지 식당 벽에는 빈 공간이 거의 없었다. 음식이 입맛에 맞지 않아 일찍 식사를 마친 나는 혹시나 아는 이름이 있을까 싶어 명함들을 찬찬히 훑어보았다. 수많은 명함들 사이에서 낯익은 한국 언론사 로고가 새겨진 명함도 몇 장 찾아볼 수 있었다. 나도 기념 삼아 얼마 남지 않은 빈 공간 한 귀퉁이에 내 명함을 붙여 놓았다.

요르단에서의 마지막 일정인 아침 식사를 마치고 드디어 국경을 넘어 이라크 영토로 진입할 순간이 다가왔다. 이라크에 입국하려면 일단 차에서 내려 길가에 있는 허름한 단층 건물인 요르단 출입국관리소에 들어가 출국심사와 세관을 거쳐야 한다. 출입국관리소를 벗어나 다시 차에 올라 마치 한국의 고속도로 톨게이트처럼 생긴 요르단 국경 검문소를 지나 몇 십 미터를 더 가면 이라크 국경 검문소가 나온다. 이라크 관리 대신 미군 이 경계를 선 이라크 국경 검문소를 통과하면 비로소 이라크 땅에 진입하 게 된다. 그런데 우리 일행이 국경에 도착해 보니 가는 날이 장날이라고 전쟁이 터진 이래 한산하기만 하던 국경은 요르단과 이라크 양측에서 밀 려드는 차량 행렬로 북새통을 이루고 있었다. 미국은 1991년 걸프 전쟁 이래 이라크에 경제제재를 가해 모든 물자의 수출입을 통제해 왔다. 전 쟁을 통해 제재 대상이던 사담 정권이 무너지자 미국은 우리 일행이 국경 을 넘던 5월 18일을 기해 이라크 전역에 내려졌던 경제제재 조치를 해제 하고 국경을 개방했다. 그동안 굳게 닫혀 있던 교역의 물꼬가 트이자 각 종 물자를 적재한 요르단과 이라크 양국의 화물트럭들이 한꺼번에 국경 에 몰려들면서 대혼잡을 빚었다. 이라크 쪽에서는 석유를 실은 유조트럭 들이 꼬리에 꼬리를 물고 늘어서 있었고, 요르단 쪽에서는 각종 생필품을 실은 화물트럭들이 장사진을 이루었다. 이라크 국경 너머에서 삼엄한 경 계를 펴고 있던 미군은 요르단에서 이라크로 진입하는 모든 차량을 한 대 한 대 꼼꼼히 검문했다. 그 때문에 우리 일행은 불과 몇십 미터 떨어진 양 측 국경 검문소를 통과하는 데 무려 두 시간 정도를 허비해야 했다.

요르단 출입국관리소의 출국수속은 손쉽게 넘어갔다. 일반 창구에는 이라크로 들어가기 위해 수속을 밟으려는 사람들이 긴 줄을 이루어 대기 하고 있었지만 우리 일행은 적십자 업무를 수행한다는 이유로 외교관 전 용 창구를 통해 금방 출국수속을 마칠 수 있었다. 출국수속 후 건물 밖으 로 나와 보니 아직도 우리 차들은 길게 늘어선 차량 행렬 한참 뒤편에 처 져 있었다. 미군의 삼엄한 검문 덕분에 국경을 넘는 차량들은 거북이걸

이라크 국경 검문소 근처의 사담 후세인 초상화. 얼굴 부위가 총탄 자국으로 심하게 훼손되어 있다. ⓒ 조인원

음을 했고, 끝없이 이어진 긴 차량 행렬은 도무지 줄어들 기미가 보이지 않았다.

우리는 작렬하는 태양을 피해 요르단 국경 검문소의 철제 차양 아래에 나란히 앉아 우리 차들이 일행을 태우러 오기만을 기다렸다. 이때까지만 해도 나는 전쟁이라는 상황을 실감하지 못했다. 전쟁은 그저 TV 뉴스를 통해 전해 오는 먼 나라의 이야기일 뿐 현실로 느껴지지 않았다. 그러나 긴 기다림 끝에 비로소 우리 일행을 태운 차량들이 요르단 국경 검문소를 지나 미군이 경비를 선 이라크 국경 검문소 앞에 다다르자 전쟁은 나에게 코앞의 현실로 다가왔다. 이라크 국경 검문소는 격렬한 전투의 여파로 처참히 파괴되어 있었다. 건물은 폭파되어 한쪽 벽 일부만 남았고, 흉물스럽게 홀로 선 벽면에는 수많은 총탄 자국이 새겨져 있었다. 특히 이라크 국기와 사담 후세인의 얼굴이 그려진 부위는 집중난사를 당해 식별하기 어려울 정도로 훼손되어 있었다. 무너진 건물터 옆에는 끌어내려져 부서진 사담의 동상이 널브러져 있었다. 이라크에 입국하려고 늘어선 차량 행렬을 25mm 기관포 돌출총좌로 정조준한 미군 M-2 브래들리 장갑차와 실탄을 장전한 소총을 겨누며 차량을 검문하는 미군의 모습에서 나는 내가 전쟁터 한복판에 들어와 있음을 실감할 수 있었다.

드디어 우리 차례가 되어 수신호로 정지를 명하는 미군 앞에 서행하던 차가 멈춰 섰다. 그러자 미군 한 명이 내가 탄 차에 다가와 M-16 소총을 들이대고 총구로 차문 유리를 두드리며 유리창을 내릴 것을 요구했다. 유리창을 내리자 내 얼굴에 정통으로 총구를 겨눈 미군 병사가 신분과 이라크 입국 목적을 묻고는 신분증을 제시할 것을 요구했다. 내가 우리 일행의 신분과 이라크 입국 목적을 설명하고, 여권과 함께 목에 건 적십자 포토 아이디photo ID를 들어 보이자 그제야 미군은 내 안면을 겨누던 소총의 총구를 내렸다. 난 지금도 내 코앞에 총구가 겨눠졌던 순간의 긴장감과 두려움을 잊을 수 없다. 총구를 통해 총열 속의 강선이 들여다보일 정도로 내 얼굴 가까이 겨눠졌던 총구와 내게 총을 겨눈 미군 병사의 살기 가득한 눈빛에 나는 심장이 얼어붙는 듯했다. 검문하던 미군 병사의 얼굴에도 경계심으로 인한 긴장감이 역력했다. 비록 중무장을 했어도 그 미군 병사도 전쟁을 두려워하고 있음이 분명했다. 문득 대학 시절 전쟁론 수업시간에 배운 문구 하나가 머리에 떠올랐다. "전쟁터에서 인간을 잔인하게 만드는 것은 적개심이 아니라 두려움이다. 병사들은 두려움 때문에 거침없이 적군을 죽인다." 그 순간 수업시간에는 무심코 흘려들었던 그 문구가 새삼스레 절실하게 가슴에 와 닿았다. 미군은 우리의 신분을 확인하자 곧바로 경계심을 풀었다. 우리가 적십자 업무를 수행하기 위해 바그다드로 간다는 걸 확인하자 미군은 이제까지의 적대감이 무색할 만큼 우리에게 친근감을 보여 주었다. 미군은 우리에게 바그다드에 가서 좋은 일 많이 하라는 격려의 말과 함께 우리 일행이 탄 차량들을 길게 늘어선 화물차량 행렬에서 빼내어 갓길을 통해 먼저 지나갈 수 있도록 배려해 주었다.

　미군의 검문을 통과하자마자 우리는 길가 공터에 차를 세우고, 줄줄이 늘어선 불법 유류판매상들의 유조트럭에서 주유를 했다. 자동차의 연료 주입구에 깔때기를 받쳐 놓고 옆에 세워진 유조트럭의 휘발유 탱크에서 직접 밸브를 열어 연료를 채워 넣었다. 이라크에서는 이런 식의 불법주유가 일반적인 방법이라고 했다. 전쟁터에서나 볼 수 있는 진풍경이 아닐 수 없었다. 연료를 보충한 후 우리 일행은 더 이상 지체하지 않고 고속도로를 따라 바그다드를 향해 질주하기 시작했다.

위험을 뚫고 바그다드로

　　　　　　암만에서 알 카라마까지 이어지는 길은 꼬불꼬불한 편도 1차선 도로다. 이 좁은 길을 타고 오느라 우리 일행을 태운 차량은 좀처럼 속도를 내지 못했다. 하지만 일단 이라크 영토에 들어서자 길은 왕복 6차선으로 시원하게 뻗은 고속도로로 바뀌었다. 열사의 땅 사막을 가로지르는 이 고속도로는 국경에서 바그다드까지 곡선 구간이 거의 없이 곧게 연결되어 있다. 이 고속도로는 중동 건설 경기가 한창이던 1970년대에 우리나라의 현대건설이 공사를 맡아 건설했다고 한다. 한낮이면 기온이 섭씨 50~55도를 넘나드는 염천지옥炎天地獄과도 같은 사막 위에 620킬로미터에 이르는 고속도로를 건설한다는 것은 여간 어려운 일이 아니었을 것이다. 세계 유수의 건설 회사들이 이 난공사에 도전했다가 모두 실패하고 물러난 것을 현대건설이 뛰어들어 불과 2년여 만에 완공했다고 한다. 공사를 발주한 이라크 정부는 물론이고 전 세계 건설 회사들

바그다드로 가는 고속도로   ⓒ 장영은

은 이 고속도로 건설을 놓고 한국인이 기적을 일구었다며 극찬했다고 한
다. 새삼 세계를 놀라게 한 한국인의 끈기와 뚝심이 자랑스러웠다.

이라크 고속도로 건설 중에 한국인의 독종 기질을 아랍인들의 뇌리에
각인시킨 재미있는 일화가 하나 있다. 사자나 호랑이 같은 대형 맹수가
없는 사막에서 유목민이 가장 두려워하는 짐승은 다름 아닌 들개라고 한
다. 사막에서 천막을 치고 유목 생활을 하는 베두인Bedouin*족에게 떼로

***

* 인종적 분류에 따른 명칭이 아니라 전통문화를 고수하며 씨족사회를 이루어 사막에서 유목
생활을 하는 아랍인들을 가리키는 고유명사다. 베두인이라는 명칭 자체가 '사막에서 사는
사람'이라는 의미의 아랍어 '바다위Badawiyy'나 '바다위윤Badawiyyūn'에서 유래하였다.

몰려다니며 사람과 가축을 습격해 물어 죽이는 들개는 공포의 대상이 아닐 수 없다. 하루는 사막 한가운데 고속도로 건설 현장에 갑자기 들개 떼가 나타나 공사 인부들을 습격했다고 한다. 아랍인 공사 인부들은 달려드는 들개들의 습격을 피해 비명을 지르며 공사를 위해 지은 가건물이나 건설장비 위로 도망치기 바빴는데, 한국인 공사 인부들은 오히려 이게 웬 떡이냐는 듯 쾌재를 부르며 개떼에 달려들어 몽둥이나 삽 등으로 개들을 때려잡아 보신탕을 끓여 먹었다고 한다. 이 모습을 지켜본 아랍인 공사 인부들은 한국인은 자신들이 도저히 따라갈 수 없는 독종이라는 인식을 갖게 되었다고 한다. 한국인의 유별난 강아지 사랑(?)이 이곳 이라크 땅에서도 맹위를 떨친 것이다. 이쯤 되면 개고기를 즐겨 먹는 한국인의 식성이 국위선양에 단단히 한몫을 한 셈이다. 나중에 요르단 암만에서 만난 한국 대사관 직원에게 이 이야기를 처음 전해 들었을 때 배꼽을 잡고 한참 웃었던 기억이 난다.

국경을 넘어서자 도로 사정뿐만 아니라 사막의 풍광도 달라졌다. 요르단의 사막은 드문드문 바위산이 있고 모래에 굵은 돌들이 많이 섞인 자갈 사막이었다. 그런데 이라크 땅에 들어서니 사방을 둘러봐도 모래 언덕만 끝없이 이어지는, 우리가 익히 알고 있는 사막의 모습이 눈앞에 펼쳐졌다. 국경을 넘은 지 얼마 지나지 않아 사막을 질주하는 차창 왼편 고속도로변에 UNHCR(유엔 난민기구)에서 운영하는 난민 캠프가 나타났다. 뙤약볕이 내리쬐는 사막 한가운데 천막으로 이루어진 꽤 큰 규모의 난민 캠프가 자리 잡고 있었다. 더위가 최고조에 달한 한낮이어서 그런지 천막 바깥에 돌아다니는 사람들의 모습은 거의 보이지 않았다. 차를 타고 지나치느라 자세히 살펴볼 수는 없었지만 언뜻 보기에도 난민 캠프의

요르단–이라크 국경의 난민 캠프   © 조인원

주거환경은 무척 열악해 보였다. 전쟁을 피해 저런 열악한 환경에서 하루하루 힘겹게 연명하고 있을 이라크 난민들의 비참한 모습을 상상하니 문득 애처로운 마음이 끓어올랐다. 차창 밖으로 스쳐 지나가는 난민 캠프의 모습을 바라보면서 평화의 소중함을 다시 한번 절감할 수 있었다.

난민 캠프를 지나 세 시간 이상 시속 100킬로미터 이상의 속도로 고속도로를 내달리던 차량이 시리아 쪽에서 뻗어 내려온 고속도로와 합쳐지는 구간을 지나면서 갑자기 속도를 늦춰 서행하기 시작했다. 전방에 큰 협곡이 있고 그 협곡 사이를 지나는 꽤 긴 다리 위로 고속도로가 이어져 있는데, 이제까지 비교적 양호하던 도로 상태가 이 구간부터 갑자기 악화된 것이다. 고속도로는 협곡 위에 놓인 교량에 가까이 다가갈수록 전투기나 헬기가 쏟아낸 공대지空對地 기총소사를 당한 듯 심하게 파손되어 있었다. 도로 표면은 무수한 총탄 자국으로 곰보처럼 변했고 군데군데 폭탄 자국이 큰 구덩이를 이루었다. 가장 크게 파괴된 곳은 협곡을 지나는 다리 위였다. 다리 한가운데에는 직격탄을 맞아 한쪽 차선이 완전히 끊어질 만큼 커다란 구멍이 뚫려 있었다. 우리는 그 커다란 구멍을 피해 반파된 다리 위를 반대 차선으로 S자로 우회하여 아슬아슬하게 지나갔다. 다리가 너무 많이 파손되어 다리를 건너는 내내 교량이 무너져 내리는 것은 아닌가 싶어 가슴이 조마조마했다. 다리를 건너자마자 우리는 고속도로가 그토록 심하게 파괴된 이유를 알 수 있었다. 다리가 끝나는 지점 바로 전방에 집중사격을 받아 온통 벌집이 된 버스 한 대가 도로변에 끌어올려져 있었다. 버스 옆면에는 커다란 나무 합판에 붉은 페인트로 쓴 경고문이 붙어 있었다. 미군이 써놓은 경고문을 읽어 보니 전쟁 중 이라크군에 지원하기 위해 바그다드로 가던 시리아 자원병들을 태운 버스를 도중에 미군이 요격한 것이라고 했다. 미군은 이라크로 향하는 테러리스트들에게 경고 메시지를 전하기 위해 피격된 버스의 잔해를 전시해 놓은 것이다. 아마도 피격된 버스 안에는 수많은 시체가 뒹굴고 있었을 것이다. 나는 버스의 처참한 모습만으로도 소름이 끼쳐 멀리서 경고문을 읽어 볼 뿐 가까이 다가가 버스 안을 들여다볼 엄두는 나지 않았다.

섬뜩한 살육의 현장을 지나 우리 일행은 다시 바그다드로 향해 나아갔다. 우리가 탄 차량은 바그다드가 가까워질수록 점점 속도를 높여 시속 160킬로미터가 넘는 스피드로 바그다드를 향해 쾌속 질주했다. 암만에서 바그다드로 이어지는 전체 여정 중에서 바그다드에 150~100킬로미터 정도 근접한 구간이 가장 위험하다. 이 구간에서는 전쟁 직후 현대판

바그다드 외곽의 파괴된 이라크군 탱크 잔해   ⓒ 조인원

마적단이 자주 출몰했다. 자동화기로 무장한 노상강도들이 자동차를 타고 도로변에 매복해 있다가 바그다드를 오가는 차량이 접근하면 갑자기 나타나 차를 세우고 노략질을 일삼았다. 노상강도단은 습격 대상인 차량의 탑승자들이 정차를 거부하거나 반항하면 가차 없이 살해하는 만행을 저지르곤 해 바그다드를 오가는 이들은 이 구간을 지나갈 때 무척 주의를 기울여야 했다. 사막 떼강도의 습격을 피하려면 절대 정차하지 말고 속도를 올려 최단시간에 이 구간을 주파하는 것이 유일한 방책이다. 이들은 낮보다 밤에 주로 활동하므로 반드시 해가 떠 있는 시간대에 이 구간을 지나가야 위험을 줄일 수 있었다. 우리 일행은 노상강도단이 출몰할까 봐 잔뜩 긴장한 채 전속력으로 바그다드를 향해 내달렸다.

바그다드가 가까워지자 차창 밖의 풍광이 달라지기 시작했다. 끝없이 이어질 것만 같던 삭막한 사막 위에 한 그루 두 그루 대추야자나무의 모습이 보이더니 어느새 제법 무성한 대추야자나무 숲이 모습을 드러냈다. 군데군데 형성된 오아시스 주변에는 한두 채씩 민가도 보였다. 도시에 다가갈수록 눈에 띄는 것은 전쟁의 상흔이었다. 고속도로변에는 파괴된 이라크군의 탱크와 군용차량이 여기저기 방치되어 있었다. 시커멓게 불타고 처참히 파괴된 탱크 잔해를 바라보면서 바그다드 외곽지역에서도 어느 곳 못지않게 치열한 전투가 벌어졌음을 짐작할 수 있었다. 오랫동안 침묵을 지키던 무전기에서 선두 차량에 타고 계신 윤병학 과장님의 장난기 어린 목소리가 흘러 나왔다.

"아……. 아……. 여러분 기뻐해 주시기 바랍니다. 잠시 후 여러분께서는 평화의 도시라고 불리는 바그다드에 도착할 예정입니다. 모두 창밖을 주시해 주시기 바랍니다. 이제 곧 그림 같은 바그다드의 풍경이 여러분 앞에 펼쳐질 겁니다."

마치 여객기 승무원의 기내 안내방송 같은 윤병학 과장님의 유머 가득한 멘트에 우리 일행은 잠시 긴장을 풀고 밝게 웃을 수 있었다. 윤병학 과장님의 말씀대로 우리를 태운 차량은 오후 5시가 다 되어갈 무렵 드디어 최종 목적지 바그다드 시내에 들어섰다.

3. 천일야화의 도시 바그다드

천일야화가 살아 숨 쉬는 도시

영화 〈아라비아의 로렌스Lawrence of Arabia〉(1962)를 보면 나중에 이라크 초대 국왕이 된 아랍 반군의 지도자 파이살이 영국 장교 로렌스를 처음 만난 자리에서 찬란했던 아랍의 옛 영화를 자랑하고자 다음과 같은 대사를 읊조리는 장면이 나온다.

"런던이 작은 촌락에 불과하던 시절 이미 코르도바*의 거리에는 3킬로

---

* 스페인 남부 안달루시아 지방에 있는 도시로 후기 우마이야 왕조의 수도였다. 지브롤터 해협을 건너온 아랍인들이 건설한 도시로 10세기 초 코르도바는 다마스쿠스, 바그다드, 카이로에 이어 이슬람 문명의 중심도시로 번성했다. 10세기 초반 전성기의 코르도바는 인구가 50만 명이 넘는 당시 유럽 최대의 도시였다.

미터에 걸쳐 가로등이 빛나고 있었소."

정말 그랬다. 중세 유럽이 암흑기에 빠진 동안 이슬람 세계에서는 찬란한 문명이 융성했다. 전성기에 이슬람 제국은 서쪽으로는 유럽 남단의 스페인에서부터 동쪽으로는 남아시아의 파키스탄과 인도 북부에 이르는 광활한 영토를 지배하는 대제국이었다. 아랍인이 세운 이슬람 제국은 그 강성함만큼이나 문화적으로도 번성했다. 드넓은 제국의 영토 곳곳에 건설된 도시들을 중심으로 빛나는 이슬람 문화가 꽃피었다. 다마스쿠스, 카이로, 사마르칸트, 코르도바 등의 이슬람 도시들은 당대 세계 문화와 경제의 중심지였다. 밤하늘에 별처럼 빛나던 이슬람 도시들 중에서도 바그다드는 단연 별 중에 별이었다.

바그다드는 이슬람 역사를 통틀어 최전성기를 구가한 압바스 왕조의 수도로 약 500년간 번영을 누렸다. 페르시아어로 '신의 선물'이라는 뜻을 지닌 바그다드는 압바스 왕조의 제2대 칼리파 알 만쑤르al-Mansur가 건설한 도시다. 762년 압바스 왕조의 실질적 창시자인 알 만쑤르는 전 왕조 우마이야가의 잔존 세력을 일축하고 새로운 왕조의 기반을 공고히 하기 위해 다마스쿠스에서 바그다드로 천도를 단행했다. 메소포타미아 지방의 작은 촌락에 불과했던 바그다드는 6년간의 대역사 끝에 구황도舊皇都 다마스쿠스를 능가하는 이슬람 최대의 도시로 우뚝 서게 되었다. '마디나트 아스살람Madinat as-Salam'(평화의 도시)이라는 별칭으로도 불리는 바그다드는 당시 도시 규모나 문화 수준 면에서 중국 당唐 나라의 수도인 장안長安과 쌍벽을 이루는 세계 최대이자 최고의 도시였다. 이슬람 제국의 새로운 수도로서 정치, 경제, 문화의 중심지 역할을 수행하기 위해 바그다드는 치밀한 사전설계에 따라 건설된 계획도시였다. 도시를 건설하기 전에 농작물 재배에 필요한 농업용수와 도시에 공급할 생활용수를 충분히 확보하기 위해 티그리스 강과 유프라테스 강을 연결하는 운하를 건설하고, 이 운하에서 물줄기를 끌어와 거미줄처럼 촘촘한 관개수로망을 구축했다. 양대 강 사이에 형성된 드넓은 농경지 한복판에 티그리스 강을 끼고 지름 18킬로미터에 이르는 원형의 3중 성벽으로 둘러싸인 도시가 건설되었다. 너비 20미터에 이르는 해자垓字로 둘러싸인 외성에는 서남, 동남, 동북, 서북 방향으로 쿠파(에카), 바스라, 호라산, 시리아(다마스쿠스)라고 명명된 4개의 철제 관문이 있었다. 도시 중앙에 위치한 황궁과 마스지드masjid*를 중심으로 방사형으로 뻗은 도로망이 건설되었는데, 내성에서 외성의 4대문까지 이어진 대로大路를 기준으로 구역을 나누어 각각 관청, 민가, 군영을 배치했다.

내성에서 4대문으로 이어지는 대로를 따라 시장이 형성되었는데, 이 시장에 실크로드와 바닷길을 통해 세계 각지에서 대상隊商들이 몰려들면서 바그다드는 일약 유럽, 아프리카, 아시아를 포괄하는 국제무역 네트워크의 중심으로 발전했다. 바그다드의 번영은『천일야화千一夜話』의 주인공으로 자주 등장하는 압바스 왕조의 제5대 칼리파 하룬 알 라쉬드Harun al-Rashid 대에 최고조에 달했다. 이 무렵 명실공히 세계 경제와 문화의 중심지로 떠오른 바그다드의 저잣거리에는 주변국의 상인들은 물론이고 멀리 유럽, 아프리카, 인도, 중국에서 온 상인들이 몰려들어 이역의 진귀한 상품들을 거래했다. 세계 각지에서 찾아온 상인과 학자, 여행객

---

* 이슬람 사원을 일컫는 아랍어 명칭이다. 마스지드는 아랍어로 '머리를 땅에 대고 절하는 곳' 이라는 의미이다. 우리가 흔히 알고 있는 모스크mosque는 마스지드의 영어식 표현이다.

을 수용하기 위해 바그다드 시내에는 외국인 전용 거주지역이 조성되었고, 이곳에 거주하던 외국인들을 통해 세계의 종교와 문물이 바그다드에 전파되었다. 바그다드를 중심으로 활동하던 아랍 상인들은 바닷길을 통해 멀리 극동아시아까지 진출했는데 그중 일부는 우리나라까지 들어와 활발한 교역을 벌였다. 이슬람 세계와의 교류는 고려시대에 가장 성행했는데, 이때 고려를 오가며 장사하던 아랍 상인들을 통해 우리나라가 'Corea'라는 이름으로 세계에 알려지게 되었다고 한다.

바그다드는 이슬람교의 중심지였음에도 불구하고 시내에 기독교 교회와 시너고그synagogue(유대교 회당)가 있었고, 심지어 차이나타운에는 도교 사원과 불교 사찰까지 존재했다. 지금도 바그다드에는 당시에 세워진 기독교 교회 다섯 곳과 시너고그 한 곳이 남아 있다. 바그다드의 궁정에는 칼리파를 배알하기 위해 세계 각국에서 온 사절단이 문전성시를 이루었다. 그중에는 서유럽의 통치자 샤를마뉴가 보낸 사절단과 멀리 인도에서 온 사신단도 끼어 있었다. 8세기 말에서 9세기 초반 황금기를 맞이한 바그다드는 세계의 거의 모든 인종과 문화가 융합된 인구 200만의 거대한 국제도시였다. 이 시기 바그다드에서는 신비한 내용을 담은 구전설화가 성행했는데, 민간에 널리 퍼진 수많은 이야기 중에는 우리에게도 친숙한 「알라딘과 요술램프」, 「알리바바와 40인의 도적」, 「신드바드의 모험」 등도 포함되어 있다. 후대에 이 흥미로운 이야기들을 모아 엮은 책이 『아라비안나이트』로 더 잘 알려진 이슬람 설화집 『천일야화』다. 『천일야화』에 수록된 280여 편의 이야기에는 전성기 바그다드의 화려한 옛 모습이 고스란히 담겨 있다.

바그다드 시가지 전경　　　　　　　　　　　　　　　　　　　　ⓒ 조인원

전화戰禍가 할퀴고 간 바그다드의 참상

　　　　　　　내 눈앞에 펼쳐진 현대의 바그다드는 더 이상 화려하고 신비로운 천일야화의 도시가 아니었다. 바그다드는 전쟁으로 파괴되고 가난에 찌든 황폐한 도시로 변해 있었다. 게다가 도시 전체를 뒤덮은 누런 모래먼지 탓에 바그다드는 더욱 누추하고 초라해 보였다. 바그다드는 하늘과 땅, 건물에서 나무 이파리까지 모든 것이 황색 일변도였다. 하다못해 도시를 S자로 굽이쳐 흐르는 티그리스 강에도 누런 흙탕물이 흐른다. 아직 전화戰禍가 채 가시지 않은 바그다드의 모습은 참담했다. 도시는 온통 찢기고 부서지고 무너져 내려 거대한 폐허를 연상케 했다. 폭격을 받아 무너져 내린 건물 더미 사이로 시커먼 연기 기둥이 뭉게

이라크 적신월사 건너편에 있는 사담 타워. 미군의 폭격으로 상당 부분이 파손되었다.　　　　　ⓒ 장영은

뭉게 피어올랐고, 거리 곳곳에는 파괴된 이라크군 탱크의 잔해와 쓰레기 더미가 어지러이 방치되어 있었다.

암만을 출발한 지 13시간 만에 우리는 마침내 바그다드에 있는 이라크 적신월사에 도착했다. 이라크 적신월사는 국경에서부터 줄곧 달려온 고속도로를 빠져나오면 바로 연결되는 바그다드 서부 알 만쑤르 지역에 있다. 이라크 적신월사는 바그다드 시내의 모든 건물이 다 그렇듯 누런 빛깔의 단출한 2층 건물인데, 건물 맞은편으로 바그다드의 랜드마크라고 할 수 있는 205미터 높이의 사담 타워*가 한눈에 들어온다. 언뜻 보기에 N서울타워와 비슷한 외양의 사담 타워는 시내에 TV 방송 전파를 송출하는 바그다드에서 가장 높은 건축물로서 사담 후세인이 자신의 위세를 대내외에 과시할 목적으로 1994년에 건축했다고 한다. 사담 타워는 사담 후세인이 세운 현대판 바벨탑이라고 할 수 있다. 자만에 빠진 고대 바빌로니아인들이 신에게 도전하기 위해 하늘에 닿는 바벨

---

* 사담 타워의 공식 명칭은 국제 사담 타워International Saddam Tower였으나 미군의 바그다드 점령 이후 명칭이 변경되어 현재는 바그다드 타워Baghdad Tower로 불리고 있다.

탑을 쌓은 것처럼 사담 후세인도 하늘을 찌를 것 같은 자신의 권세를 상징하는 건축물을 바그다드 시내 한복판에 지어 놓은 것이다. 이라크 적신월사 길 건너편에는 집중 공습을 받아 형태를 알아볼 수 없을 만큼 철저히 파괴된 건물 잔해가 남아 있는데 전쟁 전에 이라크 정보부로 쓰인 건물이라고 한다.

이라크 적신월사에 도착하자마자 우리 일행은 너 나 할 것 없이 화장실부터 찾았다. 국경을 넘어온 이래 단 한 차례도 쉼 없이 이곳 바그다드까지 달려오느라 우리는 하루 종일 볼일을 볼 수가 없었다. 나도 차례를 기다려 급한 생리현상을 해소하려고 화장실에 들어갔는데, 볼일을 보는 중에 재미있는 아랍 문화의 단면을 체험하게 되었다. 이라크 적신월사 건물의 화장실은 남녀를 표시하는 픽토그램pictogram의 모양부터 달랐다. 일반적으로 화장실을 나타내는 픽토그램으로 남성용은 파란색 바지를 입은 사람 모양인 반면에 여성용은 빨간색 치마를 입은 사람 모양이다. 그런데 아랍인은 남성도 디슈다샤dishdasha*라고 불리는 여성용 치마 잠옷과 비슷한 형태의 긴 통옷을 즐겨 입기 때문에 일반적인 화장실 픽토그램으로는 남녀를 구별하기 어렵다. 그래서 이라크 적신월사 건물의 화장실 문에는 남성용에는 나비넥타이 모양의, 여성용에는 링 귀걸이 모양의 픽토그램이 붙어 있었다. 이라크인의 재치와 유머가 느껴졌다.

화장실에 들어서면 나로서는 좀처럼 적응할 수 없었던 또 하나의 아랍 화장실 문화를 발견하게 되었다. 아랍 화장실에는 수세식 양변기와는 달리 우리나라의 쪼그려 앉는 형태와 유사한 모양의 반수세식 변기가

---

* 지역에 따라 싸웁thawb, 칸두라kandura, 수리야흐suriyah 등의 다양한 이름으로 불린다.

Turkish Toilet

놓여 있다. 영어로 'Turkish Toilet'이라고 부르는 이 화장실은 양쪽 발판 사이에 달걀 모양으로 움푹 들어간 변기가 놓여 있고, 그 변기 중앙에 깔때기처럼 구멍이 뚫린 형태다. 그래서 큰일을 볼 때는 변기 중앙에 뚫린 구멍에 잘 조준해서 볼일을 봐야 변기를 깨끗이 사용할 수 있다. 문제는 볼일을 다 보고 나서 뒤처리를 하는 방식이다. 화장실 내부에는 작은 항아리처럼 생긴 물동이에 물이 가득 담겨 있다. 나는 처음에 그 물의 용도가 볼일을 본 후에 변기를 씻어 내는 것인 줄 알았다. 나중에 알고 보니 그 물동이에 담긴 물의 진짜 용도는 손을 씻는 것이었다. 아랍인들은 화장실에서 볼일을 보고 휴지 대신에 왼손으로 뒤처리를 한다. 뒤처리를 마친 후에는 배설물이 묻은 손을 물로 씻어낸다. 이른바 수동식 비데(?)인 셈인데, 오래된 아랍의 전통이라고 한다. 수세식 양변기가 도입된 오늘날에도 아랍인들은 이 전통 방식을 고수하고 있다. 외국인이 주로 묵는 수세식 양변기가 갖춰진 초현대식 특급 호텔의 화장실에조차 이 전통을 계승(?)하려는 아랍인들을 위해 휴지와 함께 변기 옆에 물동이가 비치되어 있다. 이 전통 때문에 아랍인에게 왼손으로 악수를 청하거나 왼손으로 물건을 건네는 행위는 큰 결례이

팔레스타인 호텔 앞. 미군이 탱크를 앞세워 경비를 서고 있다.   © 조인원

므로 주의해야 한다. 조금 거부감이 들기는 하지만 무척 흥미로운 전통임에 틀림없다.

우리는 이라크 적신월사에 오래 머물지 않고 그곳 국제부장의 안내를 받아 바그다드에서 우리가 머물게 될 숙소로 향했다. 이라크 적신월사가 우리에게 추천해준 숙소는 알 사둔al Sa'doon 거리에 있는 알 라비 관광 아파트al Rabee Tourism Apartment였다. 명칭으로도 알 수 있듯이 그곳은 호텔이라기보다는 우리나라 콘도와 유사한 형태의 숙소로, 여행객이 객실 내부에서 간단한 취사도 할 수 있는 주방시설이 딸린 2성급 숙박시설이었다. 객실 내부에 냉방시설이 설치되지 않았고, 전시여서 수시로 전기와 수도 공급이 끊어지는 바람에 애를 먹긴 했어도 우려했던 것보다는 깨끗하고 시설이 양호한 편이었다.

우리 숙소가 위치한 알 사둔 거리는 미군이 바그다드를 점령하던 날 탱크에 쇠사슬을 걸어 사담 후세인의 동상을 끌어내린 피르도스Firdos* 광장으로 통하는 큰길인데, 길을 따라 주변에 바그다드의 중심상업지구가 형성되어 있다. 우리 숙소 맞은편에는 티그리스 강과 인접한 도로 왼편에 전쟁 소식을 전하는 TV 뉴스 영상의 배경으로 자주 등장해 유명해진 18층 높이의 르메르디앙 팔레스타인 호텔Le Méridien Palestine Hotel이 우뚝 솟아 있고 바로 옆에 비슷한 규모의 이슈타르 쉐라톤 호텔Ishtar Sheraton Hotel이 자리 잡고 있다. 바그다드에서 가장 고급이라는 두 호텔을 중심으로 거리 양편에 각국 항공사, 정유회사, 무역회사 등이 입주한 사무실 건물들이 줄지어 늘어서 있다. 팔레스타인 호텔은 전쟁을 취재하려는 세계 각국 언론사 특파원들이 몰려들어 바그다드의 국제 프레스 센터와 같은 역할을 하고 있었다. 바그다드에 체류하는 외국인들은 대부분 팔레스타인 호텔이나 쉐라톤 호텔에 투숙했기 때문에 미군은 특별히 이 구역을 보호하기 위해 두 호텔 단지 주변을 3.7미터 높이의 콘크리트 장벽으로 에워싸고 항시 2대의 탱크를 배치하여 삼엄한 경계를 펼쳤다. 덕분에 팔레스타인 호텔 주변은 레드존Red Zone에 속한 지역 치고는 바그다드에서 치안이 가장 양호한 편이었다.

알 라비 아파트에 체크인해 객실을 정하고 차에 싣고 온 짐들을 옮겨 정리하고 나니 어느새 시간은 밤 9시를 훌쩍 넘어섰다. 바그다드는 서울

---

* 영어로 paradise, 즉 천국이라는 뜻이다.

보다 해가 늦게 지는지, 밤 10시가 되어서야 땅거미가 지면서 비로소 바그다드에 어둠이 깔리기 시작했다. 바그다드에 입성하던 첫날, 그때서야 우리는 너무나도 길었던 하루를 마감했다.

4. 알리바바

폐가나 다름없는 알 라지 병원

　　　　5월 19일. 바그다드에 도착한 다음 날 우리는 본격
적으로 임무를 수행하기 위해 바그다드 시내로 나섰다. 오전 10시쯤 숙
소를 출발해 이라크 적신월사로 향했다. 이라크 적신월사에 도착해 보니
오전 시간인데도 도움을 요청하는 사람들이 몰려들어 1층 로비는 북새통
을 이루고 있었다. 우리 일행은 그곳에서 어제 만났던 국제부장의 안내
를 받아 총재를 예방한 후 국제부 직원들과 향후 구호활동에 관한 실무협
의 시간을 가졌다.

　이라크 적신월사에서 업무를 마친 후 우리는 앞으로 우리 팀의 주 활동
무대가 될 알 라지al Razi 병원을 둘러보러 갔다. 이라크 적신월사가 운영

바그다드 알 만쑤르 거리의 이라크 적신월사 본사 건물   ⓒ 변성환

하는 병원 세 곳 중 가장 규모가 작은 이 병원은 바그다드 북쪽 앗 타이피
야At-Taifiya 지역 주택가에 자리 잡고 있었다. 9세기 후반 바그다드에서
활동한 유명한 이슬람 의학자의 이름을 딴 이 병원은 1959년 개원한 이
래 바그다드에서 손꼽히는 의료기관 중 한 곳이었다고 한다. 하지만 우
리가 처음 이곳을 방문했을 때는 버려진 흉가 같은 모습이었다. 진료 환
경이 열악하리라는 것은 예상했지만, 실제로 살펴본 병원의 상태는 예상
보다 훨씬 더 심각한 수준이었다. 30개 병상 규모의 외과 전문 진료기관
이었다는 이 병원은 오랫동안 운영되지 않고 방치된 듯했다. 직원과 환
자가 모두 떠나 버려 텅 빈 병원에는 젊은 의사 한 명만이 홀로 남아 자
리를 지키고 있었다. 진료실에는 의료기기나 의약품은 일체 존재하지

않았고, 전혀 관리되지 않은 듯 병실에는 부서진 침대만이 덩그러니 놓여 있었다. 병원의 위생상태도 엉망이어서 이런 곳에서 환자를 돌볼 수나 있을까 하는 의구심이 들 지경이었다. 수도를 틀어 보니 오랫동안 사용하지 않는지 시뻘건 녹물이 쏟아졌고, 전기 배선이 낡아 전기도 끊어진 상태였다. 도대체 어디부터 손을 봐야 할지 막막한 상황이었다. 병원을 둘러보고 다들 무거운 마음을 안고 숙소로 발길을 돌렸다. 윤병학 과장님과 채선영 씨는 미군정에 볼일이 있어 공화국 궁전으로 향했고, 나는 나머지 일행을 인솔하여 숙소로 복귀했다.

"더워도 너무 덥다."

　　　　　　　　　쉐라톤 호텔 뷔페식당에서 점심과 저녁을 겸한 식사를 마치고 알 라비 아파트로 돌아오는 길에 낡은 카메라와 기자수첩을 손에 든 한 이라크인이 우리에게 다가와 말을 건넸다. 그는 자신을 『바그다드 트리뷴Baghdad Tribune』(실제로 이런 신문사가 존재하는지조차 확인되지 않았다.) 기자라고 소개하면서 우리 팀의 활동상을 취재하고 싶다며 인터뷰를 청했다. 변성환 단장님이 나서 단원들이 모두 모인 자리에서 인터뷰에 응하는 것이 좋겠다며 오후 6시에 우리 숙소에서 다시 만날 것을 약속하고 일단 그와 헤어졌다.

숙소에 돌아오니 윤병학 과장님과 채선영 씨가 먼저 복귀해서 우리를 기다리고 있었다. 우리 일행은 모두 한 방에 모여 앞으로 수행할 구호활동에 대한 회의에 들어갔다. 윤병학 과장님이 지금까지의 업무 진행사항을 브리핑한 다음, 단원들의 업무 분장 그리고 선결과제에 대한 회의가 이어졌다. 회의 결과 나는 구매와 경리 업무 그리고 대외 기관 연락 업무를 맡게 되었다. 회의를 마친 후 나는 장을 보기 위해 나서야 했다. 서울에서 출발할 때 각종 의료기기와 의약품, 발전기, 구호물품, 그리고 물과 식료품 등 부피가 크고 무게가 많이 나가는 품목은 모두 전세기 편에 공수하기로 하고 우리는 꼭 필요한 짐만을 챙겨 바그다드에 들어왔다. 암만에서 준비해 온 음식물은 이미 다 떨어져서 서울에서 보낸 물품이 도착하기 전까지 어쩔 수 없이 꼭 필요한 물과 식량을 현지에서 조달해야 할 형편이었다. 매끼 식사는 근처 호텔이나 시내 식당에서 그럭저럭 해결할 수 있었지만 마실 물은 어떻게든 구입해야만 했다. 바그다드에서 물은 생존을 위한 필수품이다. 바그다드에서 낮에 물 없이 거리를 활보하는 것은 자살 행위나 다름없다.

바그다드의 더위는 상상을 초월한다. 그저 덥다는 말만으로는 바그다드의 지독한 더위를 제대로 표현할 수 없다. 암만에 처음 도착했을 때 수은주가 섭씨 43도까지 올라가는 것을 보고 경악했는데, 바그다드의 낮 최고 기온은 암만의 더위를 무색하게 만든다. 이라크의 여름철 평균 기온은 섭씨 38~49도나 된다. 세계에서 가장 더운 나라라는 명성에 걸맞게 아직 5월 하순인데도 불구하고 바그다드의 한낮 기온은 섭씨 50도를 넘나들었다. 연중 최고치를 기록하는 6월 말에서 7월 초순에는 간혹 기온이 섭씨 70도 가까이 오르는 날도 있다고 한다. 실제로 내가 바그다드에 머무는 동안 가장 더웠던 날은 기온이 무려 섭씨 63도까지 치솟았다. 기온이 어찌나 높은지 바람이 불면 얼굴에 헤어드라이기를 들이댄 것 같았고, 숨을 쉬면 뜨거운 공기가 폐 속으로 유입되어 가슴이 화끈거렸다. 햇빛은 또 어찌나 강한지 화상의 위험 때문에 그 더운 날씨에도 짧은 옷은 엄두도 내지 못했다. 항상 긴팔에 긴 바지를 입어야 했고 챙이 넓은 모자와 선글라스는 필수였다. 만약 실외에서 모자를 쓰지 않고 맨머리로 직사광선을 직접 쬐면 채 20분도 지나지 않아 일사병으로 쓰러지기 일쑤였다. 쑤라야폰으로 위성전화를 걸 때면 정말 고통스러웠다. 전파 방해를 줄이기 위해 항상 하늘이 탁 트인 공터로 나가 통화해야 했는데, 전화를 거는 동안 쏟아지는 햇빛을 그대로 온몸으로 맞고 서 있자면 금방 머리가 어지럽고 속이 울렁거리는 일사병 증세가 나타나서 당장이라도 쓰러질 것만 같았다. 그럴 때마다 머릿속에서는 몸속의 혈액이 보글보글 끓는 것 같은 상상이 들곤 했다.

바깥보다는 한결 나은 편이었지만 실내에 있어도 더위는 견디기 힘들었다. 햇빛을 받아 달궈진 건물 외벽에 등을 기대면 후끈한 열기가 느껴져 마치 찜질방에 들어와 있는 듯했다. 건물 옥상에 있는 물탱크가 강렬한 햇빛에 달아올라 찬물을 틀어도 수도꼭지에서 뜨끈한 물이 흘러나올 정도였다. 실제로 바그다드에서 활동하는 동안 나를 가장 괴롭힌 것은 위험천만한 치안상황도 언어소통의 문제도 아닌, 사람을 완전히 탈진시키는 살인적인 더위였다. 인간의 적응력은 정말 대단해서 처음 바그다드에 왔을 때는 도저히 견딜 수 없을 것만 같았던 모든 것, 예를 들어 시도 때도 없이 벌어지던 거리의 총격전, 자살 폭탄 테러, 무질서한 거리의 교통질서, 영 입맛에 맞지 않던 현지 음식 같은 것들에 시간이 지나면서 적응할 수 있었다. 그러나 끝까지 적응할 수 없었던 것은 다름 아닌 바그다드의 혹독한 더위였다. 한낮에 시내를 돌아다니노라면 그늘이 지는 실내에서 활동하는 동료들이 부러워 죽을 지경이었다. 나뿐만 아니라 동료들도 더위 때문에 고통받기는 마찬가지였다. 체력이 약한 몇몇 간호사들은

캄신에 휩싸인 바그다드 시내

© 장영은

낮에 알 라지 병원에서 일하는 도중 더위에 지쳐 자신도 모르게 스르르 정신을 잃고 쓰러지기도 했다. 우리 팀원 모두에게 더위는 바그다드에서 극복해야만 했던 가장 큰 시련이었다.

　게다가 모래바람이 어찌나 심한지 거리를 걸어 다니면 입안에서 모래가 서걱서걱 씹힐 지경이었다. 우리가 머무는 동안 바그다드에는 일주일에 평균 한 번꼴로 현지인들이 '캄신khamsin'*이라고 부르는 거대한 모래폭풍이 불어닥치곤 했는데, 그런 날이면 모래폭풍이 앞을 가려 두 눈을

---

* 캄신은 아랍어로 50을 뜻한다. 캄신은 매년 2~6월에 집중적으로 발생하는데, 1년에 약 50일 정도 부는 바람이라는 의미로 캄신이라고 부른다.

뜨고 길을 걷기조차 힘들었다. 캄신이 심해지면 모래먼지가 하늘을 뒤덮어 태양을 가리기 때문에 대낮에도 초저녁처럼 껌껌해진다. 봄마다 우리나라에 불어오는 황사는 캄신에 비하면 그야말로 약과다. 저녁 때 숙소로 돌아와 샤워를 하면 머리카락 사이에서 모래가 잔뜩 흘러나왔다. 도대체 왜 살기 좋은 다른 지역 다 놓아두고 이런 혹독한 기후를 지닌 메소포타미아 지방에서 인류 최초의 고대 문명이 꽃피었는지 알 수 없는 노릇이다.

위기일발

바그다드에서 생활하자면 살인적인 더위와 건조한 기후 탓에 수시로 물을 마시지 않고는 도저히 버틸 수가 없다. 어쩔 수 없이 나는 당장 필요한 물과 식료품을 사기 위해 그날 저녁 숙소를 나서야만 했다. 함께 가기로 한 조인원 기자와 막 숙소를 나서려는데 문숙자 간호사와 김재경 간호사가 시장 구경을 하고 싶다며 따라나섰다. 그런데 막상 시장에 가려고 하니 막막했다. 바그다드에 도착한 지 하루밖에 안 되어 시장이 어디에 있는지도 모르겠고 말도 통하지 않아 그저 답답하기만 했다. 암만에서 우리를 태우고 온 요르단 운전기사는 영어를 거의 알아듣지 못했다. 그는 물과 식료품을 사러 시장에 가자는 말조차 제대로 알아듣지 못했다. 내가 볼펜과 수첩을 꺼내 들고 물병과 과일 등의 그림을 그려서 보여 주고 손짓 발짓까지 섞어 가며 설명하느라 쩔쩔매고 있는데 아까 쉐라톤 호텔 앞에서 만났던 이라크 기자가 우리에게 다가오는 모습이 보였다. 그는 약속한 대로 인터뷰를 하기 위해 우리를 찾아 알 라비

아파트로 오는 길이라고 했다. 내가 그에게 우리 사정을 설명하자 그는 흔쾌히 통역과 가이드 역할을 자청하고 나섰다. 반가운 마음에 선뜻 그를 차에 태우고 따라나섰는데, 그 순간에는 이 경솔한 행동 때문에 곧 죽을 고비를 넘기게 되리라는 것을 꿈에도 상상하지 못했다.

앞좌석에 올라탄 이라크 기자는 운전기사에게 이리저리 방향을 지시하여 어디론가 우리를 이끌고 갔다. 바그다드 지리를 전혀 모르는 나는 시장에 가는 줄만 알고 아무 의심 없이 차 뒷좌석에 앉아 있었다. 우리는 그가 인도하는 대로 한참을 달려 도시 외곽의 어느 으슥한 지역에 도착했다. 아무리 둘러보아도 시장이 보이지 않자 의심이 생긴 나는 이라크 기자에게 시장이 어디냐고 물었다. 그는 차에서 내려 조금 걸어가야 한다며 먼저 내려 우리에게 자신을 따라오라고 했다. 조금 미심쩍었지만 무슨 일이야 있겠나 싶어 차에서 내려 막 그를 따라나설 참이었다. 그때 황급히 나를 불러 세우는 요르단 운전기사의 외침이 들렸다. 내가 멈칫해서 뒤돌아보니 당황한 기색이 역력해 보이는 운전기사가 운전석에 앉은 채 손짓에 고갯짓까지 섞어 가며 다급하게 내게 돌아오라고 신호를 보냈다. 불현듯 불길한 예감이 온몸을 스치고 지나갔다. 퍼뜩 정신이 든 나는 고개를 돌려 재빨리 주변을 살펴보았다. 몇 발짝 앞서 가던 이라크 기자가 조금 멀찍한 곳에 몰려 있는 한 무리의 사람들을 손짓하여 부르며 그들에게 무언가를 말하고 있었다. 그 순간 나는 우리가 엄청난 위험에 빠져 있다는 것을 직감했다. 그 이라크인은 진짜 기자가 아니라 말로만 듣던 알리바바임이 틀림없었다. 더 이상 거기서 어정거렸다가는 무슨 일을 당할지 알 수 없는 노릇이었다. 한시라도 빨리 그 위태로운 상황에서 벗어나야만 했다. 나는 그때까지 상황을 눈치 채지 못한 동료들에게 소리쳤다.

"빨리 차에 다시 타세요! 어서요!"

나는 당황한 동료들을 물건을 집어 던지듯이 급하게 차에 밀어넣고 뒤이어 나도 뛰어들듯이 차에 올라탔다. 내가 차에 오르자마자 요르단 운전기사는 급발진을 하여 황급히 그 지역을 벗어났다. 뒤를 돌아보니 알리바바 일당 몇 명이 골목에서 쫓아 나와 악을 쓰며 멀어져 가는 우리 차를 향해 돌과 몽둥이를 집어 던지고 있었다. 숙소로 돌아오는 길에 흥분을 가라앉히지 못한 요르단 운전기사는 한껏 격양된 목소리로 우리에게 상황을 설명하려고 애썼다. 극도로 흥분한 그는 말을 제대로 잇지도 못했다. 그는 "Alibaba! Alibaba! No passport(아마도 신분증이나 press ID가 없으니 그는 진짜 기자가 아니라고 말하고 싶었던 듯하다.), You kill." 등의 영어 단어를 섞어 가며 알아들을 수 없는 아랍어로 우리에게 계속해서 소리를 질러댔다. 몇 마디 영어 단어만으로도 나는 그가 무슨 말을 하려는지 알 수 있었다. 나는 그의 손을 꼭 잡고 "Thank you!"를 연발하며 감사의 뜻을 전했다. 나의 손을 맞잡고 미소 짓는 그의 얼굴에는 우리를 구해 냈다는 자부심이 짙게 배어 있었다.

숙소로 돌아온 나는 방문을 걸어 잠그고 침대 위에 쓰러지듯 엎어졌다. 방금 전의 일을 떠올리니 그제야 숨이 턱 막히고 목뒤가 당기는 게 마치 천 근 무게의 돌덩이에 깔린 기분이 들었다. 나는 놀란 가슴을 쓸어내리며 한참 동안 침대에 엎드려 있었다. 놀라고 두려운 마음에 다시 장을 보러 나갈 엄두가 나지 않았지만 그렇다고 임무를 저버릴 수는 없었다. 도저히 홀로 다시 거리에 나설 용기가 나지 않았던 나는 최인화 기사를 찾아가 동행을 부탁했다. 마음씨 좋은 최인화 기사는 흔쾌히 따라나서 주었다. 나는 최인화 기사와 함께 요르단 운전기사의 안내를 받아 무사히 장을 보아 돌아올 수 있었다.

　미군 점령 직후 바그다드는 극도의 혼란과 무질서에 빠져 있었다. 그 와중에 치안이 완전히 붕괴되어 바그다드에서는 단돈 10달러 때문에 살인이 벌어질 만큼 범죄가 난무했다. 알리바바의 범죄 행각은 백주 대로변에서도 버젓이 일어나곤 했다. '알리바바'란 『천일야화』에 수록된 유명한 이야기 「알리바바와 40인의 도둑」에 등장하는 주인공의 이름에서 따온 말로 전쟁 직후 유행한 신조어다. 이야기 속 알리바바가 그랬듯 도둑을 등쳐먹는 도둑이라는 뜻으로 전쟁 직후 치안 부재 상황을 틈타 외국인을 대상으로 각종 범죄를 저지르는 무법자를 일컫는 말이다. 나중에 알라비 아파트 경비에게 물어보니 기자를 사칭했던 자는 바그다드 물정에 어두운 외국인을 노리고 그 일대를 배회하는 알리바바가 틀림없다고 확인해 주었다. 지금도 그때를 생각하면 가슴이 철렁 내려앉는다. 그날 난 죽을 고비를 한 번(앞으로 더 큰 위기가 한 고비 더 남아 있었다.) 넘겼다. 그날 일로 나는 내가 위험천만한 전쟁터 한복판에 들어와 있음을, 순간의 방심이 목숨을 위태롭게 할 수 있다는 사실을 다시 한번 절감했다.

5. 바그다드
하늘길을 열어라!

본격적인 개원 준비에 들어가다

바그다드에 온 지 사흘째 되던 날, 우리는 본격적인 의료 활동을 시작하기 위한 준비를 하느라 바쁜 하루를 보냈다. 이날 아침 조선일보 이철민 기자가 최종적으로 우리 팀에 합류하면서 드디어 팀원 18명 전원이 한자리에 모이게 되었다. 이철민 기자는 전쟁 초기 전투를 벌인 미군과 동행하면서 전황을 보도한 강인선 기자의 후임으로 교체 투입되어 우리 팀보다 한발 앞서 바그다드에 들어와 취재활동을 벌이고 있었다. 조인원 기자를 통해 우리의 바그다드 입성 소식을 전해들은 이철민 기자는 대한적십자사의 전재민 구호활동을 동반 취재하기 위해 알라비 아파트로 우리 일행을 찾아온 것이다. 이철민 기자는 기자라기보다는 특수임무를 띠고 적진에 침투한 스파이라고 해야 더 어울릴 것 같은 묘한 분위기를 풍기는 사람이었다. 평상시에는 장난기 있고 유머 넘치는 친숙한 이웃 남자 같아 보였지만 순간순간 말투나 얼굴 표정에서는 전쟁터에서나 어울릴 법한 날카로움이 느껴졌다. 나중에 알고 보니 그는 전직 해군특수부대 UDT 대원이었다고 한다.

이날 우리는 이철민 기자의 소개로 압바스를 처음 만났다. 압바스는 원래 이철민 기자에게 고용된 아랍어 통역이었다. 이철민 기자는 우리가 언어소통 문제 때문에 어려움을 겪고 있다는 말을 듣고 선뜻 압바스를 우리에게 소개해 주었다. 압바스와의 만남은 우리에게 천우신조와 같았다. 은발이 특히 인상적인 서글서글한 외모의 사람 좋은 압바스는 우리가 바그다드에서 활동하는 동안 큰 힘이 되어 주었다. 압바스는 유창한 영어 실력에 바그다드 사정에도 밝아 우리가 원하는 일은 무엇이든 척척 해결해 주었다. 압바스의 소개로 운전기사가 딸린 승합차 2대도 구할 수 있었다. 이로써 우리는 바그다드에서 활동하는 데 필요한 입과 발을 완비하게 되었다.

새로 고용한 이라크인들을 앞세워 우리는 알 라지 병원으로 향했다. 알 라지 병원에 도착하자마자 모든 단원이 소매를 걷어붙이고 병원 청소 작업에 달려들었다. 먼저 의료진이 진료실, 약국, 처치실 등으로 사용할 공간을 선정했다. 의료진의 활동 편의와 효율성을 고려해 병원 로비에서 가깝고 상태가 비교적 양호한 병실 다섯 군데를 골랐다. 선정된 병실 다섯 군데와 현관 로비에 쌓인 쓰레기를 걷어 내고 바닥과 벽에 세제를 풀어 물청소를 실시한 다음 소독약을 뿌려 방역작업을 했다. 힘들고 궂은 일임에도 불구하고 단원들은 불평 한마디 없이 다들 열심히 일했다. 다른 단원들이 병원 청소에 매진하는 동안 최인화 기사는 낡은 전기 배선을 교체하는 등 병원 건물에 다시 전기를 공급하기 위한 준비 작업을 했다. 그동안 윤병학 과장님은 마인우 봉사원을 대동하고 ICRC 바그다드 지부에 업무를 보러 가셨고, 나는 채선영 씨와 함께 압바스를 앞세워 병원에서 사용할 냉장고, 세탁기, 침대보, 커튼, 책상과 의자 등 각종 집기들을 구입하기 위해 시내로 나갔다. 이제는 믿을 만한 운전기사와 통역을 대동했기 때문에 한결 편안한 마음으로 물건을 사러 돌아다닐 수 있었다.

그즈음 바그다드 시내는 서서히 되살아나는 중이었다. 불과 한 주 전까지만 해도 바그다드 시내의 모든 상가는 철시하고 있었다고 한다. 우리가 바그다드에 들어와서 활동을 시작할 즈음 한 집 두 집 상점이 다시 문을 열고 영업을 시작했다. 기초 단계이기는 하나 사회기반시설도 재가동을 시작했다. 도시 외곽의 화력발전소 굴뚝에서는 다시 연기가 피어올랐고 수돗물 정수장 재건 공사도 진행 중이었다. 치안 유지를 위해 미군정은 임금 지불을 약속하고 흩어졌던 이라크 경찰과 공무원을 재소집했다. 바그다드 도처에서 전쟁의 상흔을 걷어 내는 대규모 청소 작업이 한창 진행 중이었다. 미군정과 계약을 맺은 폐기물 처리업체들이 인부와 중장비를 동원해 시내 곳곳에 어지러이 방치된 부서진 탱크 잔해와 쓰레기 더미를 치우기 시작했다. 아직 모든 것이 혼란스럽고 앞날은 여전히 불안한 상황이었지만 바그다드 주민들은 와해된 일상을 제자리로 되돌리기 위해 안간힘을 쓰고 있었다.

세계 다른 도시와 마찬가지로 바그다드 시장에서도 메이드 인 차이나 Made in China의 물결이 거셌다. 시장에서 거래되는 공산품 대부분이 중국산 제품이었다. 흥미로운 점은, 비록 시장 점유율 면에서는 중국산에 밀리지만 소비자 선호도 측면에서 선두를 달리는 것은 일본산도 유럽산도 아닌 바로 한국산 제품이었다는 것이다. 특히 가전제품과 자동차는 한국산이 이라크 시장을 거의 장악하고 있었다. 바그다드 시내를 돌아다니는 자동차의 절반 이상이 한국산 중고차였다. 우리 팀에서 고용한 운전기사들이 모는 자동차도 기아 베스타와 현대 그레이스였다. 재미있게도 한국산 중고차들은 해법수학, 경희대 태권도 아카데미, 장충동 할머니 족발, 밝은빛 교회 등 정겨운 한글 상호를 그대로 달고 거리를 누비고 있었다. 전자제품 판매점들이 몰려 있는 알 카라데al Karade 거리에 가보아도 Sony, Sanyo, Panasonic 등 일본 브랜드를 누르고 Samsung, LG, Daewoo 등 우리에게 익숙한 한국 브랜드가 시장을 장악하고 있었다. 소비자뿐만 아니라 판매상도 한국 브랜드를 가장 선호한다고 했다. 가슴 뿌듯한 일이 아닐 수 없었다. 우리와 거래한 전자제품 판매상도 우리가 세탁기와 냉장고를 사겠다고 하니 제일 먼저 한국 제품을 권했다. 우리는 뿌듯한 마음으로 삼성 세탁기와 엘지 냉장고를 사가지고 병원으로 돌아왔다.

첫 번째 난관을 돌파하라!

사전준비를 마쳤음에도 불구하고 우리는 곧바로 의료 봉사활동을 시작할 수 없었다. 우리가 활동하는 데 꼭 필요한 의약품, 의료기기, 발전기 등을 실은 전세기가 바그다드 국제공항(옛 사담 국제공항)에 내리지 못하고 여전히 바레인 국제공항에 발이 묶여 있었기 때문이다.

미군은 이라크 국경을 개방하고 육상 통행을 재개시켰지만 여전히 하늘을 통한 항공기 운항은 봉쇄했다. 미군은 바그다드 국제공항을 직접 통제했는데, 이라크 상공에 내려진 비행금지조치를 해제하지 않아 군수품을 수송하는 군용기를 제외한 민간 항공기의 운항은 그때까지도 재개되지 않았다. 대한적십자사는 DHL의 협찬을 얻어 전세기 편에 구호물자를 바그다드로 공수할 계획이었다. 그런데 우리가 애타게 기다리는 구호물자를 실은 첫 번째 전세기가 이라크 영공에 진입 허가를 받지 못해 바레인 국제공항에서 며칠째 대기 중이었다. 세계적으로 이름난 door to door service를 자랑하는 DHL 측에서도 이 거사를 성사하기 위해 온 힘을 다하고 있었다. 업무 편의를 위해 호주 지사에서 직원들을 바그다드에 급파해 팔레스타인 호텔에 임시 영업소를 설치하고 대기 중이었다. 하지만 제아무리 신속 정확한 배달을 모토로 하는 DHL이라 할지라도 미군이 비행 허가를 내주지 않는 한 구호품을 싣고 바그다드로 날아올 방도는 없었다.

5월 19일 윤병학 과장님이 채선영 씨와 함께 직접 미군정에 찾아가 DHL 전세기가 바그다드까지 구호물자를 싣고 올 수 있도록 비행 허가를 내줄 것을 요청했는데, 하루가 지나고 이틀이 지나도 미군정에서는 아무런 답변을 해주지 않았다. 예기치 못한 난관에 봉착한 우리 팀은 의료 봉사활동을 시작하지 못한 채 어쩔 수 없이 팔레스타인 난민 캠프, 이라크 국립박물관 등지를 찾아다니며 시간을 보낼 수밖에 없었다. 예정에 없던 며칠간의 휴가가 행정 담당들에게는 그다지 마음 편한 시간이 아니었다. 특히 윤병학 과장님은 남몰래 혼자 노심초사하셨는데 만약의 경우 끝까지 비행허가가 떨어지지 않으면 DHL 전세기를 암만 국제공항으로 돌려 그곳에서 바그다드까지 육로로 구호품을 운반할 궁리를 하고 계셨다. 그럴 경우 우리 팀의 향후 일정은 큰 차질을 빚게 될 것이 분명했다. 시간 지체도 큰 문제였지만 육로로 대량의 화물을 수송하는 것은 목숨을 걸어야 할 만큼 위험천만한 일이었다. 당시 이라크에서는 노상에서 무장단체에 의한 화물트럭 습격 사건이 빈번하게 일어났기 때문에 미군조차 육로를 통한 화물 수송을 꺼렸다.

사흘이 지나자 윤병학 과장님은 더 이상 지체할 수 없다고 판단하신 듯했다. 마지막으로 한 번 더 미군에 협조를 구해 보고 안 되면 바로 암만으로 출발하실 요량이었다. 5월 22일 나, 윤병학 과장님, 최인화 기사, 마인우 봉사원, 이렇게 네 사람은 특수임무를 띠고 적지에 침투하는 결사대처럼 비장한 각오를 하고 바그다드 국제공항으로 향했다. 우리의 임무는 바그다드 하늘길을 여는 것이었다. 바그다드 국제공항은 미군정청으로 쓰인 공화국 궁전Republican Palace 주변의 그린존Green Zone과 더불어 바그다드 내에서 미군의 경비가 가장 철저한 지역이었다. 바그다드 국제공항은 바그다드 인근에 주둔한 미군에 보급되는 군수품의 입출창구이자 보관창고 역할을 했기 때문에 미군은 많은 병력과 장비를 동원해 공항 주변을 철통같이 방비하고 있었다. 공항 입구에서 공항 청사까지 들어가려면 검문검색을 무려 여섯 차례나 거쳐야 했다. 공항 입구에 설치된 검문소를 필두로 공항 청사까지 연결된 진입로 위에는 육중한 콘크리트 장애물이 엇갈린 채 줄지어 놓여 있고 그 중간중간에 수십 미터 간격으로 경비 초소가 설치되어 있어 초소를 지나칠 때마다 매번 검문검색을 받아야 했다. 공항 입구 검문소에서 우리는 무척 험악한 분위기에서 철저한 검문검색을 받았다. 미군 위병은 우리 일행 모두를 차에서 내리게 하더니 긴 자루가 달린 거울을 밀어넣어 차 밑바닥을 살펴보고 이어서 탐지견을 차 안에 들여보내 폭발물 탑재 유무를 샅샅이 조사했다. 차량 검사가 이루어지는 동안 우리는 다른 위병의 감시를 받으며 뙤약볕 아래 검문소 벽에 일렬로 서서 대기해야만 했다. 우리는 한 사람 한 사람 돌아가며 일일이 금속 탐지기로 몸수색까지 받은 연후에야 겨우 검문소 통과를 허락받았다.

검문소를 지나 공항 경내의 첫 번째 경비 초소 앞에 도착하니 입구 검문소의 초병이 연락했는지 공항 경비대 소속의 젊은 대위 한 명이 험비를 몰고 나와 우리를 기다리고 있었다. 삭발한 머리에 금테 안경을 낀 지적인 외모의 젊은 대위는 우리를 친절히 맞아 주었다. 그의 에스코트 덕분에 입구 검문소와는 달리 이후로는 특별한 절차 없이 비교적 수월하게 나머지 초소들을 통과할 수 있었다. 공항 청사에 도착해서 우리를 에스코트해준 미군 대위에게 간단히 우리의 방문 목적을 설명하고 책임자 면담을 요청했다. 대위는 자신의 직속상관에게 연결해줄 테니 잠시 기다리라고 하더니 사무실 안으로 사라졌다. 약 30분 후 대위가 돌아와 공항경비를 맡은 미군 부대의 대대장 사무실로 우리를 안내했다. 대대장을 만난 자리에서 윤병학 과장님은 미리 준비해 간 협조 요청 공문을 전달하고 간곡히 협조해줄 것을 호소하셨다. 우리를 면담한 대대장은 비록 사무적이긴 했지만 진지한 태도로 우리의 이야기를 들어 주었다. 윤병학 과장님은 미군 중령을 설득하기 위해 우리가 처한 상황을 설명하고 계속해서 대화를 이어 갔다.

"우리는 바그다드 국제공항을 통한 항공 수송이 꼭 필요합니다. 협조해 주실 수 없겠습니까?"

"사정은 알겠지만 아직 상부로부터 어떠한 지시도 받은 것이 없습니다. 결코 가벼운 사안이 아니니 쉽게 결정이 나지는 않을 겁니다. 좀 더 기다려 보심이 어떨는지요."

"이미 많은 시간이 지났습니다. 지금 우리가 흘려보내고 있는 것은 단지 시간만이 아닙니다. 지금 우리는 소중한 기회를 그냥 흘려보내고 있는 겁니다."

"기회라니요? 무슨 기회를 말씀하시는 겁니까?"

"이라크인들의 목숨을 구할 수 있는 기회 말입니다. 그 비행기에는 적십자 구호물자가 실려 있습니다. 우리는 그 구호물자를 가지고 수많은 이라크인들의 목숨을 살릴 수 있습니다."

"그렇군요."

"지금 미군은 단순히 비행기 한 대의 운항을 막고 있는 것이 아니라 적십자의 인명구호활동을 막고 있는 겁니다. 지금 이 순간에도 이곳 이라크에서는 계속해서 무고한 민간인들이 죽어 가고 있다는 사실을 잊지 마십시오."

윤병학 과장님의 마지막 말씀이 효과가 있었는지 잠시 침묵을 지키던 미군 중령은 전화 수화기를 집어 들며 대답했다.

"잠시 기다려 주십시오. 바로 상부에 연락해 알아보겠습니다."

대대장과의 면담 후에 우리는 다시 오랜 기다림의 시간을 보내야 했다. 우리는 공항 청사 로비의 벤치에 앉아 가끔 벽에 걸린 시계를 쳐다보는 것으로 무료함을 달래었다. 우리의 연좌농성은 세 시간이 넘게 계속되었다. 기다림에 지친 내가 자리에서 일어나 한바탕 기지개를 켜고 있는데 아까 우리를 에스코트했던 젊은 대위가 얼굴 가득 함박웃음을 지으며 우리에게 다가와 말했다.

"지금 바로 바레인에 연락하세요. 비행허가가 떨어졌습니다. 바그다드 하늘길이 열렸어요."

그 순간 우리 네 사람은 자리를 박차고 일어나 서로 얼싸안으며 환호성을 질렀다. 나는 그때까지 적십자가 그토록 대단한 조직인 줄 몰랐다. 그저 말 몇 마디에 미군으로부터 비행허가를 받아 내다니, 내 눈앞에서 벌어진 일인데도 그 사실이 쉽게 믿어지지가 않았다. 실제로 일반인들이 생각하는 것 이상으로 국제사회에서 적십자의 위상은 대단히 높다. 특히 전쟁터에서 적십자 표장은 놀라운 힘을 발휘한다. 그때 이후에도 여러 차례 업무가 난관에 봉착할 때마다 적십자 표장은 문제를 해결하는 만능키 역할을 톡톡히 해주었다.

작은 기적

5월 23일 오후 2시 30분경 드디어 적십자 구호품을 가득 싣고 이라크 상공을 통과해 날아온 Antonov AN-12 DHL 전세기가 바그다드 국제공항 활주로에 내려앉았다. 이 DHL 화물기는 전쟁 이후 바그다드 국제공항에 착륙한 최초의 민간 항공기였다. 무료로 항공운송 서비스를 제공한 DHL도 이날의 쾌거를 무척 자랑스러워하는 것 같았다. 자사 화물기가 공항에 착륙하는 장면을 촬영하기 위해 바그다드에 파견 나와 있던 DHL 본사 홍보팀 직원은 그 영상자료를 나중에 회사 광고로 활용할 계획이라고 했다. DHL은 우리가 모든 임무를 마치고 바그다드를 떠날 때까지 두 차례 더 전세기를 띄워 대량의 구호품을 인천에서부터 바그다드까지 안전하게 운송해 주었다. DHL뿐만 아니라 미군도 적십자 구호품

맨 왼쪽부터 지은이, 채선영 씨. 마인우 봉사원, 그리고 DHL 직원들.   © 장영은

운송에 적극적인 협조를 아끼지 않았다. 이날 공항에는 사우디군 의료지
원단을 태운 C-130 허큘리스 수송기가 도착할 예정이었는데, 일정이 겹
칠 경우 활주로가 붐빌 것을 우려한 미 공군 관제팀은 사우디 공군기의
착륙 시간을 오전으로 조정해 주었다. 그리고 특별히 골드블랫Goldblatt
준위를 우리 전담요원으로 배치해 항공기 관제업무에서 화물 하역 및 적
재 업무까지 구호물자 운송에 필요한 제반 업무에 편의를 제공해 주었
다. 나중에 구호물자를 트럭에 옮겨 실을 때도 미군 측은 지게차와 병력
을 지원해 주었다. 아마도 미군은 이렇게 해서라도 이라크에 진 빚을 조
금이나마 갚고 싶었던 모양이다.

   이날 인연을 맺은 골드블랫 준위는 공항에 나갈 때마다 늘 우리를 반갑

바그다드 국제공항에서 골드블랫 준위, 마인우 봉사원과 함께 © 장영은

게 맞아 주었다. 골드블랫 준위는 내게 본인도 적십자 업무를 돕는 것이
즐겁고 자랑스럽다고 했다. 공항에 나갈 때마다 마인우 봉사원은 우리
팀에 정말 큰 힘이 되어 주었다. 그는 적십자 직원이 아니라 대한적십자
사 아마무선봉사회 소속의 봉사원으로 통신 담당자로서 우리 팀에 합류
한 민간인이었다. 마인우 봉사원은 통신 관련 업무 이외에도 자신의 역
할이 필요한 일이 생길 때마다 마다하지 않고 최선을 다해 우리를 도와주
었다. 그중에서도 공항 관련 업무는 마인우 봉사원이 혼자서 거의 다 처
리했다고 해도 과언이 아니다. 무역업에 종사하고 있어 통관 등 공항 관
련 업무에 경험이 많은 마인우 봉사원은 공항에 나갈 때마다 앞장서 모든
업무를 처리해 주었다. 마인우 봉사원 덕분에 우리는 큰 어려움 없이 공

항에서 구호물자를 찾아올 수 있었다.

그날 공항에서 실어 온 구호물자 중 당장 필요한 의료기기와 일부 의약품, 그리고 발전기와 정수기는 알 라지 병원에 내려놓고 나머지 물량은 약탈당하는 것을 방지하기 위해 ICRC 창고에 맡겨 두었다. 알 라지 병원에 짐을 내릴 때 고맙게도 동네 주민들이 발 벗고 나서서 일손을 보태 주었다. 서울 본사에서 실어 보낸 구호물자 중에서 가장 반가웠던 것은 역시 생수와 한국 음식이었다. 생수와 한국 음식은 창고에 보관하지 않고 전부 숙소로 가지고 돌아왔다. 그날 나를 포함해 공항에 나간 5명의 직원들은 혁혁한 전공을 세우고 귀환하는 개선장군이라도 된 양 의기양양해하며 알 라비 아파트로 돌아왔다. 숙소에서 우리가 돌아오기를 기다리던 동료들은 우레와 같은 박수로 우리를 열렬히 환영해 주었다. 그동안 애타게 기다리던 물과 식료품이 천장에 닿을 만큼 한 방 가득히 쌓이자 나는 갑자기 부자가 된 것 같은 기분이 들었다. 윤병학 과장님이 특유의 유머감각을 발휘해 한 말씀 하셨다.

"자 여러분, 이제 우리 더 이상 물 걱정을 할 필요가 없습니다. 원하는 사람은 말씀만 하세요. 생수로 샤워시켜 드리겠습니다."

우리는 모두 환호성을 지르고 박수를 치며 기뻐했다. 우리는 그날 밤 한방에 모여 서울에서 보내온 캔 맥주를 나누어 마시며 흥겨운 자축연을 벌였다.

6. 알 라지 병원

　　　　5월 25일. 바그다드에 도착한 지 꼭 일주일 만에 우리 팀은 알 라지 병원에서 의료 봉사활동을 개시했다. 진료 개시 하루 전날 우리 팀은 환자들을 맞을 준비를 하기 위해 알 라지 병원으로 향했다. 병원에 도착하자마자 가장 먼저 최인화 기사가 나서서 병원 건물에 전기와 수도를 다시 연결했다. 어제 공항에서 가져온 발전기를 병원 뒤뜰에 설치하고 전기 케이블을 며칠 전에 미리 손봐둔 배전판에 연결했다. 부르릉 부르릉 요란한 소리를 내며 발전기가 가동을 시작하자 잠시 후 병원 건물 안에 전등불이 켜졌다. 그리고 수도관에 정수기를 연결하니 수도꼭지에서는 다시 맑은 물이 콸콸 쏟아졌다. 전기와 수돗물 공급이 재개되

70

니 깊은 겨울잠을 자던 동물이 봄을 맞아 깨어나듯이 병원 건물도 되살아난 것만 같았다. 미리 청소해둔 다섯 개 병실에 각각 필요한 의료기기와 비품들을 정리해 배치하는 등 의료진이 분주히 움직였다. 그때 알 라지 병원의 병원장이 병원에 들어섰다. 병원장은 여기저기 둘러보더니 며칠 사이 달라진 병원 풍경에 한편으로 놀라고 한편으로 감동한 모습이었다. 병원장은 감정을 주체할 수 없었는지 큰 소리로 "Oh! My lovely friends, Koreans."를 연발하며 차례로 우리를 꼭 껴안아 주었다. 그는 서울에서 보내온 심전도기, 전동 혈압계 등 의료장비를 보더니 오래전에 집을 나간 자식이 돌아온 것처럼 기뻐했다. 우리가 오기 전에도 세계 여러 나라로부터 온 많은 단체들이 병원에 찾아와 필요한 것이 무엇이냐고 묻고 갔지만 실제 지원이 이루어진 예는 단 한 건도 없었다고 한다. 병원장은 우리 팀이 처음 병원을 찾았을 때에도 또 구경꾼들이 왔다 가는구나 싶어 아무 기대도 하지 않았다고 한다. 그런데 약속대로 우리가 돌아와 병원을 되살리는 모습을 보고 가슴 깊이 감동받았노라고 했다. 알 라지 병원이 다시 문을 열고 환자를 진료하게 될 줄은 몰랐다며 감개무량해 했다. 그날 우리는 오후 늦게야 진료 준비를 마무리 짓고 숙소로 복귀했다. 하루 종일 이어진 작업으로 다들 몸은 피곤했지만 마음만은 내일부터 시작될 진료활동에 대한 기대감으로 한껏 부풀어 있었다.

드디어 진료가 시작되는 첫날이 밝았다. 거사를 앞두고 있어서 그런지 아침 일찍부터 다들 상기된 모습이었다. 우리는 아침도 거른 채 다른 날보다 일찍 숙소를 나서 알 라지 병원으로 향했다. 병원에 도착하니 이라크 적신월사에서 소개해준 이라크인 통역 네 사람이 먼저 와서 우리를 기다리고 있었다. 아침 9시부터 약 1시간 동안 의료진은 본격적인 진료활동을 시작하기에 앞서 최종적으로 준비상태를 점검했다. 오전 10시쯤 아랍어와 영어로 "대한적십자사 이라크 전재민을 위한 긴급의료지원단"이라고 쓰인 대형 현수막을 병원 안팎에 내거는 것으로 모든 준비를 마친 우리 팀은 드디어 환자들을 병원 안으로 맞아들였다.

전시여서 마땅한 수단이 없어 사전 홍보활동도 제대로 하지 못한 우리는 병원 문을 열어도 환자들이 찾아오지 않으면 어떻게 하나 하고 내심 걱정을 많이 했다. 그런 우려는 기우에 불과했다. 막상 진료를 시작하고 나니 구름처럼 몰려드는 환자들 때문에 알 라지 병원 앞에서는 매일 일대 소동이 벌어졌다. 첫날 환자 54명이 병원을 찾은 것을 시작으로 그 이튿날부터 내원하는 환자의 수가 늘어나기 시작하더니 불과 며칠 후에는 도저히 감당하지 못할 만큼 많은 수의 환자들이 몰려들었다. 첫날에는 병원 근처에 거주하는 주민들 위주로 진료가 이루어졌지만 우리가 무료 진료를 한다는 소문이 퍼져 나가면서 점차 바그다드 전역에서 환자들이 몰려들기 시작했다. 단 며칠 만에 알 라지 병원을 찾아오는 환자의 수는 우리 의료진이 수용할 수 있는 한계를 넘어섰다.

우리는 어쩔 수 없이 응급환자를 제외하고 일일 진료 가능 인원을 하루에 100명으로 제한할 수밖에 없었다. 아침 일찍 병원 문을 열기 전에 병원 입구에서 선착순 100명에게만 번호표를 나누어 주어 순서대로 입장시키고, 안타깝지만 100명을 초과하는 사람들은 돌려보낼 수밖에 없었다. 단 한 명의 환자라도 더 받기 위해 의료진은 자청해서 점심식사 시간을 없애고 진료 시간을 하루 한 시간 더 연장하는 등 최선을 다했지만 병원을 찾아오는 환자들을 모두 다 진료할 수는 없는 형편이었다. 사실 겨우 의사 3명, 간호사 5명, 약사 1명으로 이루어진 소규모 의료진이 하루에

알 라지 병원 로비에서 환자들이 진료 순서를 기다리고 있다.　　　　　　　ⓒ 조인원

환자 100명을 본다는 것 자체가 이미 무리한 일이었다. 수용능력을 초과해 병원을 찾아온 환자들을 어쩔 수 없이 돌려보내야 하는 상황은 환자들 못지않게 우리에게도 견디기 힘든 일이었다. 당일 번호표를 받지 못해 절망한 표정으로 발길을 돌리는 환자들을 지켜보면서 난 내가 죄인이라도 된 것 같은 심정에 빠져들곤 했다. 유난히 마음이 여린 윤혜주 간호사는 이 일 때문에 매일 아침 하염없이 눈물을 쏟았다. 처음 며칠 동안은 이래저래 시행착오를 많이 겪었다. 진료활동 초기에 우리가 해결해야 했던 가장 큰 문제는 몰려드는 인파를 병원 안팎에서 통제하는 일이었다. 의료진을 제외한 나머지 단원들이 모두 나서 번호표 없이 무작정 병원으로 밀고 들어오려는 사람들을 통제하는 한편, 병원 안에서 진료절차를

잘 몰라 우왕좌왕하는 사람들을 일일이 안내해야만 했다. 조선일보 이철민 기자와 조인원 기자도 취재활동으로 바쁜 와중에도 기꺼이 시간을 내병원에서 우리 일을 도와주었다. 이 두 기자들을 통해 바그다드에서의우리 팀의 활동상이 조선일보에 기사화되어 국내에 소개되었다.

일주일이 지나가자 알 라지 병원은 점차 자리를 잡아 갔다. 우리가 병원 문을 다시 열었다는 소식이 알려지면서 뿔뿔이 흩어졌던 이라크 의사들도 알 라지 병원으로 돌아왔다. 이라크 의사 5명이 보강되면서 알 라지 병원에서는 수술을 포함해 보다 심도 있는 진료가 가능해졌다. 의사수가 늘어난 만큼 일일 진료 가능 인원도 50명을 더 늘려 하루 150명의환자를 진료할 수 있게 되었다. 진료절차에 체계가 잡히면서 어수선하고혼란스러웠던 병원 내부도 안정되기 시작했다.

병원 업무가 늘어나면서 인력도 충원해야 했다. 통역 2명과 승합차 1대를 보강하여 우리 팀의 현지 고용인은 도합 10명으로 늘어났다. 미군도우리의 진료활동에 힘을 보태 주었다. 알 라지 병원이 있는 앗 타이피야지역은 당시 미 육군 82공수사단이 관할했는데, 어떻게 알았는지 하루는이 부대 소속 병사들이 트럭을 타고 병원으로 우리를 찾아왔다. 그들은우리에게 미군도 적십자 활동에 동참하고 싶다며 도와줄 일이 없겠느냐고 물었다. 병원을 둘러본 미군들은 자청해서 우리에게 발전기용 중유를지원하겠다고 제안했다. 이후 약속한 대로 미군은 빠짐없이 일주일에 한번 알 라지 병원에 들러 중유가 담긴 드럼통을 내려놓고 갔다. 그리고 우리의 요청에 따라 야간에 병원이 약탈당하지 않도록 구역 순찰을 강화해주었다. 나중에 나는 82공수사단 의무대에 찾아가 부족한 의약품을 얻어오기도 했다.

인근 주민들 중에는 자발적으로 병원에 찾아와 봉사활동을 하는 이들도 있었다. 이라크 국영 항공사 직원이었다는 카말 알 아니는 첫날부터 알 라지 병원에 찾아와 안내와 통역 일을 도왔다. 그는 전쟁 발발 이후 두 달 넘게 실직 상태였지만 '아주 먼 나라 한국에서 온 당신들이 자기 일처럼 우리 이라크 사람들을 돕고 있는데 내가 어떻게 구경만 할 수 있겠느냐'며 생계를 제쳐두고 매일 병원을 찾아 일손을 보탰다. 카말 이외에도 몇 명의 주민들이 낮에는 병원 안팎을 청소하고 밤에는 병원이 약탈당하지 않도록 자경단을 조직해 병원을 지켜 주는 등 우리의 무료 진료활동에 조력을 아끼지 않았다.

눈물과 감동의 드라마

우리 팀의 진료활동이 본궤도에 오르면서 알 라지 병원에서는 연일 슬픔과 환희가 교차하는 감동적인 사연이 이어졌다. 전쟁이 벌어지면 장독과 여자부터 깨진다고 하더니 병원을 찾아오는 환자 중에는 유난히 여성과 아이들이 많았다. 오랫동안 이어진 전쟁과 가난 탓에 영양실조와 빈혈은 이미 이라크의 대표적인 소아질환이 되었고, 몸에 이상이 생겨도 제때 의사의 진찰 한 번 못 받아본 많은 여성들은 천식과 고혈압, 당뇨, 류머티즘 관절염 등 만성 질환에 시달리고 있었다. 안타깝게도 이들 중에는 이미 치료시기를 놓쳐 어찌해 볼 도리가 없는 환자들도 상당수 포함되어 있었다. 엄마와 함께 병원을 찾은 지적장애아 아지즈도 그런 예였다. 제대로 걷지도 못해 엄마 품에 안겨 병원에 들어선 아지즈는 아홉 살이라고는 도저히 믿기지 않을 만큼 작고 야위었다. 아

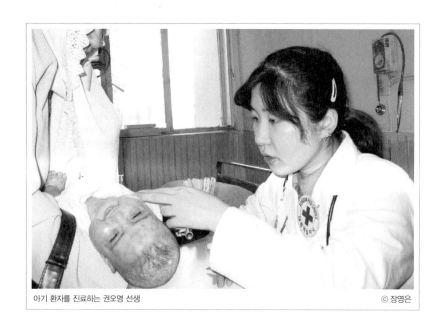

아기 환자를 진료하는 권오명 선생

© 장영은

지즈는 아주 어렸을 때부터 언어지체, 성장부진 등 이상증세에 시달렸지만 가난 때문에 그때까지 제대로 된 진찰 한 번 받아본 적이 없었다고 한다. 아지즈의 엄마는 이제라도 의사에게 치료를 받으면 아들이 호전될지 모른다는 희망을 품고 아지즈를 알 라지 병원으로 데려왔다. 그러나 권오명 선생의 진찰 결과 아지즈는 이미 회복불능 상태였다. 아지즈는 애초부터 미숙아로 태어난 데다 제대로 보살핌을 받지 못하고 방치된 탓에 심각한 뇌손상을 입어 평생 정신지체자로 살아야 할 운명이었다. 권오명 선생은 처음에는 어쩔 수 없이 아지즈 모자를 그냥 돌려보내려 했지만, '이웃에 사는데 차마 진단 내용을 그대로 전하지 못하겠다'는 통역 이나스의 말을 듣고 말없이 영양제를 처방해 주었다. 아지즈 모자가 희망을 안고 돌아간 후 권오명 선생은 눈물을 글썽이며 "어차피 우리가 이들에게 줄 수 있는 건 희망뿐인지도 몰라요."라며 울먹였다.

여성인 까닭에 권오명 선생은 의사 3명 중에서 가장 많은 인기를 누렸다. 이슬람 전통에 따라 남자 의사에게 진찰받는 것을 꺼리는 여성 환자들이 모두 권오명 선생에게만 몰려들었기 때문이다. 유난히 아기를 좋아한 권오명 선생은 아

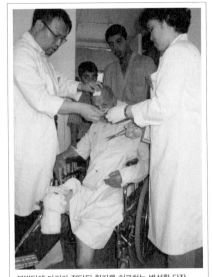

불발탄에 다리가 절단된 환자를 치료하는 변성환 단장
© 장영은

기 환자를 치료할 때 가장 보람을 느낀다고 했다. 환자들 중에는 우리 의료진이 치료할 수 없는 질환에 시달리는 이들도 있었다. 이수하 선생이 진찰한 40대 남성 2명은 전쟁으로 인한 외상후스트레스장애PTSD; post-traumatic stress disorder를 앓고 있었다. 한 남성은 평소 갑자기 일시적으로 시각과 청각이 마비되고 정신을 잃어버리는 증상이 반복된다고 했다. 다른 한 남자는 증세가 더욱 심각했다. 그 남자는 환청이 들리는지 상담 도중 갑자기 두 손으로 총 쏘는 흉내를 내고 귀를 막기도 했다. 전형적인 전쟁 후유증 증상이었다.

알 라지 병원에는 수시로 응급환자들이 실려 와서 우리를 긴장시켰다. 병원에는 불발탄이 터져 팔과 다리 일부가 잘려나간 환자들이 심심치 않

게 후송되어 왔다. 특히 아이들이 많았다. 철없는 아이들이 도처에 널린 불발탄을 장난감 삼아 가지고 놀다가 변을 당하는 일이 빈번했기 때문이다. 엄마 손에 이끌려 병원에 온 한 꼬마 사내아이는 오른쪽 팔꿈치 아래가 잘려나가고 없었다. 역시 불발탄을 잘못 만졌다가 팔을 잃은 것이다. 한쪽 팔이 떨어져 나갔음에도 폭발에 놀란 아이는 울지도 못하고 남아 있는 한쪽 손으로 엄마 손을 꼭 붙잡고 서 있었다. 하루는 내가 병원 입구 접수 테이블에 앉아 있는데 디슈다샤 자락을 복부 앞으로 말아 쥔 한 남자가 비틀거리며 내 앞으로 다가왔다. 곧 쓰러질 듯 심하게 비틀거리던 그는 다 죽어 가는 목소리로 내게 살려달라고 애원했다. 내가 무슨 일이냐고 묻자 그는 말하는 것도 힘에 부치는지 말없이 말아 쥐고 있던 디슈다샤 앞자락을 내게 펼쳐 보였다. 그 순간 나는 울컥 치밀어 오르는 구토를 참기 위해 나도 모르게 눈을 감고 고개를 돌려 버렸다. 도대체 무슨 일을 당한 건지 그가 펼쳐 보인 옷자락 안에는 찢어진 복부에서 쏟아져 나온 내장이 가득 담겨 있었다. 인간의 목숨은 그토록 끈질기다. 어떻게 그 상태로 병원까지 혼자 걸어왔는지 놀라울 따름이었다. 안타깝게도 그 남자는 병원에 온 지 얼마 안 되어 끝내 숨을 거두었다.

우리 팀의 무료 진료활동이 이어지면서 치료를 받은 환자들이 우리에게 감사의 마음을 표시하기 위해 종종 작은 선물을 가지고 병원을 다시 찾아왔다. 비록 가진 것은 없어도 어떻게든 보답하고 싶은 마음에 그들은 직접 만든 과자나 홍차, 말린 대추야자 같은 간단한 간식거리를 들고 왔다. 한번은 이수하 선생에게 관절염 치료를 받았다는 동네 아주머니가 푸짐한 점심식사를 준비해서 알 라지 병원에 찾아왔다. 비록 집에서 만든 소박한 음식이었지만 한눈에 보기에도 아주머니의 정성이 가득 담겨 있었다. 우리는 안 그래도 출출했던 터라 현지 고용인들과 함께 즐겁게 음식을 나누어 먹었다. 우리가 이라크인들과 함께 나눈 것은 비단 음식뿐만이 아니었다. 우리가 그들과 진정으로 함께 나눈 것은 바로 따뜻한 정이었다.

하루는 당일 진료를 마감할 즈음 이슬람 전통 복장을 한 어떤 노인이 아기를 안은 며느리를 데리고 황급히 병원에 들어섰다. 다급한 마음에 노인은 손녀를 살려달라며 병원 일을 돕고 있던 이철민 기자를 붙잡고 애걸하고 있었다. 얼핏 보기에도 여자아이는 무척 위독해 보였다. 이제 막 생후 3개월이 지났다는 조그만 아기는 고열과 탈수증세가 심해 그대로 놔두면 곧 목숨을 잃을 판이었다. 급히 수액을 놓아야 했지만 아기가 너무 어려 혈관을 찾을 수 없었다. 결국 노련한 홍희연 간호사가 아기의 이마에서 정맥을 짚어 바늘을 꽂고 수액을 투여했다. 곧 죽을 것만 같던 아기는 30분쯤 지나자 생기를 되찾고 젖병을 힘차게 빨기 시작했다. 아기의 할아버지는 신의 축복을 기원하며 손에 들고 있던 이슬람 묵주 수브하 subha*를 아기를 보살피던 김재경 간호사의 손에 꼭 쥐어 주었다. 흰 수염을 길게 기른 그의 턱은 가볍게 떨렸고 눈에는 눈물이 맺혀 촉촉이 젖어 있었다.

내가 기억하는 가장 감동적인 사연의 주인공은 우리의 도움으로 자궁 적출 수술을 받고 살아난 가난한 이라크 여인 파디메다. 5월 29일 극심한 고통 때문에 제대로 걷지도 못하는 파디메가 두 아들의 부축을 받아

---

* 불교 염주의 알은 108개, 가톨릭 묵주의 알은 59개다. 그런데 이슬람 수브하는 33개 혹은 99개의 알로 이루어져 있다. 지역에 따라 수브하를 미스바흐misbah라고 부르기도 한다.

간신히 알 라지 병원을 찾아왔다. 지난 2년간 자궁근종으로 고통받아 왔다는 파디메는 병원을 찾아왔을 때 이미 심각한 상태였다. 하혈이 너무 심해 즉시 수술을 받지 않으면 목숨이 위태로운 상황이었다. 하지만 파디메가 수술을 받으려면 외부에서 전문의를 데려와 시술해야 했기에 수술비 400달러가 필요하다고 했다. 이 이야기를 전해들은 파디메는 애처롭게 흐느껴 울며 수술을 포기하고 이대로 죽음을 맞겠다고 말했다. 가난한 파디메의 가족에게 400달러는 감당할 수 없을 만큼 큰 돈이었다. 파디메는 400달러면 온 가족이 근 일 년을 먹고살 수 있는 액수라며 자신의 가족은 도저히 그 돈을 마련할 수 없다고 울먹였다. 그동안 견딜 수 없을 만큼 심한 고통에 시달렸다는 파디메는 우리 의료진에게 더 이상 고통을 참을 수 없으니 치료가 불가능하다면 차라리 자신을 안락사시켜 달라고 하소연했다. 이 안타까운 모습을 지켜보던 김정하 과장님은 그 자리에서 우리가 십시일반으로 수술비를 마련해 보자고 제안하셨다. 우리는 김정하 과장님의 제안에 호응해 각자 몇 달러씩 가지고 있던 용돈을 선뜻 내놓았다. 우리의 선행을 지켜보던 이라크 의사들도 기꺼이 모금에 동참했다. 모두가 합심하여 돈을 모으니 금방 400달러를 모을 수 있었다. 그 돈으로 다음 날 파디메는 무사히 수술을 받을 수 있었다. 수술 후 회복실에서 깨어난 파디메는 정신이 들자마자 우리를 애타게 찾았다. 이 소식을 전해들은 우리는 잠시 일손을 놓고 모두 회복실로 향했다. 파디메는 죽을 때까지 우리의 은혜를 잊지 않겠다며 눈물을 글썽였다. 파디메는 건강을 회복하면 언젠가 한국을 방문하고 싶다는 의사를 밝혔다. 만약 자기가 살아생전에 한국을 방문하지 못한다면 자신의 두 아들이라도 꼭 은인의 나라 한국을 찾게 하겠노라고 다짐했다. 우리 모두에게 정

박연재 간호사가 주민들에게 보건교육을 하는 모습   ⓒ 조인원

말 가슴 뿌듯한 순간이 아닐 수 없었다. 우리는 파디메의 병상 곁에 둘러
서서 그녀의 건강과 행복을 빌어 주었다.

6월 2일에는 진료활동과 별도로 박연재 간호사가 질병을 예방하기 위
한 위생관리 등 기초보건교육을 실시해 교육에 참가한 지역주민들로부터
높은 관심과 찬사를 이끌어 내기도 했다.

우리 땀과 눈물의 대가

의료진이 아닌 다른 단원들도 각자 자기 위치에서
최선을 다했다. 최인화 기사는 여유가 생길 때마다 알 라지 병원 인근을

동네 아이들에게 태권도를 가르치는 최인화 기사 ⓒ 조인원

돌아다니며 주민들의 집을 직접 방문해 망가진 가전제품이나 전기설비
를 수리해 주었다. 그 때문에 최인화 기사는 최가이버(최인화＋맥가이버)라
는 별명을 얻었다. 한번은 미군의 요청으로 고장 난 발전기를 수리해 주
러 미군부대에 다녀오기도 했다. 그 덕분에 최인화 기사는 동네 주민들
의 사랑을 독차지하는 인기 스타가 되었다. 최인화 기사는 시간 날 때마
다 동네 아이들을 모아 놓고 태권도를 가르치곤 했다. 동네 아이들은 태
권도 동작을 따라 하며 무척이나 즐거워했다. 무료 진료활동 외에도 이
렇게 동네 아이들과 함께 놀아 주는 것 역시 이라크인들을 위한 훌륭한
대민 봉사활동이었다.

　우리 팀의 간호사들도 모두 대단한 인기를 누렸다. 이라크인들의 눈에

는 우리 팀 간호사들이 더없이 아름다운 미녀로 보였던 모양이다. 선행을 베푸는 '백의의 천사' 이미지가 이라크인들을 사로잡은 것 같았다. 특히 남자들의 반응은 정말 대단했다. 알 라지 병원의 노총각 의사 안와르는 문숙자 간호사를 무척 좋아했다. 그는 문숙자 간호사에게 이성으로서의 감정을 가지고 있었다. 문숙자 간호사가 유부녀라는 사실을 알게 된 안와르는 옆에서 지켜보기 애처로울 만큼 실망하는 눈치였다. 간호사들 중에서 단연 최고의 인기를 누린 사람은 우리 팀의 막내 윤혜주 간호사였다. 윤혜주 간호사를 향한 이라크 남성들의 반응은 가히 폭발적이었다. 윤혜주 간호사는 밝은 미소가 매력적이긴 하지만 사실 평범한 외모의 아가씨였다. 하지만 이라크인들의 미의 기준은 우리와 많이 다른 모양이었다. 한국에서는 약점이랄 수도 있는 윤혜주 간호사의 조금 넉넉하다 싶은 몸매도 이라크 남자들에게는 더 할 나위 없이 아름다운 매력 포인트로 비치는 것 같았다. 윤혜주 간호사는 병원을 찾아오는 이라크 남자들로부터 찬사와 관심을 한 몸에 받는 최고의 인기 스타였다. 윤혜주 간호사는 아미라amira(아랍어로 공주라는 뜻)라는 별명으로 불릴 만큼 인기가 높았다. 심지어 윤혜주 간호사에게 매료된 한 이라크 청년이 반지를 들고 병원에 찾아와 청혼하는 일까지 있었다.

김정하 과장님과 장영은 씨는 병원에서 필요한 모든 자잘한 일을 도맡아 하느라 좀처럼 쉴 겨를이 없었다. 드레싱용 솜과 거즈를 준비하는 일에서부터 아기를 데려온 어머니가 진료를 받는 동안 아기를 맡아 돌보는 보모 역할까지 일인다역을 훌륭히 소화해 냈다. 약국에도 일손이 많이 필요했다. 약국은 늘 처방된 약 외에도 비타민, 소화제, 아스피린 등 기초 의약품을 얻어 가려는 사람들로 붐볐다. 단원들은 돌아가며 약국에

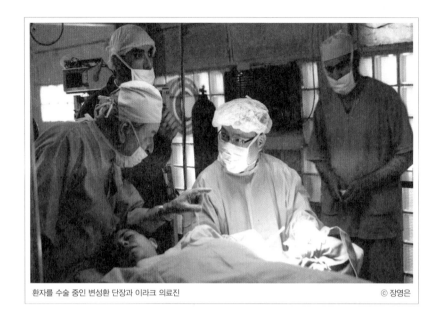
환자를 수술 중인 변성환 단장과 이라크 의료진 　　　　　　　　© 장영은

가서 약사 류리 씨의 지시에 따라 쪼사(알약을 쪼개는 일을 하는 사람), 빠사
(알약을 가루로 빻는 일을 하는 사람), 싸사(조제된 약을 종이로 싸 포장하는 사람)
등의 역할을 수행해야 했다.

　우리의 의료 봉사활동이 현지인들로부터 뜨거운 호응을 얻음에 따라
우리 팀에 대한 외부의 관심도 부쩍 높아졌다. 6월 중순에 접어들면서 알
라지 병원에는 우리 팀의 의료지원 활동을 벤치마킹하려는 NGO 직원
들이나 우리 팀의 활동을 취재하려는 외국 언론사 관계자들의 발걸음이
이어졌다. 하루는 터키 국영방송국 특별취재팀이 우리 팀의 활동상을 촬
영하기 위해 알 라지 병원을 찾아왔다. 2002년 한일 월드컵 탓인지 터키
인들은 한국에 대해 깊은 호감을 가지고 있었다. 취재 중에 촬영 스태프

한 명이 열사병 증세를 보여 이수하 선생의 치료를 받았는데, 나중에 터키 국영방송국 측은 감사의 표시로 케이크 한 상자를 우리 숙소로 보내주었다.

그렇게 우리 팀은 알 라지 병원에서 약 한 달간 전쟁으로 고통받는 이라크인들에게 따뜻한 인술仁術을 베풀었다. 우리가 모든 임무를 마치고 바그다드를 떠날 때까지 알 라지 병원에서 치료받은 환자의 수는 총 2,872명에 이른다. 그중에는 수술을 받고 목숨을 건진 중증 환자도 60여 명이나 포함되어 있다.

7. 나의 임무
그리고 아랍 문화

무법천지가 되어 버린 바그다드 시내

　　　　　의료진이 알 라지 병원에서 환자들을 돌보는 동안 나는 주로 바깥일을 도맡았다. 우리 팀은 매일 즉석밥, 즉석카레, 컵라면 등 한국에서 보내온 인스턴트식품으로 아침을 때우고 알 라지 병원으로 향했다. 우리가 아침마다 알 라지 병원으로 출근할 때 이용한 강변도로는 전쟁 전에는 일반인의 통행이 엄격히 제한된 대통령 전용도로였다고 한다. 사담은 교통 혼잡을 피하고 안전을 확보하기 위해 티그리스 강을 따라 자신만을 위한 전용도로를 건설하고 홀로 이용했다고 한다. 전쟁 전 이라크에서 독재자 사담의 위세가 얼마나 대단했는지 짐작케 하는 대목이다.

아침 8시 30분쯤 병원에 도착하면 남자 단원들과 이라크 통역들이 모두 나와 병원 앞에 대기한 환자들에게 그날그날 당일 번호표를 나누어 주었다. 번호표를 나누어 주는 일은 매일 아침 반복되는 전쟁이나 다름없었다. 어떡하든 번호표를 받으려고 아우성치는 사람들을 진정시키고 질서를 잡는 일은 남자 단원들에게 하루 일과 중 최고의 고역이었다.

오전 9시부터 오후 4시까지 점심시간도 없이 환자 진료가 이어졌다. 점심시간이 따로 없었기 때문에 나는 병원에서 일하는 동료들의 허기를 달래줄 간식거리를 마련하기 위해 매일 시장에 다녀와야 했다. 삼문 sammun(게딱지 모양을 닮은 이라크 전통빵)으로 만든 샌드위치, 과일, 주스나 탄산음료 등의 간식거리 20인분을 매일 조달했다. 무엇보다 내가 끊임없이 사 날라야 했던 것은 다름 아닌 마실 물이었다. 우리 팀의 물 섭취량은 엄청나서 1인당 하루에 1.5리터짜리 생수 대여섯 병을 가지고도 부족할 지경이었다. 처음 서울에서 항공편으로 보낸 구호물자가 바그다드에 당도했을 때 함께 실려 온 수많은 생수병을 보고 이제부터는 생수로 샤워해도 되겠다며 좋아했는데, 그 많던 생수도 불과 2주 만에 바닥나고 말았다. 다시 서울에서 물자를 보내줄 때까지 생수는 필히 현지에서 조달해야만 했다. 그런데 중동산 생수는 마시기만 하면 곧바로 설사를 일으켜 우리가 식수로 음용하기에는 부적합했다. 어쩔 수 없이 에비앙이나 볼빅 같은 유럽산 생수를 구해야 했는데 바그다드에서 그런 생수를 구하기란 하늘의 별 따기만큼이나 어려웠다. 바그다드 시내를 샅샅이 뒤져도 유럽산 생수를 구할 수 없으면 미군부대에 찾아가서 미군이 마시는 생수를 얻어 오는 수밖에 다른 도리가 없었다. 미군부대에 들어가면 미국 본토에서 직접 공수해 온 생수가 산처럼 쌓여 있었는데 적십자 활동에 협조적이었던 미군은 언제든 원하는 만큼 생수를 거저 내주었다.

그 밖에 의료진의 요청이 있을 때마다 그들이 원하는 물건을 구하기 위해 나는 수시로 시내를 돌아다녀야 했다. 각종 물품을 구매하기 위해 바그다드 시내를 돌아다니는 것은 결코 녹록한 일이 아니었다. 극도로 불안한 바그다드의 정세를 감안하면 시내를 돌아다는 것 자체가 커다란 위험을 감수해야 하는 일이었다. 당시 바그다드에서는 대낮에도 시내 한복판에서 수시로 총격전이 벌어지고 하루가 멀다 하고 자살 폭탄 테러가 일어났다. 죽음이 삶만큼이나 일상화된 바그다드에서는 언제 어디서 무슨 일을 당할지 아무도 장담할 수 없는 노릇이었다. 더구나 거리에 돌아다니는 외국인은 알리바바의 주요 습격 대상이었다. 금융체계가 무너진 상황에서 모든 거래는 현금으로만 가능했는데, 외국인은 항상 달러를 몸에 지니고 다닌다는 것을 잘 알고 있는 알리바바들은 외국인을 약탈하기 위해 호시탐탐 기회만 엿보고 있는 상황이었다. 나는 보통 적게는 1,000달러에서 많게는 5,000달러 정도를 몸에 지니고 다녔는데, 만약 이 사실을 하이에나 떼와 같은 알리바바들이 알아챘더라면 나는 말 그대로 배고픈 야수 앞에 던져진 먹잇감 같은 신세가 됐을 것이다.

당시 바그다드에서 달러의 가치는 천정부지로 치솟고 있었다. 이라크에서는 미국 달러화와 이라크 디나르화가 혼용되었다. 이라크 디나르는 이라크 국내에서 그때까지 통용되고는 있었지만 이미 화폐로서의 가치를 잃어버린 상태였다. 공식 환율이 존재하지 않아 시장 입구에 좌판을 벌여 놓고 환전해 주는 암달러상에게 미화 100달러를 바꾸면 돈을 세는 것이 아니라 줄자로 재서 이라크 디나르화로 바꿔 주었다. 200~300달러만 바꿔도 등에 멘 가방이 지폐로 가득 찰 지경이었다. 환율은 매일 아니 매시, 그리고 환전상마다 제각각이었다. 내가 바그다드에 머무는 동안에는 환율이 보통 1달러당 3,500~4,000디나르 사이를 오르내렸다.*

환율을 따져 같은 가치를 지닌 돈이라고 해도 미국 달러화와 이라크 디나르화는 구매력 차이가 컸다. 이라크 디나르로 결제하겠다고 하면 구할 수 없는 물건도 같은 가치의 미국 달러로 결제해 준다고 하면 구할 수 있었다. 보통 4인으로 구성된 중산층 한 가구의 일 년 생활비가 400달러 정도 된다고 했으니, 내가 몸에 지니고 다닌 돈은 가난한 이라크인들에게는 복권 당첨이나 마찬가지일 정도로 큰 액수였다. 사정이 이러하니 시장에서 물건을 살 때 상인이 보는 앞에서 달러를 꺼내 세는 것은 자살행위나 마찬가지였다. 일단 흥정을 해서 물건값을 정한 후에 자동차로 돌아와 이라크인 운전기사에게 물건값을 쥐어 주고 물건을 찾아오게 해야 별 탈 없이 거래를 마무리 지을 수 있었다. 이라크 상인들은 외국인과 거래할 때 흥정이 성사되면 상인이지만 흥정이 깨지면 곧바로 강도로 돌변하는 것이 당시 바그다드 시장의 일반적인 세태였다.

그 무렵 바그다드에서는 성인 남자라면 누구나 무기를 소지하고 다녔다. 거리에는 이라크군이 패퇴하면서 버리고 간 각종 무기류가 넘쳐났다. 시장 한편에서는 AK-47 자동소총을 쌓아 놓고 한 정에 단돈 15달러에 팔았다. 게다가 흥정만 잘 하면 총알 몇백 발은 덤으로 얻을 수 있었다. 거리의 풍경은 마치 미국 서부영화의 한 장면 같았다. 거의 모든

---

* 1991년 UN의 경제제재가 시작되기 전 이라크에서 1디나르(IQD)는 3달러(USD)로 환전되었다고 한다. 물론 국제외환시장에서 통용되는 국제 공식 환율이 아니라 이라크 정부가 임의로 지정한 고정 환율에 따른 것이기는 하나 두 차례 전쟁을 겪으면서 이라크 디나르는 대략 1/12,000로 가치가 폭락한 셈이다.

성인 남성이 총기를 드러내 놓고 소지하고 다녔고 사소한 시비에도 주저 없이 총을 뽑아 들고 총격전을 벌이곤 했다. 그 무렵 바그다드 거리에서는 이른바 토머스 홉스Thomas Hobbes가 말한 "만인의 만인에 대한 투쟁The war of all against all"이 벌어지고 있었다. 무법천지에서 생존하기 위해 이라크인들은 서로에게 거리낌 없이 폭력을 행사했다. 더구나 이라크인들은 외국인에게 범죄를 저지르는 것에 대해 거의 죄의식을 느끼지 않았다. 어차피 그들에게 외국인은 모두 적이요 침략자일 따름이었기 때문에 외국인을 대상으로 범죄를 저지르는 것을 잘못이라고 여기지 않았다. 나는 이미 한 번 알리바바에게 당할 뻔했기 때문에 알리바바에 대한 경계심이 남달랐다. 그래서 장을 보러 나설 때면 더욱더 긴장할 수밖에 없었다.

신드바드와의 거래

알 라지 병원에서 의료진의 진료 활동이 계속될수록 필요한 물건은 자꾸 늘어 갔다. 새로운 환자가 병원을 찾아오면 그 환자에게 필요한 의약품과 의료기구가 필요해진다. 그러면 나는 의료진의 요구에 따라 필요한 물품을 구하기 위해 시내를 헤매고 다녀야 했다. 서울에서라면 쉽게 구할 수 있는 품목도 없는 것 외에 다 있는 것이 아니라 '있는 것 외에는 아무것도 없는' 당시 바그다드에서 구하기란 모래사장에서 바늘 찾기나 마찬가지였다.

진료 초기에 우리 팀이 어려움을 겪은 또 다른 이유는 진료 예측을 잘못 하고 의약품을 준비해 왔기 때문이었다. 서울에서 생각하기에는 전쟁 상황이니 당연히 총상 환자나 수인성 전염병에 걸린 환자가 많을 것으로 예상하고 거기에 맞는 치료약을 많이 준비해 왔는데, 정작 진료를 시작하고 보니 기후 탓인지 호흡기 질환 환자나 성인병으로 고통받는 고질병 환자들이 주류를 이루었다. 영양실조와 빈혈 탓에 영양제와 철분보충제는 약방의 감초처럼 거의 모든 환자에게 투약해야만 했다. 서울 본사에 연락해서 의약품을 구하려면 다음 번 전세 화물기가 바그다드에 도착하기까지 약 10일 이상의 시간이 소요되었다. 결국 미비한 의약품은 대부분 필요할 때마다 그때그때 바그다드 현지에서 조달해야만 했다. 소화제, 아스피린, 진통제 등의 기초 의약품도 거의 물처럼 소모되는 실정이었기 때문에 서울에서 준비해 온 물량은 일주일도 지나지 않아 모두 소진되었다.

처음에는 어디서 무엇을 파는지 잘 몰라 한 가지 품목을 사려고 해도 시내를 온통 헤매고 다녀야 했다. 하지만 시간이 지나면서 점차 품목별로 단골이 생기기 시작했다. 의약품은 알 사둔 거리의 알 피루지al Fyrooze 도매약국에서, 의료기기는 약국 근처 알 니주움al Nijoum 의료기 상사에서 대부분 구입할 수 있었다. 나중에는 이 상점들을 통해 신용거래도 할 수 있을 만큼 친분이 쌓였다.

특히 알 피루지 도매약국의 약사 하이다와는 두터운 친분을 맺었다. 하이다는 나를 평범한 손님 이상으로 여겼다. 그는 내가 가난한 이라크인들을 무료 진료하기 위해 약을 찾는다는 것을 알고는 내가 찾는 약은 가급적 구해 주려고 애썼다. 요청하지 않아도 약값 총액의 20퍼센트 정도를 깎아 주었다. 내가 그래도 이문이 남느냐고 물으니, 하이다는 얼굴 가득 환한 미소를 지으며 "나도 적십자에 기부하는 셈 치라."라고 화답했다. 그는 내가 늘 외우고 다니던 이슬람식 인사말인 "쌀랄라후 알라이히 와살람salla Allāhu 'alayhi wa-Sallam."(알라의 축복과 평안이 그대에게 있기를 빕니다.)을 무척 좋아했다. 내가 이 인사를 건네면 하이다는 몸을 가볍게 굽히고 오른손으로 가슴과 입술, 이마를 차례로 가리기는 이슬람식 성호*를 그으며 내게 예를 표했다. 그는 내가 약국을 찾아가면 꼭 이라크 전통차를 대접해 주었다. 이라크에서는 홍차를 중국식 발음 그대로 '차이'라고 부른다. 1온스 위스키 잔처럼 작고 가는 유리잔에 설탕을 듬뿍 넣고 그 위에 뜨거운 찻물을 부어서 마시는데 서양식 홍차와는 또 다른 맛이 있다. 하이다는 차를 대접하면서 무슬림의 손님 대접 예법에 따라 꼭 잊지 않고 대접이 소홀해 미안하다고 인사치레를 하곤 했다. 이라크인의 정이 느껴지는 순간이었다.

하지만 몇몇 상점에서 원하는 물품을 모두 다 구할 수는 없었다. 전쟁 상황이고 13년간이나 이어진 UN의 경제제재 탓에 바그다드에서는 각종 무기 빼고는 쉽게 구할 수 있는 물건은 거의 없다고 해도 과언이 아니었다. 하지만 어쩌랴. 그 약만 있으면, 혹은 그것만 있으면 죽어 가는 목숨을 살릴 수 있다는데야……. 나는 의료진이 원하는 물품을 구하기 위해 가능한 모든 방법을 다 동원했다. 처음에는 근처 미군 부대 의무대나 다른 나라 적십자사 의료팀을 찾아다니며 필요한 품목을 구했다. 그러나 그 방법으로는 필요한 물품을 모두 구하는 데 한계가 있었다. 미군 의무대는 기초 의약품이 아닌 전문 치료제의 반출을 극도로 제한했고, 다른 나라 적십자사 의료팀의 사정은 우리와 별반 차이가 없었다. 그래도 그

---

* 이 동작은 이슬람 전통예절에 따른 인사법으로 '당신은 나의 마음, 나의 말, 나의 생각 속에 항상 존재한다.'는 뜻이다.

들과 정보를 교환하거나 환자들을 서로 이송할 수는 있었다. 예를 들어 이탈리아 적십자사 의료팀에는 드물게 안과 전문의가 있었다. 우리는 안과 진료가 필요한 환자가 알 라지 병원에 찾아오면 환자를 차에 태우고 이탈리아 적십자사 의료팀이 운영하는 병원에 데려다주었다.

결국 마지막 수단으로 나는 정상적인 루트를 통해서 구할 수 없는 품목을 얻기 위해 목숨을 거는 위험을 감수해야만 했다. 암시장에서 밀수꾼들과 거래를 한 것이다. 알 라지 병원의 의사 무스타파를 통해서 처음으로 그들과 만나게 되었다. 우리 의료진이 어떤 연고를 애타게 찾는다는 것을 알고 무스타파는 정상적인 루트는 아니지만 어쩌면 약을 구할 수 있을지도 모르겠다며 내게 조심스럽게 말을 꺼냈다. 나는 무스타파의 이야기를 듣고 그와 함께 연고를 구하러 길을 나섰다. 무스타파는 어딘지 모를 주택가 깊숙한 곳의 어떤 집 앞으로 우리를 안내했다. 차에서 내려 살펴보니 여느 가정집처럼 생긴 주택이었다. 무스타파가 먼저 집 안으로 들어가 안에 있는 사람들과 이야기를 나눈 후 돌아와 나를 데리고 집 안으로 들어갔다. 집 안에 들어서니 겉보기에 평범한 가정집처럼 보이던 집이 사실은 장물 창고였다. 실내에는 어디선가 약탈한 것이 분명해 보이는 물건들이 가득 쌓여 있었다. 집 안 가득 쌓인 박스에는 세계 각국에서 보낸 구호품임을 알 수 있는 "USAID for Iraq", "Gift from Unicef" 등의 문구가 인쇄되어 있었다. 순간 나는 긴장할 수밖에 없었다. 미군은 밀수꾼을 테러리스트에 준하는 중범죄자로 취급하여 그들을 엄히 단속하고 있었다.

밀수꾼들은 『천일야화』에 등장하는 항해가의 이름을 따서 '신드바드'라고 불렸는데, 이들은 당시 이라크에서 돈이 되는 것은 무엇이든 훔쳐내 해외로 밀반출했다. 그들이 주로 거래하는 품목은 이라크군이 사용하던 무기류와 이라크의 유구한 역사가 담긴 고대 유물이었다. 서울에서 보낸 구호품이 바그다드에 도착하기를 기다리는 동안 이라크 국립박물관을 방문한 적이 있다. 그때 둘러본 박물관의 모습은 한마디로 참담했다. 지하 1층, 지상 2층, 총 3층으로 이루어진 이라크 국립박물관에는 시대별로 나뉜 28개의 전시실에 신석기 시대부터 아시리아, 바빌론에 이르기까지 메소포타미아 지방의 진귀한 문화 유적 약 30만 점이 보관되어 있었다고 한다. 하지만 우리 팀이 박물관을 찾았을 때는 박물관이 이미 철저히 약탈당한 후였다. 탐욕스러운 문화재 밀수꾼들은 건물 문으로 문화재를 빼내다 못해 아예 박물관 건물 벽에 큰 구멍을 뚫고 크기가 큰 문화재들을 약탈해 갔다. 자잘한 것들은 제외하고도 이름난 문화재만 약 4,000점 정도가 사라졌다고 한다. 박물관에는 더 이상 볼거리가 남아 있지 않았다. 유리 진열장은 거의 다 부서져 있었고, 약탈당하고 남은 전시물 조각들이 박물관 바닥에 어지러이 널려 있었다. 사라진 유물 대부분이 해외로 밀반출되어 개인 소장가들에게 팔려 나갔으리라 추측된다. 더욱 안타까운 사실은 금, 은 등으로 제작된 문화재를 녹여서 귀금속으로 팔아 버린 경우도 많았다는 것이다. 돈에 눈이 먼 범죄자들이 인류의 공동 재산이랄 수 있는 귀중한 고대 유물을 무참히 파괴해 버린 것이다.

문화재보다도 미군이 신경 쓰는 것은 신드바드들에 의해 벌어지는 무기 밀반출이었다. 이라크에서 밀반출된 무기의 주요 고객은 세계를 무대로 작은 전쟁을 펼치고 있는 국제테러조직들이었다. 테러리스트들에게 이라크군의 잔여 무기가 팔려 나가는 것을 막기 위해 미군은 밀수조직을 적발하면 즉결처분할 만큼 밀수행위를 엄중히 단속했다. 이라크를 무대로 활동하는 밀수꾼들은 단순히 밀무역이나 하는 장사꾼이 아니라 국제적 네트워크를 가지고 활동하는 조직범죄단이었다. 그들은 돈이 된다면 살인쯤은 눈 하나 깜짝하지 않고 저지르는 잔인무도한 범죄자들이었다. 그들 앞에서는 적십자 표장도 아무 도움이 되어 주지 못했다. 제아무리 제네바 협약에 의해 국제적으로 보호받는 적십자 표장이라 한들 암흑세계에서 일하는 무법자들에게 무슨 소용이 있겠는가?

무스타파는 그들을 통해 외과수술을 할 때 필요한 모르핀 등의 마약류를 공급받는다고 했다. 무스타파의 소개로 만난 밀수조직원은 나를 만나자마자 아무 말 없이 내게 물 한 잔을 권했다. 혹시 물에 무슨 약이라도 탄 것은 아닐까 걱정됐지만 죽기 아니면 까무러치기라는 심정으로 나는 그가 내민 물잔을 들어 단숨에 들이켰다. 내가 주저하지 않고 물을 받아 마시는 것을 보고 그는 내게 의미를 알 수 없는 미묘한 미소를 지어 보이며 필요한 것이 무엇이냐고 물었다. 아니나 다를까, 그는 믿지 못할 사람과 거래했다가 고발이라도 당할까 봐 내가 자기들을 신뢰하는지 미리 시험해본 것이었다. 비록 그날 당장 원하는 연고를 구할 수는 없지만 달러화로 약값을 지불할 거라면 시리아를 통해 한번 구해 보겠다는 약속을 받고 돌아왔다. 무스타파는 그들이 나름대로 믿을 수 있는 사람들이라고 했지만 그 집을 나서는 내 발걸음은 두려움으로 부들부들 떨리고 있었다.

너무나 위험천만한 일이었기에 나는 가급적 신드바드와의 밀거래만은 피하고 싶었다. 하지만 그 후로도 정상적인 루트를 통해 필요한 물품을 구할 수 없는 경우에는 어쩔 수 없이 위험을 감수하고 신드바드를 찾아가는 수밖에 다른 도리가 없었다. 나중에 우리 팀의 운전기사인 마헤르

이라크 국립박물관. 포격을 받아 정문 벽에 구멍이 뚫려 있다.

바그다드 재래시장의 풍경

© 조인원

의 도움을 받아 신드바드와의 거래를 넓혀갈 수 있었다. 전쟁 전에 사담 독재정권의 비밀경찰인 무카바라트Mukhabarat*였던 마헤르는 이라크 암흑세계에 폭넓은 연줄을 가지고 있었다. 심지어 마헤르의 무카바라트 동료 중에는 전쟁 이후에 신드바드가 된 이들도 있었다. 마헤르는 우리 팀에 필요한 물품을 가진 신드바드를 여러 명 소개해 주었다. 나는 마헤르를 통해 신드바드와 비교적 안전하게 거래할 수 있었다. 마헤르는 내게 신드바드를 소개해 주면서 꼭 지켜야 할 조건 두 가지를 제시했다. 첫째, 그들의 신분이나 물건의 출처에 대해 일절 묻지 말 것. 둘째, 물건값을 놓고 흥정하지 말 것. 미리 정한 물건값은 깎지 말고 모두 다 지불할 것.

나는 마헤르가 제시한 조건을 충실히 지켰고, 신드바드와의 거래를 통해 원하는 물품을 상당수 얻을 수 있었다. 의족과 의수, 외과 수술에 필요한 각종 의료장비 등 시중에서 구할 수 없는 물품들을 이들과의 밀거래를 통해 조달할 수 있었다. 개중에는 웃지 못할 어처구니없는 사례도 몇 건 있었다. 한번은 생리식염수를 구하기 위해 신드바드를 만났는데, 이들이 구해 온 생리식염수는 일전에 우리 팀이 이라크 적신월사 병원에 기증한 물건이었다. 어떤 경로를 거쳤는지 파악할 수는 없었으나 우리가 이라크 적신월사에 기증한 물건을 다시 우리가 돈을 내고 사는 일이 벌어진 것이다. 생각할수록 어이없는 상황이었지만 그것이 당시 바그다드의 한심한 현실이었다. 신드바드와의 밀거래는 분명 불법행위였지만 그로 인해 소중한 인명을 구할 수 있었으니 어쩔 수 없는 일이었다. 하지만 세

---

* 나치 독일의 게슈타포와 유사한 바트당 정권의 비밀경찰이다. 사담 집권기에 무소불위의 권력을 휘두르던 무카바라트는 당시 이라크인들에게 더할 나위 없는 공포의 대상이었다.

상의 어떤 회사 구매 담당자가 흉악한 밀수꾼들을 상대로 거래를 하겠는가. 전쟁 중 이라크에서나 벌어질 수 있는 일이었다.

돌이켜보면 어쩌면 그때 내가 바로 신드바드였는지도 모르겠다. 『천일야화』의 주인공 신드바드가 진귀한 보물을 찾아 항해에 나선 것처럼 나역시 구하기 어려운 물품을 찾아 바그다드를 헤집고 다녔으니까. 물론 나의 모험은 신드바드의 모험보다는 흥미진진하지 않았고 내가 찾아 헤맨 물건 역시 보물은 아니었다. 하지만 그것으로 사람들을 살릴 수 있었으니 내가 구하러 다닌 물건은 이 세상 그 무엇보다 값진 보물이었다. 지금 생각해 보면 어디서 그런 용기가 났는지 모르겠다. 그러나 그것은 나의 임무였고, 그렇기 때문에 위험한 일인 줄 뻔히 알면서도 나는 묵묵히 그 일을 해냈다.

후세인 대통령이 아니라 사담 대통령이 맞다

밖으로 물건을 사러 다니는 일 이외에 현지 고용인들을 관리하는 일도 나의 몫이었다. 우리 팀은 운전기사 3명, 아랍어 통역 7명, 이렇게 총 10명의 현지인을 고용했다. 적지 않은 인원을 관리하다 보니 처음에는 이들의 이름을 외우는 것이 큰 고역이었다. 아랍인의 이름 체계는 유럽계 서양인의 이름 체계와 다르다. 처음에는 아랍 이름의 독특한 호칭 체계를 잘 몰라 이름과 얼굴이 매칭되지 않아 누가 누군지 잘 분간할 수가 없었다. 아랍인의 이름은 서양 이름처럼 보통 세 부분으로 나뉘지만 특이하게도 아랍 이름에는 성씨가 없다. 예를 들어 우리 팀의 통역이었던 압바스의 정식 이름은 '압바스 나지 라티에프'이다. 하지만 서양 이름처럼 압바스가 first name, 나지가 middle name, 라티에프가 family name이 아니다. 압바스가 그의 이름이고 나지는 그의 아버지 이름이며 라티에프는 그의 할아버지 이름이다. 압바스의 아들은 이름이 하이다였는데 하이다의 정식 이름은 '하이다 압바스 나지'가 된다. 즉 아랍인의 이름은 본인의 이름, 아버지의 이름, 그리고 할아버지의 이름을 합쳐 부르는 것이지, 성씨와 이름으로 구분되지 않는다. 그래서 우리가 알고 있는 사담 후세인*을 후세인 대통령이라고 부르는 것은 잘못이다. 그의 이름은 후세인이 아니라 사담이다. 그러므로 그를 지칭할 때에는 사담 대통령이라 불러야 마땅하다.

아랍인의 이름 체계는 같은 사람을 부를 때 여러 가지 이칭을 사용하기에 더욱 복잡해진다. 예를 들어 압바스를 '아부^{Abu} 하이다'라고 부르기도 한다. '아부'는 아랍어로 아버지이므로 아부 하이다는 하이다의 아버지라는 뜻이다. 즉 아부 하이다는 압바스의 이칭이 된다. 아들의 이름 앞에 아부를 넣어 부르는 것은 그 사람에 대한 극존칭**이다. 따라서 압바스를 아부 하이다라고 부르는 것은 존경의 의미가 담긴 표현이다. 여성에게는 아부 대신에 어머니라는 뜻을 지닌 움무^{Umm}가 쓰인다. 즉 움무 하이다는 압바스의 부인을 부르는 극존칭이 된다. 반대로 아버지의 이름을 써서 아들을 호칭하기도 한다. 이름 앞에 빈^{bin}이나 빈트^{bint}를 붙여 부르는 방식이다. 예를 들어 압바스의 아들 하이다를 '하이다 빈 압바스'라고도

---

* 사담 후세인의 정식 이름^{full name}은 사담 후세인 압드 알 마지드 알 티크리티Saddam Hussein Abd al-Majid al-Tikriti이다.
** 이런 식의 존칭을 아랍어로 '쿠냐kunya'라고 한다.

부른다. 빈은 '아무개의 아들'이라는 뜻이며 빈트는 빈의 여성형이다. 즉 하이다 빈 압바스는 압바스의 아들 하이다라는 뜻이다. 빈과 비슷한 의미로 이븐ibn을 붙여서 부르기도 한다. 이 경우에는 본인의 이름은 빼고 이븐 압바스라고 하면 하이다를 호칭하는 것이 된다. 알카에다를 조직한 유명한 테러리스트 오사마 빈 라덴도 라덴의 아들 오사마라는 의미이다. 맨 마지막 이름 앞에 알al을 붙이는 것은 그 사람이 귀족임을 나타낸다. 서양식 이름에서 성씨 앞에 de, don, von, van 등을 붙여 부르는 것과 동일한 이치이다. 이런 작명법 때문에 아랍인의 이름은 아부나 이븐으로 시작하는 이름이 많은데, 물론 아부나 이븐은 그 사람의 이름이 아니다. 예를 들어 제1대 칼리파 아부 바크르는 바크르의 아버지라는 뜻이며, 유명한 여행가인 이븐 바투타 역시 바투타의 아들이라는 뜻이다. 이런 식의 작명법은 아랍인 외에 유목민족 전반에 널리 퍼져 있다. 몽골인이나 중앙아시아 3국인의 이름도 동일한 방식을 따른다. 성경을 펼쳐 보면 신약 마태복음 첫머리에 '누가 누구를 낳고 또 누구는 아무개를 낳았다.'라는 문구가 1절부터 16절까지 반복해서 이어지는데, 이 성경 구절들을 통해 아랍 작명법의 원리와 유래를 추측해 볼 수 있다.

처음에는 이런 복잡한 아랍 이름 체계를 정확히 이해하지 못해 나는 이라크 사람들의 이름을 제대로 구별할 수 없었다. 압바스를 '미스터 압바스'라고 불러야 할지 '미스터 나지'라고 불러야 할지 몰라 애를 먹었다. 어떤 사람이 압바스를 아부 하이다라고 부르기에 나는 내가 그의 이름을 잘못 알고 있는 줄 알았다. 내가 복잡한 아랍 이름에 적응하는 데에는 꽤 오랜 시간이 걸렸다.

아랍인의 사고방식과 행동양식

복잡한 이름 체계 외에도 이라크인은 한국인과 기질이 매우 달라서 관리하는 데 애를 먹었다. 무엇보다도 더운 기후 탓인지 이라크인은 한국인에 비해 모든 면에서 무척 느리다. 더운 나라 사람들의 공통점이기는 하지만 느려도 너무 느리다. 하긴 그 더운 날씨에 성격마저 급했다가는 다들 숨이 넘어가겠지만 '빨리빨리'가 트레이드마크인 한국인의 눈에 비친 이라크인의 행태는 여유로움을 넘어서 답답하게 느껴질 지경이었다. 내가 이라크에 가서 가장 먼저 배운 아랍어는 빨리빨리에 해당하는 "얄라 부이 얄라"였다. 그러나 이라크인의 성격이 마냥 느긋하지만은 않다. 이라크인은 묘한 이중성을 가지고 있다. 자신들이 갑의 입장에 있을 때는 한국인 못지않게 성격이 급하다. 그래서 이라크인도 한국인만큼이나 "얄라 부이 얄라"를 자주 외친다. 그런데 정작 자신들이 을의 입장에 서게 되면 급할 것 하나 없이 마냥 여유로워진다. 이런 이중성은 이라크인뿐만 아니라 아랍인에게서 공통적으로 나타나는 성향이라고 한다.

아랍인의 이중성을 극명하게 보여 주는 또 다른 예는 명예에 대한 극단적 집착이다. 일반적으로 아랍인은 명예를 지키는 일에 대단한 가치를 부여한다. 한마디로 명예에 목숨을 건다는 표현이 어울릴 정도로 집착하는 경향이 있다. 그런데 아이러니하게도 아랍인은 자신에 대한 남들의 평판에는 목숨 걸고 집착하는 데 비해 정작 신용을 지키는 데는 무신경한 편이다. 약속을 철저히 지키는 것에는 별로 관심이 없으면서 남들에게서 신용 없는 사람이라는 평판을 듣는 것은 참을 수 없는 모욕이라고 생각한다. 실제로 이런 이유 때문에 국제무역업 종사자들 사이에서 아랍인은 상대하기 가장 까다로운 비즈니스 파트너로 정평이 나 있다. 이처럼 남의 평판에 집착하는 명예심 때문에 생겨난 아랍 문화가 바로 과하다 싶을 만큼 후한 손님 접대 문화다. 손님은 타인에게 집주인의 평판을 전하는 역할을 하기 때문에 아랍인은 허리가 휘는 한이 있어도 손님을 최대한 후하게 대접한다. 아랍인은 지나가는 손을 환대하는 것을 예절을 넘어서 종교적 의무라고 생각한다. 과거에 베두인족은 자신들의 천막을 찾은 손님에게 최소 3일 동안 휴식처와 음식을 제공하고, 손님이 원하면 마누라 대접까지 서슴지 않았다고 한다. 물론 현대를 살아가는 아랍인들은 이렇게 과한 손님 대접을 하지는 않는다. 하지만 이 같은 과거의 풍습 때문에 아랍인의 초대를 받아 그의 가정에 방문할 때는 주의해야 할 점이 하나 있다. 안주인의 음식솜씨나 미모를 지나치게 칭찬하는 것은 금기 사항이다. 집주인의 괜한 오해를 살 수 있기 때문이다.

또한 아랍인은 대단한 운명론자다. "인샬라In Sha'l Allah!"와 "마크툽 Maktub"*은 아랍인의 운명론을 대변하는 말이다. 그중에서도 아랍인은 행불행을 가리지 않고 "인샬라!"라는 말을 즐겨 쓴다. 이 말은 "세상만사가 다 신의 뜻이다!"라는 의미이다. 인샬라는 아랍인들의 깊은 신앙심을 표현할 때도 많이 쓰이지만, 일상생활에서 습관적으로 더 자주 쓰인다. 아랍인들은 무책임한 변명을 늘어놓을 때 상투적으로 이 표현을 쓴다. 실제로 우리가 고용한 이라크인들도 자주 출근시간을 어기곤 했는데, 이 때마다 내가 주의를 주면 그들은 한결같이 "인샬라!"를 외치곤 했다. 이

---

* '기록되었다.'라는 의미로, 인간의 운명은 이미 명부에 다 기록되어 있으므로 인생은 개인의 선택이 아니라 정해진 운명에 따라 좌우된다는 운명론을 대변하는 말이다.

런 아랍인의 독특한 행태를 보여 주는 말이 바로 'IBM'이다. 아랍 지역에서 'IBM'은 세계적으로 유명한 미국의 컴퓨터 회사를 이르는 말이 아니다. IBM이란 "인샬라In Sha'l Allah! 부크라Bukra! 마알리쉬Ma'alishi!"의 줄임말이다. "인샬라!"는 앞서 설명했듯이 '신의 뜻대로'라는 뜻이다. "부크라!"는 '내일'을 뜻한다. "마알리쉬!"는 '괜찮아, 신경 쓰지마!'라는 의미이다. 예를 들어 아랍인과 거래를 하고 거래 대금을 모월 모시에 받기로 약속했는데, 당일 그 사람을 찾아가니 그는 당연하다는 듯이 "인샬라!"를 외치며 사정이 있어서 오늘 돈을 못 갚게 되었으니 내일(부크라) 다시 오라고 한다. 하지만 아랍인이 말하는 내일은 정말 그 다음 날을 의미하는 것이 아니다. 아랍인이 말하는 부크라란 기약 없는 미래의 어느 시점을 말하는 것이다. 이런 속뜻을 모르고 그 다음 날 다시 찾아가 대금 지불을 요구하면 아랍인은 또다시 "마알리쉬!"라고 말한다. 당하는 사람 입장에서는 당혹스럽고 무례한 태도가 아닐 수 없다.

물론 이런 악습은 현대 아랍사회에서는 많이 사라졌다. 하지만 내가 직접 상대해 보니 이라크인들이 실제로 이런 행태를 보이는 경우가 종종 있었다. 아랍인의 시간관념은 보통 우리가 생각하는 것과는 차이가 있다는 점을 명심하지 않으면 아랍인을 상대할 때 많은 어려움을 겪게 된다. 나도 이라크 고용인들을 관리하면서 "인샬라!" 소리에 눈살을 찌푸리는 일이 많았다. 지금도 "인샬라!"라는 소리는 무척 귀에 거슬린다. 제발 아랍 지역에서 신의 뜻은 인간 세계가 아닌 그저 천상에만 머물렀으면 좋겠다.

세계로 퍼져 나간 쿠브즈와 커피

　　　　알 라지 병원에서 일과가 끝나면 우리는 숙소 근처의 쉐라톤 호텔 뷔페식당에서 저녁을 먹었다. 쉐라톤 호텔 뷔페식당에는 서양 요리와 아랍 전통 요리가 적절히 섞여 있어서 다양한 아랍 음식을 맛볼 수 있었다.

　이라크인의 주식은 다른 아랍 국가들과 같이 쿠브즈khubz라 불리는 쟁반 모양의 넓적한 빵과 타불리tabbouleh라 불리는 아랍식 샐러드이다. 쿠브즈는 밀가루 반죽을 부침개 모양으로 펴서 큰 항아리처럼 생긴 화덕(타분taboon 또는 탄두르tandoor) 벽에 붙여 구워낸 아랍 빵이다. 건조한 사막기후에도 쉽게 상하지 않도록 이스트를 넣지 않고 반죽해 굽는다. 성경에 나오는 무교병無酵餠은 바로 이 쿠브즈를 가리킨다. 아랍인은 쿠브즈에 각종 야채와 조리된 육류를 넣고 둘둘 말아 먹거나 쿠브즈를 조금씩 뜯어 라브네labneh*나 후무스hummus**를 찍어 먹기도 한다. 쿠브즈는 쌀로 지은밥, 서양식 빵과 더불어 세계 3대 주식에 해당한다. 아랍 문화가 세계에 퍼지면서 쿠브즈는 지중해 연안 발칸반도에 전파되어서는 피타pita***로,

---

* 양젖을 발효하여 만든 요구르트의 일종으로 올리브기름과 섞어 쿠브즈에 발라 먹거나 그냥 떠먹는다. 서양의 사워크림 치즈sour cream cheese와 비슷한데, 훨씬 부드럽고 시큼한 맛이 더 강하다.

** 아랍인이 선호하는 스프레드의 일종으로 병아리콩을 갈아 만들며, 서양의 땅콩버터와 맛과 모양이 유사하다.

*** 중동이나 북아프리카 지역에서도 피타라는 명칭을 똑같이 사용한다. 하지만 피타는 쿠브즈보다 크기가 작고 이스트를 넣어 만든다. 그리고 타분(화덕) 대신에 맷돌처럼 생긴 둥근 돌판을 달궈 구워 낸다. 피타는 중국 공갈빵처럼 속이 비어 있는데, 그 안에 야채와 고기를 채워 넣은 아랍식 샌드위치를 팔라펠falafel이라고 부른다.

인도에 전파되어서는 로티roti*로, 스페인을 거쳐 중남미에 전파되어서는 토르티야tortilla로 불리고 있다. 멕시코 사람들이 즐겨 먹는 타코tacos의 원형도 샤와르마shawarma**라는 아랍 음식이다. 프랑스의 크레이프crêpe와 이탈리아의 피자pizza 역시 아랍 식문화의 영향을 받아 탄생한 음식이라고 한다. 그뿐만 아니라 한국인이 겨울철에 즐겨 먹는 길거리 음식 중 하나인 호떡도 아랍 빵 피타가 실크로드를 타고 중앙아시아와 중국을 거쳐 우리나라에 들어와 토착화한 것이다.

쿠브즈와 더불어 아랍을 대표하는 음식은 케밥kebab인데, 각종 육류의 꼬치구이를 말한다. 아랍인들은 돼지고기는 종교적 금기사항이라 전혀 먹지 않고 소고기보다는 양이나 염소, 닭고기를 즐겨 먹는다. 나는 호주 유학 시절 양고기를 처음으로 먹어 보았는데 워낙 냄새가 심해 그다지 맛있다고 느끼지 않았다. 하지만 아랍식으로 조리된 양고기는 할랄 푸드halal food***여서 그런지 냄새가 전혀 나지 않고 맛도 좋았다. 바그다드

---

* 인도에서는 납작빵flat bread을 로티라 칭하는데, 재료와 제빵 방식에 따라 난naan이나 차파티chapati라는 이칭으로 불리기도 한다. 로티와 난은 모두 정제된 흰 밀가루로 만든다. 그중에서 밀가루 반죽에 이스트를 넣어 숙성해 굽는 것이 난이다. 차파티는 로티와 마찬가지로 이스트를 넣지 않고 굽는데, 흰 밀가루 대신 덜 정제된 통밀가루로 만든다.

** 쿠브즈로 만드는 아랍식 샌드위치인데 타코와 매우 흡사하다. 터키에서는 되네르 케밥 Döner kebab, 그리스에서는 지로스gyros라고 부른다. 이라크에서는 샤와르마 속에 쌀밥을 섞어 먹기도 하는데 이것을 태슐립taeshulrib이라고 부른다.

*** 이슬람 율법에 명시된 방식에 따라 도축된 가축의 고기와 그 밖에 신이 허락한 먹을거리로만 이루어진 무슬림의 식품을 말한다. 이슬람권에서는 가축을 도축할 때 "비스밀라bismillah"(신의 뜻에 따라 혹은 신에게 맹세코)라고 외친 후 목의 정맥을 날카로운 칼로 베어 단박에 죽인다. 그리고 죽은 짐승을 거꾸로 매달아 몸속의 피를 모두 빼낸 후에 요리해서 먹는다. 이런 도축 방법은 인간을 위해 희생당하는 짐승의 고통을 최소화하기 위한 종교적 자비의 발로라고 한다. 물론 종교적 배경 이외에 위생상의 이유도 크다. 더운 중동지방에서 피를 빼면 고기가 쉽게 부패하는 것을 방지할 수 있기 때문이다.

에 머무는 동안 각종 양고기 요리를 즐겨 먹었다. 케밥 외에도 아랍을 대표하는 요리로 쿠프타kufta와 돌마dolma, 필라프pilaf 등이 있다. 쿠프타는 다진 양고기로 만든 아랍식 햄버거 스테이크나 미트볼 요리이고, 돌마는 각종 야채를 잘게 썰어 버무린 것을 포도 잎사귀에 싸서 쪄낸 요리로 중국음식 춘권春卷과 비슷하다. 이라크에서는 특별히 돌마 속에 다진 고기와 쌀을 섞어 넣기도 한다. 필라프는 아랍식 볶음밥이다. 바그다드에서만 맛볼 수 있는 가장 유명한 이라크 요리는 아마도 마스쿠프maskoof일 것이다. 마스쿠프는 티그리스 강에서 잡아 올린 잉어의 등을 갈라 내장을 제거하고 통째로 숯불에 구운 요리인데 이라크에서는 최고급 요리로 손꼽힌다. 티그리스 강을 따라 카페와 고급 식당이 즐비하게 늘어선 아부 누와스Abū Nuwās 거리에 가면 마스쿠프 전문 식당이 여러 군데 있다고 하는데 아쉽게도 실제로 먹어 보지는 못했다.

여러 가지 이라크 음식 중에 나를 사로잡은 것은 이라크 전통차 누미 바스라noomi basra였다. 이름에서도 알 수 있듯이 이라크 남부 바스라 지역이 원산지라고 한다. 나무에 달린 채 바싹 마른 레몬으로 끓인 차인데 레몬의 시큼한 맛과 차 특유의 담백한 맛이 어우러져 독특한 맛이 난다. 식욕을 돋우고 정신을 맑게 하는 데 탁월한 효과가 있다고 한다. 정말 매력적인 맛과 향을 지닌 차다. 나뿐만 아니라 우리 일행 모두가 즐겨 마셨다.

기왕 차 이야기가 나왔으니까 말인데, 진정으로 세계를 정복한 아랍 문화는 이슬람교가 아니고 커피다. 커피는 지구상에서 매일 하루에 대략 25억 잔 정도가 소비된다고 하니 명실상부한 세계인의 음료임이 틀림없다. 커피는 원래 아랍인들이 즐겨 마시던 이슬람 음료다. 커피라는 명칭도 음료(그중에서도 특히 와인)를 지칭하는 고대 아랍어 까흐와Qahwah에서 유래한 것이다. 잘 알려진 대로 커피의 원산지는 아프리카의 에티오피아 지역이다. 6세기를 전후해서 아랍 지역에 전파되면서 본격적으로 기호 식품으로서 각광받기 시작했다. 술을 금지하는 교리 탓에 술을 대체할 음료를 찾고 있던 무슬림에게 강렬한 맛과 향을 지닌 커피는 그야말로 안성맞춤이었다. 더구나 더운 기후 탓에 노곤해지기 쉬운 오후 커피 한 잔은 강력한 각성효과를 지녔기 때문에 아랍 전역에서 더더욱 사랑받게 되었다.

이슬람 세력이 확장되면서 자연스럽게 커피도 아라비아 지방을 넘어 세계로 퍼져 나가기 시작했다. 십자군 전쟁을 통해 유럽인에게 커피가 처음 소개되었고 1615년 이탈리아 베네치아 상인들에 의해 본격적으로 유럽에 수입되기 시작했다. 지금도 커피의 브랜드네임으로 널리 쓰이는 모카Mocha는 당시 유럽으로 커피를 수출하던 예멘의 항구 이름이다. 전 세계적으로 차와 휴식을 즐길 수 있는 만남의 장소로 각광받는 카페cafe 의 원조도 실은 15세기경 첫 선을 보인 오스만 투르크 제국의 커피 하우스 카베 카네kaveh kane이다. 처음에는 커피 원두만을 거래하던 베네치아 상인들이 이윤 극대화를 위해 1645년 베네치아에 카베 카네를 본떠 유럽 최초의 커피 전문점을 열었다. 이후 유럽 각지에 카페가 우후죽순처럼 들어서기 시작했다.

카페 문화가 번성하면서 유럽에서 커피가 선풍적인 인기를 끌자 보수 적인 일부 기독교도들은 커피가 이교도의 음료라는 이유로 음용을 금지 해야 한다며 교황에게 청원하기도 했는데, 당시 교황이던 클레멘트 8세 는 열렬한 커피 애호가였기 때문에 오히려 커피를 축복하고 기독교도의 음료로 공식 인정해 주었다고 한다. 이후 유럽 문화가 세계 문화의 중심으로 떠오르면서 커피는 전 세계인이 애용하는 음료가 되었다.[*]

유럽인들이 터키 커피Turkish coffee라고 부르는 아랍식 커피는 유럽식이나 미국식 커피에 비해 무척 작은 잔에 담아 마신다. 이탈리아와 스페인에서 많이 마시는 에스프레소와 유사한 형태인데 실제로 마셔보면 에스프레소보다 훨씬 더 진하다. 커피를 우려낸 원두 가루를 거름종이로 걸러내지 않고 그대로 커피 잔에 함께 담아 마시는데, 커피가 끈적거릴 만큼 농도가 진하다. 아랍인은 커피를 다 마시고 나면 커피 잔 바닥에 가라앉은 원두 가루의 모양을 보고 점을 치기도 한다. 아랍 지역에서 인스턴트커피를 마시고 싶으면 주문할 때 네스카페를 달라고 하면 된다.

As time goes by

음식 맛과 함께 쉐라톤 호텔 뷔페식당에서 잊지 못할 또 하나의 추억은 그곳 레스토랑 피아니스트의 연주이다. 쉐라톤 호텔 뷔페식당에는 식사를 하는 손님들을 위해 저녁 시간에 그랜드 피아노 연주가 있었다. 항시 긴장을 늦출 수 없는 전쟁터에서의 하루 일과 중 유일하게 긴장을 풀고 느긋한 시간을 즐길 수 있었던 때가 바로 저녁을 먹는 동안이었다. 그 시간만큼은 맛있는 아랍 요리와 함께 아름다운 피아노 선율에 취해 하루 동안의 피로를 씻어낼 수 있었다.

---

[*] 커피에 관한 이야기는 『커피의 역사』(하인리히 E. 야콥 지음, 박은영 옮김, 우물이 있는 집, 2002)에서 발췌했다.

쉐라톤 호텔 뷔페식당 피아니스트의 연주 솜씨는 무척 훌륭했다. 그는 클래식에서부터 재즈, 현대 팝 음악, 영화음악에 이르기까지 다양한 장르의 음악을 연주했는데 나는 그의 피아

쉐라톤 호텔 뷔페식당의 피아니스트   ⓒ 권오명

노 연주를 무척이나 좋아했다. 나는 그가 한 곡 한 곡 연주를 마칠 때마다 아낌없는 박수를 보내 주었다. 다른 동료들도 점차 피아니스트의 연주를 향한 나의 환호와 갈채에 동참하기 시작했다. 그 피아니스트도 자신을 향한 우리 팀의 관심과 갈채에 신이 났는지 더욱 신명나는 연주를 우리에게 들려주었다. 동료들은 번갈아 그에게 신청곡을 청해 듣곤 했다. 권오명 선생은 노래 솜씨가 보통이 아니었는데 피아노 반주에 맞춰 앤디 윌리엄스의 명곡 'Love is a many splendored thing'을 멋지게 불러 우리의 환호를 한 몸에 받기도 했다. 나도 영화 〈카사블랑카Casablanca〉(1942)의 한 장면이 떠올라 그 피아니스트에게 'As time goes by'를 청해 들었다. 그는 내 환호에 화답이라도 하듯 내가 식당에 들어설 때면 나를 위해 잊지 않고 'As time goes by'를 연주해 주곤 했다.

바그다드를 떠나면서 내가 가장 아쉬워했던 것은 다름 아닌 쉐라톤 호텔 뷔페식당의 피아노 연주였다. 나중에 전해들은 바로는 쉐라톤 호텔은

2005년 10월 18일 차량을 이용한 테러리스트의 자살 폭탄 공격을 받고 건물 전체가 심하게 파손되어 영업을 중단하고 문을 닫았다고 한다. 매일 저녁 우리를 위해 음악을 연주하던 뷔페식당의 피아니스트는 그 후 어떻게 되었는지 궁금하다.

하루 일과를 마치고 숙소에 돌아와도 내 일은 끝이 아니었다. 다른 동료들이 각자 방으로 돌아가 휴식을 취하는 동안 나는 그날 하루 지출과 영수증을 맞춰 보고 회계장부를 정리해야 했다. 하루 결산이 끝나면 일일보고서를 작성해 변성환 단장님께 최종 결재를 받아야 비로소 나의 하루 일과를 끝마칠 수 있었다. 그런데 이 일일결산은 결코 쉽지 않았다.

가장 문제가 된 것은, 사용하는 화폐가 미국 달러화와 이라크 디나르화로 이분화되어 있는데 이라크 디나르화의 환율이 일정하지 않아 같은 품목의 지출이라도 매일매일 그 가격이 다르다는 점이었다. 심지어 같은 날 같은 품목에 두 차례 이루어진 지출금액이 상이한 경우도 있었다. 지출금액의 차이가 너무 클 때에는 압바스에게 부탁해 영수증을 다시 작성하여 장부를 맞추는 방법 외에는 다른 도리가 없었다. 그나마 수기로 장부 정리를 했으니 망정이지 엑셀 등의 전산 프로그램으로 장부를 정리했으면 도저히 회계업무를 처리하지 못했을 것이다.

작업 중에 수시로 정전이 일어나는 것도 내 업무에 커다란 방해요소였다. 다행히 랩톱 컴퓨터는 미리 충전해 놓은 배터리로 계속 사용할 수 있었지만 수기로 하는 장부 정리 작업은 다시 전기가 들어올 때까지 중단할 수밖에 없었다.

그렇게 간신히 장부를 정리해 변성환 단장님께 최종 일일 결재를 받으러 가면 조금 민망한 상황이 벌어지곤 했다. 변성환 단장님은 이수하 선생과 같은 방을 사용하셨는데, 날이 더운 탓도 있었지만 평소 두 사람이 노출벽이 있는 모양인지 일일보고서를 작성해 결재를 받으려고 방에 들어가면 두 사람 다 방안에서 팬티만 입고 침대에 누워 있곤 했다. 남자끼리였으니 망정이지 내가 여직원이었으면 민망해서 결재도 받지 못했을 것이다.

우리 팀에는 나와 처지가 비슷한 팀원들이 또 있었다. 매일 취재한 사건, 사고를 기사화해야 하는 이철민 기자와, 매일 홍보자료를 서울 본사로 송출해야 하는 장영은 씨가 나처럼 야근을 해야 했다. 나는 그들을 바라보면서 일복 터진 내 처지를 위로하곤 했다. 최종 결재를 마치고 나면 보통 밤 10시를 훌쩍 넘겼다. 그렇게 피곤한 하루 일과를 마감하고 나면 창밖에서 요란하게 울려 퍼지는 총소리를 자장가 삼아 잠이 들곤 했다.

8. 빛과 그림자

바그다드의 찬란한 과거

　　　　　2003년 4월 9일 바그다드는 미군에 함락되었다. 바그다드가 외세에 점령당한 것은 이번이 처음이 아니다. 이라크 전쟁 이전에도 바그다드는 네 차례에 걸쳐 외세의 침략과 지배를 겪었다. 다른 유서 깊은 고도古都가 다 그렇듯 바그다드 역시 영욕으로 점철된 역사를 지니고 있다.

　바그다드는 약 500년간의 영화와 약 750년간의 침체기를 겪었다. 한때 바그다드는 세계 경제, 문화의 중심지였다. 762년 압바스 왕조의 수도가 되면서 바그다드는 눈부신 발전을 이룩했다. 바그다드의 저잣거리에는 부가 넘쳐났고, 이 경제적 풍요를 바탕으로 찬란한 이슬람 문명이

1258년 몽고군의 바그다드 침공을 그린 아랍 기록화. Staatsbibliothek Berlin/Schacht, *Dschingis Khan und seine Erben* (exhibition catalogue), 2005, p. 252/253.

꽃피었다. 당시 이슬람 문명권은 물질적 측면뿐만 아니라 정신적 측면
에서도 세계 최고 수준에 올라 있었다. 압바스 왕조는 메소포타미아 문
명 이래로 이어져 온 문화적 전통을 기반으로 동서양의 다양한 문화를 가
미해 독창적인 고유문화를 창출함으로써 이슬람 문명의 황금기를 열었
다. 고대 그리스의 이성중심주의 철학을 바탕으로 합리적 사유가 발달했
고 인간의 자유의지를 중시하는 자유주의와 개인주의가 사회적으로 널
리 받아들여졌다. 이런 개방적인 사회 분위기 속에서 사상의 자유와 비
판의 자유도 보장되었다. 이 시기에는 종교도 교조적 색채를 띠지 않았
고 세속적이고 사변적인 철학이 융성했다. 인문학뿐만 아니라 자연과학
분야에서도 이슬람 문명은 대단한 업적을 이루어냈다. 수학, 화학, 천문
학 등의 분야에서 근대적 업적들이 모두 이 시기 이슬람 문명권에서 쏟아

져 나왔다. 의학도 상당한 수준에 올라 있었다. 바그다드에는 의학을 연구하고 전수하는 전문 교육기관이 있었고 시험을 통해 자격을 획득해야만 의사로 활동할 수 있었다. 마취제를 사용한 외과수술, 세균을 통한 흑사병 감염 경로 발견, 뜸을 이용한 살균소독법 등이 아랍 의사들을 통해 처음으로 소개되고 시술되었다. 유럽에서 르네상스 시대에 비로소 시작된 근대적 문명이 이슬람 문명권에서는 무려 800년이나 앞서 융성했다. 그 모든 것의 중심에 바그다드가 우뚝 서 있었다. 그러나 당대 이슬람 사가史家들에게 "신이 내린 재앙"이라는 평가를 받은 몽고의 침략은 바그다드의 황금기를 한순간에 끝장내 버렸다.

1258년 2월 몽고의 침공으로 바그다드는 주민이 몰살당하고 도시 전체가 초토화되는 참화를 입었다. 형 몽케칸蒙哥汗의 명을 받들어 30만 대군을 이끌고 서방 원정에 나선 훌라구旭烈兀는 압바스 왕조의 칼리파 알 무스타으씸al-Musta'sim이 항복 권유를 오만한 태도로 거부하자 격분해 바그다드를 무참히 짓밟아 버린다. 바그다드를 점령한 몽고군은 무시무시한 피의 보복을 가했다. 성안에서 인간의 씨를 말려 버리라는 훌라구의 명령에 따라 몽고군은 무려 17일 동안 밤낮없이 몸서리쳐지는 잔혹한 살육을 자행한다. 이때 살해당한 바그다드 주민의 숫자는 약 80만 명에 이른다고 한다.* 칼리파조차 처참한 죽음을 면치 못했다. 비운의 칼리파 알 무스타으씸은 몽고의 전통에 따라 양탄자에 둘둘 말린 채 기마병의 말

---

* 몽고군에 의한 사망자의 수는 사서마다 큰 차이를 보인다. 사서의 기록을 종합해 보면 최소 9만 명에서 최대 80만 명이 학살당한 것으로 추정된다. 공성攻城이 본격적으로 이루어지기 전에 이미 많은 수의 피란민들이 성을 빠져나간 것을 고려하면 바그다드 주민들은 거의 전멸에 가까운 피해를 입었을 것으로 추정된다.

발굽에 짓밟혀 죽었다. 엄청난 대학살에 이어 철저한 파괴가 뒤따랐다. 몽고군은 바그다드에서 문명의 흔적을 깡그리 지워 버렸다. 몽고군은 지혜의 전당Bayt al-Hikma(대도서관)*에 불을 질러 그곳에 보관된 중요한 문서와 서적을 모조리 불태워 버렸다. 타고 남은 문서와 책들은 티그리스 강에 내던져졌는데, 이때 젖은 종이에서 필사된 잉크가 씻겨 내리면서 강물에 풀려 티그리스 강을 검게 물들였다고 한다. 궁성과 마스지드를 비롯한 성안의 주요 건축물들도 남김없이 파괴되었다. 지난 500년간 바그다드에 풍요를 선사한 도시 인근의 관개시설 역시 철저히 파괴되었다. 이슬람 황금기의 귀중한 문화유산들이 한순간에 잿더미가 되어 버렸다. 현재 바그다드 시내에 별다른 문화유적이 남아 있지 않은 것은 이때 몽고군에 의해 철저히 파괴되었기 때문이다. 몽고군의 만행으로 바그다드는 하루아침에 사막 위의 폐허로 변해 버렸다. 지금까지도 이라크인들은 이때의 일을 자국 역사상 최악의 참상으로 기억하고 있다. 1401년 연이은 티무르 제국의 침략으로 바그다드는 또 한 번 잿더미가 되는 시련을 겪었다. 그 후 바그다드는 다시는 옛 영화를 회복하지 못하고 역사의 변방으

---

* 압바스 왕조의 제5대 칼리파 하룬 알 라쉬드가 바그다드에 설립한 국립 도서관이다. 제7대 칼리파 알 마으문al-Ma'mun 대에 이르러 문서 보관 외에 번역과 학술연구 기능이 더해져 국립 아카데미로 발전했다. 이곳에서 아랍 학자들뿐만 아니라 페르시아, 비잔틴 학자들까지 참여해 페르시아와 그리스 고전을 아랍어로 번역하고 철학, 종교, 법학에서 천문, 지리, 화학, 수학, 의학에 이르기까지 다양한 분야의 학문 연구가 이루어졌다. 지혜의 전당은 아랍 학문과 지성의 중심으로서 이슬람 황금기를 여는 데 크게 기여했다. 지혜의 전당은 단순히 문서를 보관하는 데 그치지 않고 전문 사서에 의해 문서가 분류, 관리되고 대중에게 보유 도서의 열람은 물론 대여까지 가능한 근대적 의미의 도서관 기능을 모두 갖춘 최초의 도서관이었다. 13세기 중엽 몽고의 침입 이전까지 그곳에는 무려 60만 권의 장서가 보관되어 있었다고 한다. 지혜의 전당은 당대 세계에서 가장 규모가 크고 선진적인 형태의 도서관이었다.

로 밀려나 덧없이 퇴락해 갔다. 20세기 초반까지 바그다드는 오스만 투르크의 지배를 받았고, 제1차 세계대전 이후에는 다시 10여 년 동안 영국의 통치를 받아야 했다. 1932년 이라크가 독립하면서 비로소 바그다드는 한 나라의 수도로서의 지위를 되찾을 수 있었다.

바그다드가 겪은 시련과 고통

　　　　　미군에 점령당함으로써 바그다드는 71년 만에 또다시 주권을 잃어버린 슬픈 도시가 되었다. 그러나 미군이 진주하기 전에도 바그다드는 그다지 희망찬 도시가 아니었다. 바그다드는 오랫동안 전쟁과 독재에 시달려 왔다. 1968년 쿠데타 이래 35년간 이어진 바트당의 독재와 폭정은 이라크를 몰락의 길로 이끌었다. 특히 사담이 대통령직에 오른 직후 일으킨 이란과의 전쟁은 이라크 국민의 삶을 도탄에 빠뜨렸다. 이 무모한 전쟁으로 양국 국민 100만 명 이상이 헛되이 희생되었다. 막대한 인명 손실 이외에도 8년이나 지속된 전쟁으로 이라크 경제는 파탄지경에 이르렀다. 사담의 이라크 통치는 단 한 명의 무능한 독재자가 일국의 운명을 얼마나 철저하게 나락으로 떨어뜨릴 수 있는지 잘 보여 준다. 사담은 히틀러를 본보기로 삼아 나치의 통치방식을 모방해 이라크를 폭압 통치했다. 히틀러 신봉자답게 사담은 통치기간 내내 히틀러에 버금가는 수많은 범죄를 저질렀다. 사담은 아랍 민족주의를 표방하고 자신을 아랍의 맹주라 자칭하며 끊임없이 주변국들을 겁박하고 전쟁을 일삼았다. 그는 자국민에게도 무자비한 폭정을 휘둘렀다. 사담은 공포 정치를 통해 자신의 권력을 유지해 나갔다. 사담 집권기에 수많은 이라크 국민

아부 그라이브 교도소 경비초소. 부서진 초소 건물 위에 사담의 초상화가 세워져 있다.   © 조인원

이 정치적 이유로 체포되어 구금되거나 살해당했다.

미군이 이라크를 점령한 후 사담이 저지른 간악한 범죄의 증거들이 속속 드러났다. 바그다드에서 서쪽으로 고속도로를 타고 팔루자Fallujah 방향으로 가다 보면 도로변에 중세 군사요새를 연상케 하는 거대한 건축물이 나타나는데, 그곳이 바로 악명 높은 아부 그라이브Abu Ghraib 교도소다. 아부 그라이브 교도소는 사담 정권의 폭정을 상징하는 장소라고 할 수 있다. 나중에 이라크 포로들에 대한 미군의 잔혹행위와 고문이 벌어진 곳으로 더 유명한 이 감옥은 본래 사담 집권기에 정치범들을 수감하고 고문, 처형하던 특별 감옥이었다. 이라크판 바스티유 감옥이라 할 수 있는 곳이다. 바그다드에 머무는 동안 운 좋게도 아부 그라이브 교도소를 직접 방문해 자세히 둘러볼 기회가 있었다. 내가 방문했을 때는 아직 이라크 포로들을 감금하기 전이어서 소수의 미군들만이 시설을 경비하고 있을 뿐 감옥은 텅 비어 있었다. 미군의 안내를 받아 감옥 내부에 들어서니 가장 먼저 눈에 띄는 것은 사담의 모습이 그려진 커다란 벽화였다. 감옥 내부는 벽이 있는 곳이라면 어디라도 빠짐없이 사담의 초상이 그려져 있었다. 군복을 입은 근엄한 표정의 사담, 이슬람 전통 복장을 한 채 웃고 있는 사담, 신사복 차림에 손을 흔드는 사담 등 감옥 내부의 사방 벽이 온통 사담의 초상화로 도배되어 있다고 해도 과언이 아니었다. 시선을 어느 방향으로 돌려도 사담의 얼굴을 마주 보는 것을 피할 수 없었다. 광기에 가까운 개인숭배 우상화 조작의 산물을 바라보고 있노라니 참기 어려운 역겨움이 밀려왔다. 사담에 의해 이곳에 끌려온 수감자들도 감옥에 갇혀 지내는 동안 내내 사담의 얼굴을 쳐다보아야만 하는 곤욕에 시달렸을 것이다. 아마도 그것은 투옥 중에 수감자들이 참아내야만 했던 가장 큰 고통이 아니었을까 하는 생각이 들었다.

아부 그라이브 교도소에서 간수들은 수감자들에게 상상을 초월하는 잔인한 고문을 가했다. 수감자들을 묶어 놓고 전기톱으로 손발을 자르거나 산 사람의 머리에 전기 드릴로 구멍을 뚫는 등의 참혹한 고문이 자행되었다. 감옥 안에는 수감자들을 고문하던 각종 엽기적인 장치들이 그대로 남아 있었는데 그중에서도 가장 내 눈길을 끈 것은 '천국행 의자chair to heaven'였다. 천국행 의자는 자백을 받아내기 위해 수감자에게 견딜 수 없는 고통을 주고 종국에는 수감자를 죽음에 이르게 할 목적으로 고안된 고문 도구이자 사형 도구다. 천국행 의자의 구조는 비교적 간단하다. 고문실 한가운데에 변두리 이발소 의자를 연상케 하는 철제 의자가 놓여 있다. 이 철제 의자에는 수감자가 움직이지 못하도록 사지와 목, 허리를 붙잡아 매는 결박장치가 붙어 있고, 의자 등받이 뒤편에는 의자의 높낮이를 조절할 수 있는 범선의 키 모양을 닮은 수레바퀴가 달려 있다. 그뿐만 아니라 의자의 바닥 한가운데에는 보이지 않는 곳에 뾰족한 쇠꼬챙이가 붙어 있다. 이 쇠꼬챙

아부 그라이브 교도소의 교수대 ⓒ 조인원

이는 장치를 가동하기 전에는 의자 바닥 아랫부분에 숨어 있어 보이지 않지만 수레바퀴를 돌려 의자의 높이를 낮추면 의자 바닥에 뚫린 구멍을 통해 솟아 나오도록 고안되어 있다. 간수들은 천국행 의자에 수감자를 앉히고 전신을 묶어 움직이지 못하도록 고정한 후에 묻는 말에 수감자가 순순히 답하지 않을 때마다 수레바퀴를 천천히 돌린다. 그러면 의자의 높이가 조금씩 낮아지면서 의자 바닥에서 솟아 오른 쇠꼬챙이가 서서히 수감자의 몸속으로 파고들게 된다. 수감자는 상상할 수 없는 고통으로 몸부림치다 결국 죽음을 맞이하게 된다. 이 고문 장치는 수감자에게 죽기 직전까지 지옥의 고통을 경험하게 하지만 역설적인 의미로 천국행 의자라는 명칭이 붙여졌다고 한다. 사담 후세인은 정적들에게 이 사형도구를

알 힐라 인근의 생매장지 발굴 현장　　　　　　　　　　　　　ⓒ 조인원

사용하는 것을 아주 좋아했다고 한다. 사담은 자주 아부 그라이브 교도
소에 들러 정적들이 천국행 의자에 앉아 고통에 몸부림치다 죽어 가는 장
면을 바로 코앞에서 지켜보곤 했다고 한다. 상상만으로도 몸서리쳐지는
장면이 아닐 수 없다. 감옥 내부에는 두 사람을 동시에 목 매달 수 있는
교수대가 있었다. 사형이 집행되는 날이면 수십 명의 죄수들이 한꺼번에
이 교수대에서 처형되었는데, 2명의 사형수가 동시에 교수형에 처해지는
모습을 지켜보면서 간수들은 둘 중 누가 먼저 숨이 끊어지는가를 놓고 내
기를 벌였다고 한다. 교수대에서 끌어내려진 시신은 사형장 바닥에 뚫린
구멍을 통해 아래층으로 던져졌다. 그렇게 겹겹이 쌓인 시신들은 덤프트
럭에 실려 화장장으로 옮겨져 쓰레기처럼 소각 처리되었다.

이 밖에도 사담의 공포 정치가 얼마나 잔악했는지 보여 주는 사례는 수없이 많다. 우리가 알 라지 병원에서 진료활동을 시작한 지 얼마 되지 않아 미군은 바빌론 유적이 있는 알 힐라al-Hillah 인근 사막에서 정체를 알 수 없는 시신들이 한데 묻혀 있는 집단 매장지를 발견했다. 미군이 대량 살상무기WMD를 수색하는 과정에서 우연히 이 살육의 현장을 찾아낸 것이다. 미군이 조사한 바에 따르면 그곳은 1991년 걸프 전쟁 직후 발생한 쉬아파의 반란을 진압하는 과정에서 붙잡은 정치범들을 생매장한 장소로 밝혀졌다. 미군은 이곳에서 무려 1만여 구의 시신을 발굴했다. 이 소식을 접한 이철민, 조인원 두 기자는 현장을 직접 취재하기 위해 알 힐라에 다녀왔다. 나는 두 기자를 통해 생생한 현장의 모습을 전해들을 수 있었다. 조인원 기자가 촬영한 현장 사진에는 무더기로 쌓여 있는 유해들의 모습, 시신더미 주변에서 오열하는 유가족의 모습 등 끔찍한 현장 상황이 고스란히 담겨 있었다. 차후에도 미군은 이라크 전역에서 이런 정치범 시신 집단 매장지를 여러 군데 찾아냈다. 사담 후세인은 이라크에서 쿠르드족이나 쉬아파 등 반대세력이 반란을 일으킬 때마다 이들에게 피의 보복을 가하며 잔인하게 진압했다. 때때로 반란을 진압하기 위해 화학무기까지 동원했다. 이란-이라크 전쟁이 한창이던 1982년, 사담의 지시로 세계를 경악에 빠뜨린 '두자일 학살Dujail Massacre'이 일어났다. 사담이 이라크 중부 두자일 마을을 시찰하던 중에 이란의 지원을 받은 반체제 조직인 다와당Dawa Party 공작원에 의해 사담 암살미수 사건이 벌어졌다. 사담은 그 사건에 대한 보복으로 두자일 주민 148명을 처형했다. 암살미수 사건에 연루된 용의자 심문 과정에서 추가로 수백 명이 고문으로 숨졌다. 1986년에서 1989년까지 사담은 이라크 북부에서 쿠르드족을 말

살하기 위해 군대를 동원해 알 안팔al Anfal(전리품) 작전을 수행했는데, 이 작전이 종료될 때까지 무려 18만 명에 달하는 쿠르드족이 학살됐다. 알 안팔 작전 중에도 화학무기가 무차별적으로 사용되었다. 1988년 3월 16일 이라크군은 쿠르드족이 집단 거주하는 할라브자Halabja 마을에 사이안화수소 가스를 살포해 쿠르드족 주민 5,000여 명이 죽고 7,000여 명이 부상당하는 대참사가 벌어졌다. 이 사건은 제2차 세계대전 이후 가장 많은 희생자를 낳은 최악의 화학무기 공격이었다.

미군 점령 전에 바그다드에서는 매주 금요일 정치범들의 공개처형이 벌어졌다고 한다. 우리 숙소 인근의 피르도스 광장도 공개처형이 집행되던 장소 중 한 곳이었다. 우리 팀이 바그다드에 처음 도착했을 때만 해도 피르도스 광장에는 공개처형에 쓰이는 교수대가 그대로 남아 있었다. 피르도스 광장의 교수대는 5월 말 미군에 의해 철거되었다. 사담 통치하의 이라크에서는 국민들에게 극도의 위압감을 심어 주어 정권에 순종하도록 유도하기 위해 TV 뉴스를 통해 산 채로 죄수들의 사지를 자르거나 폭탄으로 죄수들을 집단 폭사시키는 장면이 여과 없이 방송되었다고 한다.

사담의 공포정치는 무려 200만 명에 달하는 무고한 민간인 희생자를 낳았다. 이는 이란-이라크 전쟁 전몰자 총수의 두 배에 이르는 수치다. 사담 치하에서 이라크 국민들은 숨조차 제대로 쉬지 못하고 억눌려 지내야만 했다. 그토록 위세를 떨치던 사담도 미군의 침공 이후에는 가파른 몰락의 길을 걸어야 했다. 사담은 미군이 바그다드를 점령하기 하루 전에 홀연히 자취를 감췄다. 자국민에게 미친개처럼 사납게 날뛰던 희대의 독재자 사담은 미군이 몰려오자 초라한 도망자 신세가 되어 쥐새끼마냥 몰래 바그다드를 빠져나갔다. 고향 티크리트 인근 지하에 토굴을 파고 숨어 지내던 사담은 결국 2003년 12월 14일 미군에게 은신처가 발각되어 체포되었다. 이후 이라크 법정에서 유죄가 인정되어 사형선고를 받은 사담은 2006년 12월 30일 형장의 이슬이 되어 비참하게 생을 마감했다.

알라도 미군을 이길 수 없다

미군 점령 직후 바그다드 시민들의 모습은 무척이나 혼란스럽고 불안해 보였다. 그들은 미군에게 당한 일방적인 패전에 자신감을 잃고 잔뜩 위축된 모습이었다. 거기다 갑작스러운 사담 정권의 붕괴로 말미암아 한꺼번에 몰아닥친 변화의 물결에 적응하지 못해 혼란스러워하고 있었다. 미국과 전쟁을 치러 변변한 저항 한 번 못 해보고 일패도지 一敗塗地당한 것은 이라크인들의 민족적 자존심에 크나큰 상처를 남겼다.

이라크인들은 자국 역사에 대해 유난히 강한 자부심을 가지고 있다. 이라크인들은 자신들의 나라를 '인류의 역사가 세계 최초로 시작된 곳'이라고 여기며 자랑스러워한다. 이라크라는 국명 자체가 아랍어로 '뿌리 깊은 나라'라는 뜻이다. 실제로 이라크는 세계에서 가장 오래된 역사를 가진 나라다. 인류 문명의 4대 발상지 중 가장 먼저 고대 문명이 출현한 지역이 현재 이라크 영토에 해당하는 메소포타미아 지방이다. 기원전 8,000년경 이라크 북부에서 처음으로 신석기 혁명이 일어나 인류가 정착생활을 시작했으며, 기원전 3,000년경 수메르인에 의해 최초의 고대 도시국가가 탄생했다. 우리 민족은 스스로 '5천 년 문화민족'이라 자부하지만 이라크의 유구한 역사와 비교하면 5천 년 세월은 별것 아닌 것처럼 느껴진다. 이라크인들은 이라크의 역사가 곧 아랍의 역사라고 말한다.

현대 아랍 지역의 문화적 산물은 모두 이라크에서 발흥했으므로 이라크가 아랍의 맹주라고 자부한다. 일례로 중동 국가들은 자국의 화폐 단위로 디나르를 주로 사용한다. 디나르는 원래 압바스 왕조 시대에 금의 무게를 재던 단위의 명칭이었다. 아랍 국가들은 화폐의 국적 구분을 위해 요르단은 JOD, 쿠웨이트는 KWD와 같이 디나르 앞에 자국명을 넣어 표기한다. 그런데 이라크는 자국 화폐를 ID(Iraqi Dinar)라고 표기하지 않고 AD(Arabic Dinar)라고 표기한다. 화폐 단위 하나에서도 자신들이 아랍의 원조요 중심이라는 사고방식을 부각하려 애쓴 흔적이 엿보인다.

이 같은 이라크인들의 자부심은 미국과의 두 차례 전쟁에서 모두 여지없이 패배함으로써 허무하게 무너져 내렸다. 1991년 걸프 전쟁 당시만 해도 일방적으로 밀리기는 했지만 쿠웨이트를 도로 빼앗겼을 뿐 세계 최강 미군과 맞서 싸워 자국의 영토는 성공적으로 방어해 냈으므로 패배한 것은 아니라고 애써 자위할 수 있었다. 그러나 2003년 재차 벌어진 미국과의 일전에서는 변변한 저항 한 번 못 해보고 후퇴만 거듭하다 개전 20일 만에 수도 바그다드를 내주고 말았다. 예상 밖의 허무한 패배는 이라크인들에게 큰 충격을 안겨 주었다. 이라크는 이란과의 8년 전쟁 이후 아랍 최강의 전력을 보유하고 있다고 자부해 왔다. 함무라비 사단, 메디나 사단 등 이라크 최정예 부대로 이루어진 공화국 수비대가 미군의 공격 앞에 그처럼 맥없이 무너져 버린 것을 이라크인들은 믿기지 않아 하는 눈치였다.

이라크 전쟁을 통해 그 위력을 유감없이 발휘한 미군 첨단무기의 뛰어난 성능은 이라크인들뿐만 아니라 세계를 놀라게 했다. 미군은 전쟁기간 중 민간인 피해를 최소화하기 위해 초정밀 유도무기를 이용하여 바그

다드를 맹렬히 폭격했다. 개
전 직후 바그다드를 제일 먼저
타격한 미군의 토마호크 순항
미사일은 500킬로미터 밖에서
발사되어 1제곱미터 크기의 목
표물에 정확히 명중할 수 있다
고 한다. 이것은 50미터 거리
에서 권총을 발사해 모기의 눈
에 명중하는 것과 맞먹는 수준
의 정밀성을 갖추고 있다는 의
미다. 멀리 페르시아 만 해상
에 떠 있는 이지스함에서 발사
된 토마호크 미사일은 바그다

폭격으로 파괴된 이라크 방송통신센터 빌딩   ⓒ 변성환

드까지 날아와 정해진 목표물에 한 치 오차도 없이 정확히 명중했다. 미
군이 보유한 또 다른 초정밀 무기인 JDAM(Joint Direct Attack Munition: 통
합정밀직격병기)은 스마트 폭탄smart bomb의 일종으로 항공기에 탑재되어
투하되는데, 적의 대공화기가 미치지 못하는 고고도高高度에서 투하되어
목표물을 정확히 타격할 수 있는 위력적인 무기다. 개전과 동시에 미군
은 토마호크 미사일과 JDAM을 이용해 바그다드의 전술 목표물을 거의
모두 파괴했다. 개전 첫날 미군의 공습은 대단히 효과적이어서 바그다드
에 투하된 천여 발의 폭탄은 모두 민간인 거주 지역을 피해 전술 목표물만
을 정확히 타격했다. 그날 바그다드에서 발생한 민간인 피해는 고작 사망자
1명, 부상자 14명에 불과했다. 제2차 세계대전이 막바지에 이른 1945년

2월 13일에 시작된 연합군의 무차별 폭격으로 불과 사흘 만에 약 10만 명의 사상자가 발생했던 독일 드레스덴 대공습과 비교하면 개전 당일 미군의 폭격 적중률은 경이로운 수준이었음을 알 수 있다.

공습을 받아 곧 무너질 듯 위태로운 모습으로 서 있는 이라크 방송통신센터SO Radio, TV, & Telecommunication Center 건물은 미군이 보유한 초정밀 무기의 위력을 상징적으로 보여 주는 좋은 예라고 할 수 있다. 티그리스 강 서안에 우뚝 선 방송통신센터 건물은 주변에 고층 빌딩이 별로 없어 유난히 눈에 잘 띈다. 나는 알 라지 병원으로 출근하는 길에 매일 이 건물을 쳐다보곤 했는데, 보면 볼수록 그 모습이 정말 인상적이었다. 벙커버스터bunker buster*에 피격된 것으로 보이는 방송통신센터는 피해가 너무 커 건물이 붕괴되지 않고 그대로 서 있는 것이 신기할 지경이었다. 직격탄을 맞은 자리에 옥상부터 지하층까지 우물처럼 수직으로 커다란 구멍이 생길 만큼 극심한 타격을 입었음에도 건물 외관은 무너져 내리지 않고 온전히 남아 있었다. 방송통신센터를 둘러싼 인근 건물들도 별반 손상을 입지 않은 것 같았다. 폭격으로 파괴된 방송통신센터 건물을 바라볼 때마다 새삼 미군 첨단무기가 지닌 뛰어난 성능에 감탄하지 않을 수 없었다. 그러나 사람이 하는 일치고 완벽한 것은 없는 법이다. 3월 28일 새벽 미군 전폭기의 오폭으로 바그다드 서북쪽 시장 인근에서 무고한 민간인 58명이 폭사하는 비극적 사건이 벌어졌다. 전쟁이 길어지면서 미군

---

* 벙커버스터는 폭탄의 일종으로 지하나 동굴 안에 숨어 있는 적군의 벙커 등을 무력화하기 위해 개발된 미군의 신무기이다. 목표물 표면에 부딪혔을 때 폭발하는 일반 폭탄과 달리 콘크리트 외벽이나 암반을 뚫고 들어가 목표물 내부에서 폭발하도록 고안된 폭탄이다.

에 의한 민간인 오폭사고는 늘어만 갔고 미군 초정밀 무기의 명성도 점차 그 빛을 잃어 갔다.

초정밀 무기 이외에 이라크인들을 공포에 떨게 한 무기가 또 하나 있다. 그것은 전차전에서 가공할 위력을 발휘한 열화劣化우라늄탄depleted uranium ammunition이다. 사실 이라크로 출발하기 전부터 우리 단원들 사이에는 열화우라늄탄에 대한 공포가 널리 퍼져 있었다. 선발대 중 2명이 긴급의료지원단에 합류하기를 거부한 것도 열화우라늄탄의 후유증을 두려워했기 때문이다. 열화우라늄탄은 원자력발전소 운영이나 핵무기 제조에 필요한 원료를 얻기 위해 천연 우라늄을 농축하는 과정에서 생긴 우라늄 찌꺼기로 만든 무기다. 텅스텐으로 만든 일반 철갑탄에 비해 관통력이 월등히 뛰어나고 발화점까지 높아 적군의 장갑차나 탱크 등을 파괴하는 대전차포탄으로 주로 이용되고 있다. 열화우라늄탄은 핵무기로 분류되지는 않지만, 일단 발사되어 목표물과 충돌하면 포탄이 맹렬히 연소하는데 이때 발생하는 미세먼지에 유독성 방사능 물질이 다량 함유되어 있다. 열화우라늄탄은 1991년 걸프 전쟁에서 미군이 최초로 사용했는데 전쟁이 끝난 뒤에 심각한 부작용이 드러났다. 전투 중에 열화우라늄탄으로 발생한 방사성 분진을 흡입한 미군 병사들이 전쟁 후 미국에 귀환해 원인 모를 각종 질병에 시달린 것이다. 걸프 전쟁 참전 군인들의 암 발병률은 일반인에 비해 무려 40퍼센트나 높은 것으로 밝혀졌다. 이와 같은 열화우라늄탄 사용에 따른 후유증을 '걸프 전쟁 증후군'이라고 부른다. 걸프 전쟁 당시 미군은 300톤이 넘는 열화우라늄탄을 이라크 땅에 쏟아부었다. 이는 히로시마에 투하된 원폭의 3만 6,000배에 달하는 방사능 물질이 뿌려졌다는 뜻이다. 미군은 2003년 이라크 전쟁 때에도 열화우라늄탄을 대량으로 사용했다. 열화우라늄탄을 사용하면 전차포의 사정거리가 일반 철갑탄보다 두 배 이상 길어진다. 열화우라늄탄을 사용하는 미군의 주력전차 M1A2 에이브럼스 탱크는 이라크군이 보유한 러시아제 T-72, T-80 탱크와의 전차전에서 압도적인 승리를 거두었다. 이라크군 전차의 사정거리 바깥에서 열화우라늄탄을 발사해 손쉽게 이라크군 전차를 파괴한 것이다.

이라크 전쟁 이후 미군은 사용하고 남은 열화우라늄탄을 본국으로 가져가지 않고 이라크 사막에 무단으로 매장했다고 한다. 지금까지 이라크에서는 수많은 걸프 전쟁 증후군 발병 사례가 보고되었다. 걸프 전쟁 증후군은 전쟁 당시 치열한 전투가 벌어졌던 이라크 남부 지방에서 특히 많이 발생한다. 성인보다 면역력이 약한 어린이에게서 백혈병을 비롯한 희귀병 발병 사례가 많이 나타나고 있으며, 여성들도 암 발생과 기형아 출산, 조산 등으로 고통받고 있다고 한다. 그러나 미국 정부는 아직까지 열화우라늄탄과 걸프 전쟁 증후군 간의 연관관계를 인정하지 않고 있다. 물론 피해자들에 대한 보상도 전혀 이루어지지 않고 있다. 내가 바그다드에 머무는 동안에도 항간에 열화우라늄탄과 관련된 흉흉한 소문들이 많이 떠돌았다. 어느 어느 지역에서 무단 폐기된 열화우라늄탄이 다량으로 발견되었다거나 상수도 취수지역 근방에서 미군이 열화우라늄탄을 사용한 대규모 폭격을 감행해 상수원이 방사능에 심각하게 오염되었다는 등의 괴소문이 떠돌아다녔다. 그러나 열화우라늄탄 후유증에 대한 걱정은 나 같은 외국인들의 몫이었지 정작 이라크인들은 별로 신경 쓰지 않았다. 이라크인 대부분은 열화우라늄탄에 대해 무지했고, 따라서 그 후유증을 두려워하지도 않았다.

사실 바그다드 시내에서 열화우라늄탄보다 심각한 문제를 일으키는 것은 UXO(unexploded ordnance)라 불리는 불발탄이었다. 바그다드 시내를 돌아다니다 보면 이라크군이 퇴각하면서 방기한 총포탄들이 여기저기 무더기로 널려 있는 모습을 쉽게 볼 수 있었다. 미군 시설이나 외국인들이 드나드는 건물 내부에는 빠짐없이 UXO에 대한 경고문이 붙어 있었다. 그러나 미군의 UXO 주의조치는 미군과 외국인만을 보호대상으로 할 뿐 이라크인은 관심 밖의 존재였다. 거리에 널려 있는 불발탄은 그야말로 언제 폭발할지 모르는 시한폭탄 같은 위험천만한 존재였다. 이런 불발탄은 바그다드 시민들에게는 심각한 위협이었다. 실제로 알 라지 병원에는 불발탄 때문에 부상을 입은 응급환자들이 심심치 않게 실려 왔다. 불발탄 희생자 중에는 유난히 어린아이들이 많았다. 철없는 아이들이 호기심에 불발탄을 만지작거리다 변을 당하는 일이 빈번했다.

불발탄 문제를 심화한 것은 미군의 무차별적인 집속탄集束彈, cluster bomb 사용이었다. 집속탄은 하나의 폭탄 속에 무수히 많은 작은 폭탄들이 들어 있는 폭탄이다. 이러한 성질 때문에 모자母子폭탄이라고도 부른다. 공군기에서 투하된 집속탄은 목표지점에 다가가면 캡슐 형태의 모母폭탄이 시한장치에 의해 목표지점 상공에서 터지고 그 안에서 수백 개의 야구공 크기만 한 소형 자子폭탄들이 쏟아져 나와 넓은 지역을 초토화한다. 집속탄은 군인과 민간인을 구별하지 않고 무차별 살상하는 비인도성 때문에 국제협약에 따라 사용이 금지된 무기다. 그럼에도 불구하고 미군은 이라크 전쟁에서 이라크 지상병력을 무력화하기 위해 집속탄을 대량으로 사용했다. 일반적으로 소형 폭탄의 40퍼센트는 불발탄으로 남았다가 대인지뢰처럼 터져 민간인에게 큰 피해를 준다. 그런데 이라크는 지표면이

바그다드 거리에 방치된 수많은 불발탄들   ⓒ 마인우

무른 사막 지형인 탓에 집속탄의 불발률이 유난히 높았다. 전후 국제인권단체 휴먼라이츠워치Human Rights Watch의 현지조사 보고서에 따르면 영미 연합군이 이라크 전쟁 중 사용한 집속탄은 약 1만 3,000발로 모폭탄에다 자폭탄까지 합하면 190만 발에 이른다고 한다. 그 가운데 아직까지도 최소 9만 발 정도가 불발탄으로 남아 있는 것으로 추정된다. 이라크에서는 불발탄이 불법으로 매설된 지뢰만큼이나 민간인을 크게 위협하고 있다. 전쟁이 끝난 이후에도 이라크에서는 집속탄 불발탄으로 인한 희생자가 계속해서 발생하고 있다. 지금까지 바그다드 남부 지역에서만 수천여 명이 집속탄 불발탄으로 인해 희생되었다.

미군이 보유한 첨단무기의 위력은 이라크인들에게는 앞선 과학기술에 대한 경이로움 이상의 의미로 받아들여졌다. 이라크인들은 압도적인 미군 전력을 그들로서는 도저히 저항할 수 없는 신의 권능쯤으로 여기는 듯했다. 성경 출애굽기를 살펴보면 모세가 신의 권능을 빌려 10가지 재앙을 내림으로써 이집트 파라오 람세스 2세를 굴복시키는 장면이 나온다. 이라크인들은 모세에게 굴욕을 당하는 파라오 람세스 2세와 같은 심정인 듯했다. 군의관으로 이란과의 전쟁에 참전했다는 알 라지 병원의 의사 사다트는 잔뜩 주눅 든 모습으로 "알라가 직접 나선다 해도 미군을 이길 수 없다."며 자조적인 심경을 토해 냈다.

미군이 몰고 온 변화의 물결

　　　　　　　참담한 패전 이상으로 이라크인들을 당혹하게 만든 것은 미군 점령과 함께 봇물 터지듯 밀려든 세계화의 물결이었다. 미군 점령 이전까지 이라크는 사담 후세인의 독재와 보수적인 이슬람교의 영향으로 외부와 철저히 단절된 폐쇄국가였다. 이라크인들은 아무런 준비도 갖추지 못한 채 미군 점령과 동시에 쓰나미처럼 밀어닥친 개방의 파고 앞에 맨몸으로 내동댕이쳐졌다. 이라크를 강타한 문화적 충격은 이라크인들에게 1258년 몽고의 침입 못지않은 강한 충격파를 안겨 주었다. 바그다드에 침입한 몽고군이 바그다드의 하드웨어를 모조리 파괴했다면 미군이 몰고 온 세계화, 개방화의 물결은 바그다드의 소프트웨어를 뿌리부터 뒤흔들었다.

　이라크인들은 자의 반 타의 반으로 고립된 삶을 살아야 했다. 사담 정권은 독재권력 유지를 위해 온갖 수단을 동원해 이라크 국민들의 눈과 귀를 막고 오직 자신들이 허용하는 정보만 습득할 수 있도록 통제했다. 이라크인들은 오랫동안 사담이 생각하는 대로 사고하고 사담이 원하는 방향으로만 행동해야 했다. 조금이라도 독재정권에 반항하거나 사담의 뜻을 거슬렀다가는 죽음을 면치 못했다. 인터넷 접속도 일일이 정보당국의 통제를 받았다. 정보부에서 발급한 면허증이 있는 사람만 인터넷에 접속

할 수 있었고, 검열을 위해 인터넷 사용자는 접속 전후에 꼭 정보부에 전화를 걸어 인터넷 사용을 신고해야만 했다. 이라크가 세계화의 물결에서 비켜서 있었던 것은 종교의 영향도 컸다. 꾸란의 가르침 이외에는 모두 악마의 속삭임일 뿐이라는 교조주의적 종교관 때문에 이라크인들은 의도적으로 외부세계에 대해 눈을 감고 지내 왔다.

이 모든 것이 미군이 들어오면서 일시에 무너져 내렸다. 미군이 가지고 들어온 서구적 가치관은 이라크인들에게 커다란 충격을 안겨 주었다. 개인의 자유와 인권을 존중하는 서구식 민주주의, 종교와 세속을 철저히 구분하는 인본주의人本主義, 양성평등을 지향하는 여성관 등은 교조적 이슬람 사고방식이 지배하던 이라크 사회에 심각한 아노미 현상을 불러일으켰다. 예를 들어 전체 미군 병력의 약 15퍼센트를 차지하는 여군의 존재는 남녀를 불문하고 모든 이라크인들에게 엄청난 문화적 충격이었다. 미군은 지원병과뿐만 아니라 전투병과에도 여군에게 문호를 개방했다. 일반 보병은 물론이고 전투기 파일럿, 전차병 등의 분야에도 여군이 배치되어 있다. 심지어 남자도 힘들어하는 해병대나 공수부대에도 여군이 진출해 당당히 활동하고 있다. 여성은 나약하고 불완전한 존재라는 편견에 사로잡혀 여성을 차별하고 하대하는 이슬람의 관점에서 볼 때, 위험천만한 전쟁터에서 남성과 어깨를 나란히 하고 힘든 전투임무를 수행하는 여군의 모습은 놀라움을 넘어서 충격일 수밖에 없었다. 더구나 여군 장교가 남자 사병들을 지휘, 통솔하는 모습은 보수적인 이라크 남성들에게는 상상조차 할 수 없는 일이었다. 변성환 단장님의 통역으로 일하던 레나는 미군 진주 후에 히잡hijab을 벗어 버렸다고 했다. 레나는 부친의 상중이어서 전통에 따라 항상 정갈한 이슬람식 상복을 차려입었지만 여성을 억압하는 히잡만은 다시는 쓰고 싶지 않다고 말했다. 레나는 이슬람 사회에서는 보기 드물게 교육을 많이 받은 여성이었다. 그녀는 대학에서 의학을 전공한 지식층이었다. 조국을 침략한 미군에 강한 적대감을 드러내 보이면서도 미군이 불러온 새로운 변화는 긍정적으로 받아들였다. 레나는 앞으로 이라크 사회가 더 이상 여성이 억압받지 않고 자신의 의지를 자유롭게 펼치며 살 수 있는 세상이 되었으면 좋겠다고 말했다.

이라크는 사회 전반에 걸쳐 거센 변화의 과정을 겪고 있었다. 이라크인들은 새로운 변화의 물결에 이중적 태도를 보였다. 이제까지 접해 보지 못한 새로운 문물에 기대와 호기심을 갖는 한편 익숙지 않은 변화에 대해 두려움과 경계심을 품고 있었다. 또한 침략자 미국은 싫지만 미국 문물은 좋다는 모순된 입장을 보였다. 이라크인들은 특히 미국의 개방적이고 자유분방한 대중문화를 좋아했다. 미군 점령 직후 바그다드에서 가장 인기 있는 물건은 해외 위성방송을 수신할 수 있는 접시 모양의 위성 안테나였다. 대부분 무슬림인 이라크인들은 겉으로는 서구 문화를 퇴폐적이라고 비난하면서도 속마음은 서구 사회를 은근히 동경하는 눈치였다. 이라크 청년들은 MTV를 통해 방송되는 마돈나 브리트니 스피어스 같은 미모의 여가수가 출연하는 선정적인 뮤직비디오에 열광했다. 우리 팀이 묵었던 알 라비 아파트 로비에도 대형 TV를 통해 하루 종일 미국이나 유럽의 케이블 TV 방송이 흘러나왔다. 당시 이라크 남성들이 가장 즐겨보는 TV 프로그램은 국내에서도 인기리에 방영된 〈베이 워치Bay Watch〉(우리나라 제목은 〈SOS 해상 구조대〉)였다. 문화와 종교를 떠나 세계 어느 곳이나 남자들의 속내는 다 똑같은 것 같았다. 근엄한 무슬림 남성들이 육감적인 몸매의 할리우드 여배우들이 비키니 차림으로 해변을 활

사담 후세인 동상이 철거된 자리에 "All done, Go home"이라는 반미구호가 적혀 있다.　(우) ⓒ 조인원

보하는 미국 TV 드라마에 열광하는 모습을 지켜보면서 나는 쓴웃음을 지을 수밖에 없었다.

미군 점령 직후 바그다드는 혼돈과 모순으로 가득 찬 극단적인 무정부 상태에 빠져 있었다. 당시 바그다드 시내에서는 수시로 반미집회가 벌어졌다. 특히 그린존으로 통하는 도로 주변에서는 연일 미군 철수를 외치는 대규모 반미 시위가 일어났다. 한편으로는 젊은 지식층을 중심으로 미국의 이라크 지배에 찬동하는 움직임이 일어났다. 오랫동안 사담 후세인의 독재에 짓눌려 지낸 탓에 일부 이라크인들은 미국을 해방자로 여기는 듯했다. 전쟁 중 사담 후세인은 미군이 바그다드에 들어오면 충성스런 바그다드 시민들이 모두 궐기해 자살 폭탄 공격에 나설 것이라 호언장담했다. 그러나 정작 미군이 바그다드에 입성하자 시민들은 거리로 쏟아져 나와 미군을 열렬히 환영했다. 그동안 분노를 억눌러 왔던 시민들은

바그다드 시내 주유소 앞에 길게 늘어선 자동차 행렬   ⓒ 조인원

사담 대통령궁에 몰려가 그곳을 경비하고 있던 대통령 친위부대 병사들
을 붙잡아 몽둥이찜질을 가했다. 바그다드 시민들은 미군이 피르도스 광
장에 서 있던 사담 후세인 동상에 쇠사슬을 걸어 끌어내리는 모습을 지켜
보며 환호했다. 그러나 어느새 사담 후세인 동상이 서 있던 받침대에는
"다 끝났으니 돌아가라All done, Go home"라는 붉은색의 반미 구호가 적혀
있었다.

　이라크 사회의 모순을 극명하게 보여 주는 예는 또 있다. 그것은 시내
주유소 앞에 기름을 사기 위해 한도 끝도 없이 길게 늘어선 차량 행렬의
모습이다. 이라크는 석유 매장량 세계 2위를 자랑하는 자원 부국이다. 그
런데 정작 바그다드 시민들은 석유 부족으로 고통받고 있었다. 전쟁으로
인해 석유의 유통 체계가 붕괴되는 바람에 유전지대에서 인구가 밀집된
도심지로 석유가 공급되지 못했기 때문이다. 미군은 석유 때문에 폭동이

일어나는 것을 방지하기 위해 주유소마다 병력을 배치해 1인당 석유 구입량을 일정 수준 이하로 제한하는 통제조치를 시행했다. 전쟁 전에는 바그다드에서 석유가 터무니없이 낮은 가격(1갤런에 4센트)으로 판매되었다고 한다. 석유는 같은 양의 물보다 싼 값에 거래되었다. 그러나 이제는 돈을 주고도 살 수 없는 귀한 물건이 되어 버렸다. 변성환 단장님의 통역 레나는 미군이 이라크를 침공한 이유는 석유에 대한 탐욕 때문이라며, 이라크인들에게 석유는 축복이 아니라 신의 저주라고 한탄했다.

미군의 침공은 사담 정권뿐만 아니라 평범한 이라크인들의 일상마저도 붕괴시켜 버렸다. 사담 집권기에 이라크는 비록 사악한 지배체제였지만 그래도 일정한 시스템에 의해 운영되는 나라였다. 그러나 사담 정권의 갑작스런 몰락으로 그나마 이라크인들의 일상을 지탱해준 사회 시스템은 완전히 와해되어 버렸다. 국민의 자유와 인권을 탄압하던 독재정권이 사라진 자리에는 극단적인 무질서와 혼란이 찾아들었다. 바그다드 도심에서 법과 질서는 자취를 감추었다. 치안이 완전히 붕괴되어 백주대낮에도 거리에서 살인, 약탈, 방화가 일상사처럼 벌어졌다. 바그다드 시내는 무법자 알리바바와 그보다 더 큰 도둑인 신드바드의 난동으로 무법천지가 되었다. 바그다드는 미군이 들어오기도 전에 시민들에 의해 약탈당하고 불태워졌다. 독재정권에 철저히 억압당한 것에 대한 반발인지 바그다드 시민들은 갑자기 찾아온 자유를 탐닉하는 듯했다. 그러나 무분별한 방종의 대가는 너무나 컸다. 스스로 벌인 약탈과 방화 난동으로 바그다드 시민들의 생활터전은 속절없이 무너져 내렸다. 이수하 선생의 통역을 맡았던 아흐메드는 동포들이 벌인 약탈과 방화 난동을 무척 부끄러워했다. 아흐메드는 매우 독실한 무슬림이었다. 그는 틈만 나면 나에게 이슬람을 선교하려고 애썼다. 그는 내게 영문판 꾸란 해설서*를 선물하고 금요일마다 마스지드에 함께 가자고 졸라대곤 했다. 그런 그에게 동포들이 저지르는 약탈과 방화 행각은 더없이 수치스러운 일이었다. 그는 진정한 무슬림은 절대 그런 부끄러운 행동을 저지르지 않는다며 그들은 모두 사후 지옥에 떨어질 거라고 탄식했다.

바그다드의 무질서한 교통 상황은 이라크의 혼란한 현실을 대변하는 듯했다. 광활한 사막을 자유롭게 오가던 유목생활의 전통 때문에 아랍인들은 교통질서 의식이 희박하기로 유명하다. 비교적 질서가 잡혀 있다는 암만 시내조차도 교통질서는 최악의 수준이었다. 암만 시내 도로에서 건널목이 표시된 지점을 찾기란 쉽지 않다. 정해진 장소에서만 길을 건너야 하는 행인들의 불편을 덜어 주기 위한 시 당국의 배려(?) 때문이라고 한다. 하물며 최소한도의 통제마저 사라진 바그다드의 도로교통 상황은 말로 표현하기 어려울 정도로 엉망진창이었다. 전기가 끊겨 신호등조차 들어오지 않는 도로 위를 당장 폐차해야 마땅할 만한 자동차들이 거침없이 굴러다녔다. 다른 나라 같으면 규제에 걸려 감히 도로에 나설 엄두조차 내지 못할 상태의 자동차들이 버젓이 질주하고 다녔다. 번호판이 없거나 머플러에서 시커먼 매연을 내뿜는 것은 기본이고 차창이 깨지거나 후드가 떨어져 나간 차도 쉽게 눈에 띄었다. 반파되어 도저히 움직일 것

---

* 이슬람교는 오직 아랍어로 쓰인 꾸란만이 진정한 이슬람 경전이라는 입장을 고수해왔다. 얼마 전까지 아랍어가 지닌 본래의 의미가 훼손되거나 왜곡되는 것을 방지하기 위해 꾸란을 외국어로 번역하는 것을 원칙적으로 금지했다. 최근 선교를 위해 부득이하게 꾸란의 외국어 번역이 이루어지고 있으나 이슬람교 측에서는 외국어 번역본은 꾸란이 아니라 단지 꾸란 해설서(성스러운 경전으로서의 지위가 없다.)일 뿐이라고 주장한다.

같지 않은 자동차들도 굴러가기만 하면 길로 나섰다. 그런 혼란 속에서 교통사고는 다반사였다. 사소한 접촉사고 따위는 아무도 신경 쓰지 않았다. 대형 충돌사고가 나도 사람이 다치거나 죽지 않으면 아무 일 없었다는 듯이 그냥 지나쳐 갔다. 아수라장 같은 도로 위를 아무 일 없다는 듯이 태연하게 운전하고 다니는 이라크인들의 모습이 내게는 마냥 신기하게 느껴졌다.

그래도 희망은 있다

전쟁은 이라크인의 삶에 엄청난 영향을 끼쳤다. 내가 만난 이라크인들은 한결같이 전쟁이 바꿔 버린 그들의 삶이 앞으로 어떻게 전개될지 걱정하고 있었다. 운전기사 마헤르는 무카바라트였던 전력 때문에 앙심을 품은 주변 사람들로부터 자신과 가족이 보복을 당하지 않을까 전전긍긍했다. 기득권을 누리던 과거가 그립지 않느냐는 내 질문에 그는 조심스럽게 지금의 일상이 만족스럽지는 않지만 그렇다고 만인이 혐오하는 사담 시절로 돌아가기를 바라지는 않는다고 대답했다. 현지 고용인 중에서 우리 팀에 가장 크게 기여한 압바스는 전쟁 전에는 전형적인 중산층의 삶을 살았다. 대학에서 경제학을 전공한 그는 졸업 후에 전공을 살려 무역회사에서 해외무역 업무를 담당했다고 한다. 유창한 영어 실력에 성실성, 거기다 후덕한 인품까지 갖추었지만 전쟁 통에 그가 생계를 위해 할 수 있는 일은 거의 없었다. 그는 이철민 기자의 소개로 우리 팀에 임시 고용된 것을 대단한 행운으로 여겼다. 그는 그렇게라도 가족의 생계를 책임지는 가장의 역할을 수행할 수 있다는 것에 만족해했다.

이라크인 동료들. 왼쪽부터 시계방향으로 압바스, 샤파, 아흐메드, 카이사르, 박연재 간호사, 레나, 이나스. ⓒ 장영은

이라크 빈민층의 삶은 더욱 비참했다. 가뜩이나 가난한 이들에게 전쟁은 더없이 견디기 힘든 시련이었다. 나의 부모님은 전쟁을 몸소 체험한 분들이다. 나는 어렸을 때부터 늘 부모님에게 6·25 전쟁의 참상에 관한 이야기를 들으며 자랐다. 전화戰禍에 무너져 내린 바그다드의 모습은 부모님이 항상 말씀하시던 6·25 전쟁의 참상을 그대로 재현해 놓은 듯했다. 숙소를 나서면 신발조차 제대로 갖춰 신지 못한 남루한 차림새의 아이들이 떼로 몰려다니며 구걸하는 모습을 쉽게 목격할 수 있었다. 아이들은 외국인만 보면 동전 한 닢이라도 얻어 보려고 기를 쓰고 따라다녔다. 굶주림에 지친 아이들은 호텔 쓰레기통을 뒤져 주방에서 나온 음식 찌꺼기를 주워 먹었다. 나는 그 모습이 안쓰러워 쉐라톤 호텔 뷔페식당

에서 저녁을 먹을 때마다 빵과 과일을 조금씩 가져다가 숙소로 돌아오는 길에 거리의 아이들에게 나누어 주곤 했다.

전쟁이 몰고 온 고달픈 현실 속에서도 이라크 사람들은 새로운 미래에 대한 희망을 꿈꾸고 있었다. 그들은 이제 악마보다 더 사악한 사담이 사라졌으니, 앞으로 이라크가 어떻게 바뀌든지 사담 시대보다야 나아지지 않겠느냐는 막연한 희망을 품고 있었다. 전쟁 전에 고등학교에서 영어를 가르쳤다는 이수하 선생의 통역 아흐메드는 하루 빨리 학교가 다시 문을 열어 교실로 돌아갈 날만을 학수고대했다. 접수 보조 업무를 담당한 또 다른 아흐메드는 포스트 사담 시대에 큰 기대를 걸고 있었다. 영문학 석사학위를 취득하고 대학에서 영문학 강사로 일했다는 아흐메드는 사담 집권기에 스파이로 몰려 3년간 옥고를 치른 아픈 과거가 있었다. 길거리에서 무카바라트에게 불심검문을 당한 아흐메드는 소지품 중에서 대학에서 강의 교재로 활용하던 영문 시사 잡지가 적발되어 정보부로 끌려가 스파이 혐의로 모진 고문을 받고 재판에 회부되었다. 검사도 변호사도 없이 판사가 모든 것을 알아서 처리하는 엉터리 법정에서 재판을 받은 아흐메드는 '불온서적'을 소지했다는 이유만으로 유죄 판결을 받고 3년간 억울한 옥살이를 했다고 한다. 아흐메드가 들려주는 이라크 법정의 실상은 기가 막히다 못해 우스꽝스럽게 느껴질 지경이었다. 아흐메드는 국가반역죄와 간첩죄 위반으로 기소된 다른 피고 4명과 함께 재판을 받았다. 함께 재판을 받은 피고 중 1명은 공공장소에 사담을 비난하는 반체제 선동문구를 적었다는 혐의를 받았다. 그 사람은 판사에게 자신은 문맹이라며, 문맹인 자신이 어떻게 대통령을 비난하는 문구를 적을 수 있었겠냐며 자신은 무죄라고 주장했다. 피고의 이유 있는 자기변호에 허를 찔려 잠시 당황한 기색을 보이던 판사는 곧 근엄한 표정을 되찾더니 그 피고인에게 기존의 국가반역죄 이외에 법정모독죄까지 추가해 두 가지 모두 유죄 판결을 내렸다고 한다. 이런 어이없는 재판과정을 지켜본 아흐메드는 자포자기 상태에서 판사가 추궁하는 대로 자신의 죄를 순순히 인정할 수밖에 없었다고 한다. 아흐메드는 이라크에서 민주주의가 실현될 날을 손꼽아 기다리고 있었다.

약국에서 통역을 담당한 지나는 쿠르드족이었다. 지나는 건축업을 하는 남편 덕분에 비교적 유복한 삶을 살고 있었다. 하지만 지난 세월 내내 사담의 쿠르드족 탄압정책 때문에 자신의 출신을 숨기고 숨죽이며 살아왔다고 한다. 사담 치하의 이라크에서 쿠르드족은 온갖 차별과 천대에 시달리며 사람 취급을 받지 못하고 억눌려 지냈다고 한다. 지나는 새 시대에는 쿠르드족도 아랍계 이라크인과 동등하게 대우받는 세상에서 살고 싶다고 했다.

사담이 축출되어 독재정권이 사라졌다고 해도 이라크인들의 삶이 팍팍하기는 마찬가지였다. 그래도 이라크인들은 깊은 어둠이 지나가고 새벽이 도래하고 있음을 예감하는 듯했다. 그들은 저마다 꿈과 희망을 품고 보다 나은 내일을 기대하고 있었다. 어느 날 내가 운전기사 카이사르에게 빵을 사러 가자고 하자 그는 좋은 곳이 있다며 나를 아부 누와스 거리의 한 빵집으로 데려갔다. 쿠브즈나 삼문 같은 이라크 전통빵을 직접 구워 파는 그 가게는 왕정시대에 이라크 왕실에 빵을 납품했을 정도로 맛과 전통에 관한 한 바그다드 최고를 자랑하는 이름난 빵집이라고 했다. 가게 안으로 들어서니 갓 구워낸 구수한 빵 냄새에 어느새 내 입안에는 군침이 돌았다. 카이사르가 한 번 맛보라며 내게 건넨 빵은 역시 명성에 걸

바그다드를 관통해 흐르는 티그리스 강 풍경

맞게 그 맛이 일품이었다. 카이사르는 내게 이 집 빵맛이 변하지 않는 한 바그다드의 일상도 영원히 계속될 거라고 말했다. 카이사르가 한 말은 의미심장하게 내 가슴에 와 닿았다.

바그다드 시민들은 빵맛과 같이 소박한 일상 속에서 미래의 희망을 찾고 있었다. 숙소로 돌아오는 길에 길옆으로 흐르는 티그리스 강을 바라보며 나는 바그다드의 과거와 현재 그리고 미래에 관한 상념에 젖어 들었다. 티그리스 강은 천 년의 세월을 두고 바그다드의 흥망성쇠를 묵묵히 지켜봐 왔을 것이다. 굴곡진 역사의 상흔을 간직한 티그리스 강의 물줄기는 그날도 변함없이 유유히 흐르고 있었다.

9. 바빌론

소 잃고 외양간 고치기

       5월 30일, 우리 팀은 바빌론Babylon으로 주말 소풍을 다녀왔다. 이라크에서는 이슬람 전통에 따라 일요일 대신에 금요일이 안식일이다. 금요일에는 알 라지 병원도 휴무에 들어가므로 우리 팀은 일주일에 하루는 달콤한 휴식을 즐길 수 있었다. 그날은 알 라지 병원에서 진료활동을 시작한 이후 처음으로 맞이한 휴일이었다. 알 라지 병원의 진료활동이 어느 정도 안정되자 우리는 매일 반복되는 일과에서 벗어나 잠시 바깥바람도 쐬고 새로운 경험도 하면서 머리를 식히고 싶었다. 처음에는 바그다드 시내 관광을 할 계획이었다. 어디에 다녀오는 것이 좋을지 압바스에게 물어보니, 그는 복잡한 시내보다는 차라리 바그다드 근교에 있는 바빌론에 가보는 것이 어떻겠냐고 제안했다. 우리 팀은 압바스의 제안을 받아들여 아침 일찍 고대 도시 유적이 남아 있는 바빌론으로 일일 여행에 나섰다. 압바스는 우리뿐만 아니라 자식에게도 자랑스러운 조국의 역사와 문화유산을 보여 주고 싶었는지 아들 하이다를 데리고 왔다. 바빌론으로 출발하기에 앞서 변성환 단장님께서 전날 진료를 마감하기 직전에 실려와 입원 조치된 환자의 상태를 살펴봐야 한다고 하셔서 잠시 알 라지 병원에 들렀다. 고열과 복통, 설사 증세를 보이며 사경을 헤매던 환자는 다행히 하룻밤 사이에 몰라보게 호전되어 있었다. 밤새 환자 곁을 지키며 당직 근무를 섰던 의사 라이드도 즉석에서 우리와 함께 바빌론에 가겠다고 따라나섰다.

　바빌론으로 가는 동안 다른 사람들은 오랜만에 즐기는 바깥나들이에 한껏 들뜬 모습이었다. 그러나 나는 그날 하루 종일 마음이 너무나 무거웠다. 숙소를 나서기 직전 내가 관리하던 공금 일부가 도난당한 것을 발견했기 때문이다. 나는 많은 돈을 지니고 거리에 나서는 것이 부담스러워 내가 관리하는 공금의 일부만 몸에 직접 소지하고 나머지는 객실 옷장 속에 놓아둔 여행용 가방 속에 보관해 왔다. 여행용 가방에 자물쇠를 채워 놓으면 별 일이야 있겠나 싶어 크게 신경 쓰지 않았는데 지나치게 방심한 듯했다. 도둑은 도구를 이용해 여행용 가방에 채워 놓은 자물쇠를 부수고 안에 든 돈을 꺼내 갔다. 외출할 때마다 확실히 객실 문을 잠가 놓았으니 범인은 객실을 마음대로 출입할 수 있는 만능키를 가진 아파트 직원임이 분명했다. 하지만 심증만 있을 뿐 확실한 물증이 없었다. 나중에 확인해 보니 나뿐만 아니라 다른 단원 몇 명도 가지고 있던 공금을 도난당했다. 자세히 집계해 보니 도합 무려 1만 달러 정도의 공금이 사라졌음을 알게 되었다. 그날 이후에도 외출할 때 분명히 잠가 놓았던 객실 문이 열려 있다거나 객실 안의 짐을 노골적으로 뒤진 흔적이 발견되는 등 사고가 끊이지 않아 결국 숙소를 길 건너 쉐라톤 호텔로 옮길 수밖에 없었다. 알 라비 아파트뿐만 아니라 바그다드 시내 모든 호텔에서 크고 작은 도난 사고는 다반사였다. 5성급인 팔레스타인 호텔이나 쉐라톤 호텔에서도 현금뿐만 아니라 외신기자들이 값비싼 방송장비를 도난당하는 일이 빈번하게 벌어졌다. 도난 사고 이후에는 돈이 든 복대를 몸에 차고 잠자리에 들 정도로 조심했지만, 그래봐야 소 잃고 외양간 고친 격이었다. 조금 더 주의를 기울였어야 했는데, 지금도 그때 일을 생각하면 두고두고 후회스럽다.

바빌론 가는 길

바빌론 유적은 바그다드에서 남쪽으로 80킬로미터 정도 떨어진 알 힐라 인근지역에 있다. 바그다드에서 알 힐라까지는 고속도로가 잘 정비되어 있어 한 시간이면 이동할 수 있다. 바그다드를 벗어나 고속도로를 타고 바빌론을 향해 남쪽으로 30킬로미터쯤 내려가면 마무디야Mahmudiyah에 이른다. 우리는 차에 기름을 넣기 위해 마무디야에 잠시 들렀다. 이곳에서도 정식 주유소가 아닌 도시 변두리 도로변에 주차된 유조트럭에서 불법 주유를 했다. 기름을 넣는 사이 길 건너편 빌판에서는 아직도 무슨 위험요소가 남아 있는지 미군이 펼치는 군사작전이 숨 가쁘게 진행되고 있었다. 굉음을 내며 하늘을 날아온 블랙호크 헬기 편대가 연이어 마을 입구 공터에 내려앉더니 병사들을 내려놓고 황급히 다시 이륙했다. 헬기에서 내린 병사들은 사주경계를 하며 신속하게 마을로 진입하고 있었다. '별일 아니어야 할 텐데…….' 나는 무슨 사고라도 생길까 봐 내심 걱정스러웠다.

마무디야는 지방 소도시치고는 규모가 꽤 큰 지역거점이다. 그래도 바그다드에 비하면 상당히 낙후된 지역이어서 먼지가 풀풀 날리는 비포장 도로 위로 아랍 전통 복장을 한 남자들이 노새가 끄는 수레를 몰고 지나다니는 모습을 심심치 않게 볼 수 있었다. 전쟁 막바지 바그다드 인근 남쪽 지역에서는 치열한 지상전이 벌어졌다. 미군의 바그다드 입성을 저지하기 위해 이라크군은 이 근방에서 사력을 다해 최후의 저항을 펼쳤다. 마무디야도 전화戰禍를 피할 순 없었는지 도처에 전쟁의 아픈 상처가 고스란히 남아 있었다. 시내에는 멀쩡한 건물이 거의 남아 있지 않았다. 불에 타고 허물어진 건물 잔해가 여기저기 산재해 있었고, 파괴되지 않고 남아 있는 건물들도 벽에 무수한 총탄 자국이 새겨져 있었다. 마무디야 주민들의 삶은 바그다드 시민들보다 한층 더 어려워 보였다. 국제구호단체들의 활동이 대부분 바그다드에 집중된 탓에 그곳 주민들은 외부 지원을 거의 받지 못하고 힘겨운 삶을 이어 가고 있었다. 전쟁 통에 집을 잃어버린 사람들이 부서진 집터 위에 나무로 기둥을 엮고 대추야자나무 이파리로 지붕을 덮은 움막을 지어 생활하고 있었다. 집터 앞 길가에는 주민들이 함부로 내버린 생활 오폐수가 고여 작은 웅덩이를 이루었는데, 악취가 진동하는 물웅덩이에서 땟국에 전 넝마 같은 옷을 입은 동네 아이들이 맨발로 물을 튀기며 놀고 있었다. 한 움막 앞 길가에서는 어린 여자아이가 땅바닥에 엎드려 흙장난을 하고 있었다. 우리의 모습을 발견한 여자아이는 처음 보는 동양인들이 신기했는지 일어나 우리를 향해 아장

146

마무디야의 풍경 　　　　　　　　　　　　　　　　　　　　　© 장영은

아장 걸어왔다. 그때 움막 안에서 아이의 어머니로 보이는 젊은 여인이
황급히 뛰어나와 아이를 얼싸안고 도망치듯 움막 안으로 되돌아갔다. 전
쟁 때문에 인간에 대한 두려움이 생긴 마을 주민들은 외지인을 극도로 경
계했다. 마무디야 주민들의 이런 비참한 모습을 지켜보면서 나는 내 자
신이 너무나 무기력하게 느껴졌다. 나는 적십자사의 일원으로 전쟁으로
고통받는 사람들을 돕겠다고 이라크에 왔지만 애처로운 심정으로 그 상
황을 지켜보는 것 외에 마무디야 주민들을 위해 할 수 있는 일은 아무것
도 없었다. 도움의 손길이 절실한 사람들을 앞에 두고 한가로이 소풍이
나 다니는 것 같아 마음이 무척 무거웠다. 동료들도 나와 같은 심정이었
는지 다들 씁쓸한 표정을 지었다. 마무디야를 벗어난 이후에도 안쓰럽고

안타까운 마음이 가시질 않아 나는 한참 동안 기분이 우울했다.

바빌론이 가까워지면서 점차 차창 밖의 풍경이 바뀌어 갔다. 황량한 사막이 사라지고 어느새 눈앞에 울창한 대추야자나무 숲이 펼쳐졌다. 오랜만에 보는 푸르른 대지의 모습이 너무나 반가웠다. 대추야자나무는 이라크에서 가장 흔하게 보는 수종樹種이다. 바그다드 시내의 가로수도 대부분 대추야자나무다. 성경에 자주 등장하는 종려나무도 실은 대추야자나무를 지칭한다. 아랍어로 타므르tamr라고 부르는 대추야자는 이라크의 주요 농산물 중 하나다. 대추야자는 이라크 요리에 식재료로 널리 쓰이며, 그 자체를 과일로서 즐기기도 한다. 대추야자를 따서 말리면 검붉은 열매 표면에서 끈적끈적한 진액이 배어 나오는데, 입에 넣고 씹으면 젤리처럼 쫀득한 식감에 설탕에 절인 것처럼 단맛이 난다. 맛뿐만 아니라 영양도 풍부해 이라크인들 사이에서는 대추야자가 장수식품으로 통한다.

평원을 뒤덮은 대추야자나무숲이 선사하는 이국적 정취에 흠뻑 젖어 있는 사이 우리를 태운 승합차는 어느덧 알 힐라에 들어섰다. 근처에 미군 주둔지가 있는지 알 힐라 시내 거리에서 각종 미군 차량이 지나다니는 모습이 자주 눈에 띄었다. 알 힐라에서 바빌론 유적지까지는 먼지 나는 비포장도로를 따라 시 외곽으로 한참을 더 가야 한다. 바빌론으로 향하는 길에 전형적인 이라크 시골 농촌 풍경이 펼쳐졌다. 유프라테스 강을 따라 펼쳐진 무성한 갈대밭 사이로 드문드문 농가가 들어서 있고 농가 주변으로는 제법 넓은 경작지도 보였다. 황량한 사막이 전부인 줄만 알았던 이라크 땅에서 이처럼 초록빛이 도는 비옥한 농경지대를 보게 될 줄은 미처 몰랐다. 차창 밖으로 스쳐 지나가는 풍경이 신기하게 느껴질 지경이었다.

이라크 사람들은 이 지역을 아람 나하라임Aram-Naharaim이라고 부른다. 두 강이 있는 축복의 땅이라는 뜻이다. 세계사에 등장하는 지명 메소포타미아와 같은 의미다. 두 강은 말할 나위도 없이 티그리스 강과 유프라테스 강을 가리킨다. 이라크인들은 두 강을 각기 '디즐라Dijlah'와 '알 푸라트al-Furāt'라고 부른다. 두 강이 가져다준 축복 덕분에 이 땅에서 인류 최초의 문명이 탄생했다. 지금으로부터 약 1만 년 전 이곳에서 인류는 농경과 목축을 하면서 정착생활을 시작했고, 기원전 3,000년경 비옥한 초승달 지대 북동부 산악지대에서 이주한 수메르인이 메소포타미아 남부 지역에 도시국가를 건설하면서 인류는 비로소 선사시대를 마감하고 역사시대를 열었다. 메소포타미아 문명은 타 지역에 비해 천 년 이상 앞선 것으로, 고대 수메르인은 인류의 운명을 바꿔 놓은 문자, 바퀴 등을 발명했고, 벽돌을 이용해 아치arch와 돔dome 양식으로 건축된 도시에 살면서 보리를 재배해 맥주를 빚어 마셨다. 수메르인은 천체의 움직임에도 관심을 가져 달력을 만들고 60진법을 활용하여 시간의 개념을 정립했다. 기원전 1,900년경 바빌로니아 왕국이 수메르 왕국을 대신해 메소포타미아 지역의 패자覇者가 되면서 고대 문명의 중심지로 부상한 바빌론은 헬레니즘 시대 문명의 중심이 서쪽으로 옮겨가기 전까지 약 1,500년간 번성하며 영화를 누렸다. 바빌론의 영화가 최고조에 달한 때는 신바빌로니아의 전설적인 왕 네부카드네자르 2세의 치세였다. 지금도 바빌론 유적지에 흔적이 남아 있는 바빌론 성벽과 이슈타르 문, 왕궁과 600여 개에 달하는 수많은 신전들이 모두 네부카드네자르 2세 때 건축되었다. 이슈타르 문과 함께 가장 유명한 바빌론의 건축물은 고대 그리스인이 선정한 세계 7대 불가사의 중 하나라고 알려진 바빌론의 공중정원이다. 이름만 들

유프라테스 강 건너에서 바라본 바빌론 유적지 ⓒ 장영은

으면 중력에 역행해서 공중에 떠 있는 정원이 연상되지만, 사실은 높은
단을 쌓고 그 위에 각종 나무와 화초를 심어 조성한 옥상정원이다. 공중
정원은 바빌론 유적지에 축소된 형태로 일부가 복원되어 있다. 구약성경
에 등장하는 바벨탑 이야기의 모델이 되었다는 에테메난키 신전의 지구
라트^{ziggurat}는 8,500만 개의 벽돌을 이용해 7층 구조로 쌓아 올린 높이
90미터에 이르는 장대한 건축물이었다고 하는데, 지금은 모두 파괴되어
흔적만 남아 있다.

우리도 함께 울었다

'바빌론은 신에 의해 창조되었다'는 말이 전할 만큼 웅장했던 고대 도시 바빌론은 지금은 인적을 찾아볼 수 없는 황량한 폐허일 뿐이다. 바빌론 유적지는 유프라테스 강이 바라보이는 낮은 구릉지에 자리 잡고 있는데, 이라크인들은 고대 도시 유적이 있는 언덕의 이름을 따서 바빌론을 바벨이라고 부르기도 한다. 바빌론 도시 유적 내부를 직접 둘러보려면 함무라비 대왕의 석상이 우뚝 서 있는 유적지 입구 공터에서 하차하여 성곽과 왕궁 유적이 남아 있는 언덕 정상까지 걸어서 올라가야 한다. 완만한 비탈길을 따라 천천히 걸으면 대략 15분 정도 걸린다. 차에서 내려 언덕길을 오르려는데 동네 아이들이 몰려들어 우리를 에워쌌다. 아이들은 차림새가 남루했지만 표정은 밝아 보였다. 아이들은 처음 보는 동양인이 신기했는지 우리를 빤히 쳐다보기도 하고 재미있다는 듯이 저희들끼리 재잘거리기도 하면서 우리 뒤를 졸졸 따라왔다. 때마침 미군 트럭 한 대가 흙먼지를 피우며 우리 곁을 지나갔는데 트럭 뒤 짐칸에 타고 있던 미군 병사 한 명이 벌떡 일어서더니 비웃음 가득한 얼굴로 아이들을 향해 초콜릿과 사탕을 한 움큼 집어 던졌다. 아이들은 우르르 몰려들어 땅바닥에 떨어진 초콜릿과 사탕을 주워 먹느라 정신이 없었다. 그 모습이 내겐 한없이 측은해 보였다. 불과 반세기 전 똑같은 장면이 우리나라에서도 펼쳐졌을 거라 생각하니 불현듯 서글퍼졌다. 내 눈에는 이라크 아이들에게 먹을 것을 집어 던지는 미군의 행동이 거만한 정복자의 값싼 동정심으로 비쳐져 영 기분이 좋지 않았다.

착잡한 기분을 떨쳐 버리려고 고개를 들어 언덕 위를 바라보니 함무라비 대왕의 거대한 석상 뒤편으로 멀리 반쯤 부서진 바빌론 성곽의 모습이 시야에 들어왔다. 그런데 언덕 가장 높은 곳에 주변을 압도하는 화려한 외관의 커다란 현대식 건물이 보였다. 아무리 보아도 고대 유적은 아닌 것 같아 압바스에게 물어보니 사담의 대통령궁이라고 알려주었다. 사담은 대통령직에 오른 직후 자신의 위용을 대내외에 과시하기 위해 네부카드네자르 2세 시절의 영광을 현대에 재현한다는 명목으로 바빌론의 복원을 지시했다고 한다. 사담은 바빌론 유적지를 자신의 우상화를 위한 거대한 정치선전장으로 변모시켜 놓았다. 사담은 자신의 업적을 기리기 위해 바빌론 성곽 유적을 복원하는 데 사용된 모든 벽돌에 일일이 자신의 이름을 새겨 넣었다. 그뿐만 아니라 고대 바빌로니아 왕들보다 자신의 권세가 더 높고 위대하다는 것을 보여 주기 위해 유적지에 높다란 인공 토산을 쌓고 그 정상에 위풍당당한 대통령궁을 지었다. 가치를 따질 수 없을 만큼 소중한 인류 공동의 문화유산을 온전히 보존하기 위해 온갖 노력을 기울여도 부족할 판에 권력에 눈이 먼 독재자는 이마저도 추악한 정치선전의 도구로 전락시켜 버린 것이다. 권력을 위해 문화재 훼손도 서슴지 않는 사담의 한심한 작태 이외에 눈살을 찌푸리게 하는 것은 또 있었다. 유적으로 통하는 길 중간에 미군이 설치한 위병소가 버티고 있었다. 이라크의 영토와 주권을 빼앗은 것으로도 모자라 역사마저 짓밟으려는지 미국은 바빌론 유적지에 군 병력을 주둔시킨 것이다. 역사가 짧은 나라여서 그런 것일까? 미국인들의 저급한 역사의식이 심히 안타까웠다. 수천 년이나 되는 고대 유적지를 병영으로 사용하는 미군의 행태에 저절로 부아가 치밀었다. 조상의 얼이 담긴 소중한 문화재를 정치선전의 도구로 이용하는 독재자 사담이나 유서 깊은 역사 유적지를 병영으로 전락시킨 미국이나 역사를 대하는 태도가 천박하기는 매일반이었다.

위병소 앞에 도착하니 아기를 안은 젊은 이라크 부부와 이들을 막아선 미군 병사 사이에서 실랑이가 벌어지고 있었다. 애처롭게도 이라크 부부는 말도 통하지 않는 미군 병사에게 품에 안은 아기를 살려달라고 애원하는 중이었다. 갑자기 아기가 아파 사경을 헤매자 절박해진 부부는 물에 빠진 사람이 지푸라기라도 붙잡는 심정으로 아기를 안고 미군 부대를 찾아온 것이다. 우리와 마주치자 부부는 구세주라도 만난 듯이 기뻐하며 아기를 봐달라고 부탁했다. 부부는 수년 동안 의사를 만나본 적이 없다고 했다. 그들은 우리에게 인근에는 몸이 아파도 찾아갈 병원이나 의사는 그 어디에도 없다고 하소연했다. 바그다드에 비할 바는 아니나 알 힐라도 제법 규모가 있는 도시인데 인근에서 병원이나 의사를 전혀 찾아볼 수 없다니 도무지 믿어지지 않았다. 하지만 그것이 당시 이라크가 겪고 있는 참담한 현실이었다. 엄마 품에 안긴 아기는 상태가 무척 심각해 보였다. 뼈에 가죽만 씌웠다는 표현이 딱 어울릴 만큼 바싹 마른 아기는 탈수와 고열로 빈사상태에 빠져 있었다. 곧 끊어질 듯 가쁜 숨을 몰아쉬며 초점 없는 눈동자로 물끄러미 우리를 쳐다보는 아기의 모습이 가슴이 저미도록 애처로웠다. 권오명 선생이 아기의 상태를 살펴보고는 채선영 씨가 가진 응급처치용 강심제強心劑 가루를 물에 타서 먹였다. 아기는 너무 지쳐 약물을 받아 마시는 것조차 힘들어했다. 우리가 아기를 위해서 해줄 수 있는 일은 그것이 전부였다. 치료시기를 놓친 아기는 이미 회생이 불가능한 상태였다. 권오명 선생이 아기를 안고 맥박을 재보고, 이수하 선생은 아기 가슴에 귀를 대고 심장 소리를 들어 봤다. 아기를 살펴본 두 사람의 얼굴에는 금방 그늘이 졌다. 이수하 선생이 머뭇거리며 말했다.

"안타깝지만 이미 너무 늦었어요. 이 아기는 지금 당장 시설을 제대로

바빌론 유적 입구의 미군 위병소. 뒤편에 사담 대통령궁이 보인다.　　　　ⓒ 장영은

갖춘 병원에 데려간다 해도 목숨을 구할 순 없을 겁니다. 아마도 이 아기
는 오늘을 넘기지 못할 거예요."
　권오명 선생의 두 눈에는 어느새 눈물이 맺혀 있었다. 두 의사의 냉혹
하지만 분명한 진단 내용을 전해들은 압바스는 상당히 당황한 눈치였다.
압바스는 떠듬떠듬 부부에게 의사들의 진단 내용을 통역해 주었다. 압바
스의 설명을 들은 아기 엄마는 오열하며 그대로 땅바닥에 주저앉았다.
곁에 서 있던 남편도 망연자실한 표정으로 아내와 아기를 내려다보고 있
었다. 우리 모두 같이 울어 주고 싶은 심정이었다. 어린 생명이 꺼져 가
는데 손쓸 방도가 없다니 이보다 안타까운 일이 또 있을까? 전쟁이라는
잔혹한 현실은 죄 없는 어린 생명마저도 제물로 바칠 것을 요구했다. 정

말 하늘이 원망스러웠다. 잠시 후 낙담한 부부는 우리의 전송을 받으며 아기를 안고 힘없이 집을 향해 발길을 돌렸다. 부부는 금방이라도 쓰러질 듯 비틀거리며 천천히 언덕을 내려갔다. 우리는 멀어져 가는 부부의 뒷모습을 하염없이 바라보며 서 있었다. 변성환 단장님이 잔뜩 가라앉은 목소리로 말씀하셨다.

"의사가 환자의 죽음을 받아들이지 못하고 가슴에 품고 있으면 힘들어서 도저히 의사 노릇을 할 수 없어요. 안타깝지만 그냥 잊어야 합니다."

맞는 말씀이었지만 나는 가슴속에 차오르는 연민과 무력감을 쉽게 떨쳐 버리지 못했다.

그날 우리는 결국 바빌론 유적을 구경하지 못했다. 미군은 우리의 바빌론 입장을 끝내 허락하지 않았다. 사전에 허가받지 않은 인원은 절대로 통과시켜줄 수 없다는 것이 미군의 입장이었다. 압바스가 적극적으로 나서 경비 책임자라는 미군 장교를 설득해 보려고 했으나 아무 소용이 없었다. 그날 이미 많은 일을 겪어 마음이 심란했던 우리는 바빌론 관광 따위에 연연할 기분이 아니었다. 그렇지 않아도 남의 땅에 들어와 주인 행세를 하는 미군이 못마땅했는데, 우리에게까지 고압적 태도를 보이는 미군의 행태가 눈꼴사나워 우리는 미련 없이 발길을 돌렸다.

2009년 여름 유럽 여행 중에 독일 베를린의 페르가몬 박물관Pergamon Museum에 들러 바빌론 유적을 실물로 볼 기회가 있었다. 역사 속으로 사라졌던 바빌론은 20세기 초반이 되어서야 다시 세상에 그 모습을 드러냈다. 고대 유적 탐사와 발굴이 독일 고고학자 로베르트 콜데바이Robert Koldewey 주도하에 이루어진 덕분에 바빌론의 주요 유물과 유적은 독일로 옮겨져 보관 중이다. 페르가몬 박물관에는 이슈타르 문Ishtar Gate과 바빌론 성벽, 15미터에 이르는 행렬의 길Processional Way, 그리고 네부카드네자르 2세의 권좌 등이 실물 그대로 전시되어 있다. 그중 가장 돋보이는 유적은 단연 장엄하고 화려한 이슈타르 문이다. 메소포타미아 신화에 자주 등장하는 전쟁과 사랑의 여신 이슈타르의 이름을 딴 이 문은 기원전 575년경에 건축되었는데, 바빌론을 에워싼 성벽에 있던 8개의 문 중 북쪽 정문에 해당한다. 건물 3층 높이에 해당하는 14.3미터나 되는 이 문은 한 쌍의 사각탑 사이에 아치가 들어 있는 모양새다. 문 전체가 유약을 발라 구운 파란색 타일로 덮여 있으며 벽면은 황소와 용 그리고 사자 문양의 부조로 장식되어 있다. 나중에 이라크에 있는 바빌론 유적을 실제로 둘러본 사람들의 이야기를 들어 보니 유적 일부가 복원되어 있기는 한데 축소모형이어서 초라하고 복원 수준도 무척 조잡하다고 한다. 그날 바빌론 유적을 구경하지 못한 것이 차라리 잘된 일이었다는 생각이 든다.

차가 주차된 곳까지 되돌아 내려오는데 이라크 의사 라이드가 잔뜩 격양된 표정으로 우리에게 말했다.

"우리의 땅이다. 이곳은 우리의 땅인데……. 이라크인이 이라크 땅에 들어가는데 외국인에게 허락을 받아야 하다니……. 당신들은 몰라도 나는 그곳에 들어갔어야 했다. 나는 이라크 사람이니까 들어갔어야만 한다. 그랬어야 옳다."

라이드는 목이 메어 말을 제대로 잇지 못했다. 일제강점기에 우리 민족이 일본에 굴욕을 당한 것처럼 지금 이라크인들도 미국에 같은 방식으로 굴욕을 강요받고 있었다. 아픈 역사의 기억 때문인지 라이드가 느끼는 민족적 비애와 분노가 남의 일 같지 않았다. 고개를 숙이고 분을 삭이는 라이드의 모습을 지켜보면서 나도 가슴이 뭉클해졌다.

'Rivers of Babylon'

　　　　　　우리는 바빌론 관광을 포기하고 조용한 곳에서 자리를 펴고 점심식사나 할 요량으로 마땅한 장소를 찾아 나섰다. 우리는 저 멀리 언덕 위에 바빌론 유적이 바라보이는 유프라테스 강가에 자리를 잡고 늦은 점심식사를 즐겼다. 아랍인처럼 맨바닥에 양탄자를 깔고 빙 둘러앉아 마헤르와 카이사르가 준비해 온 필라프(아랍식 볶음밥)를 나누어 먹었다. 시장이 반찬이라고 다 식어 버린 볶음밥이었지만 다들 맛있게 먹었다.

　점심식사를 마치고 나는 일행과 떨어져 홀로 유프라테스 강가를 거닐었다. 유프라테스! 그 얼마나 유명한 강이던가. 세계사에 별로 관심이 없는 사람이라 할지라도 한 번쯤은 그 이름을 들어봤을 것이다. 역사의 강 유프라테스가 바로 내 발아래 굽이쳐 흐르고 있었다. 차를 타고 지나칠 때는 미처 발견하지 못했는데 강가에 가까이 다가가 보니 유프라테스 강은 보이지 않는 곳에 바빌론 유적 못지않은 위대한 고대 문명의 유산을 간직하고 있었다. 유프라테스 강가에는 고대인들이 구축해 놓은 제방과 수리시설이 아직까지 파괴되지 않고 그대로 남아 있었다. 군데군데 무너져 내린 곳이 있기는 하나 여전히 원형을 온전히 유지하고 있었다. 물줄기를 따라 벽돌을 쌓아 올려 둑을 만들고 물과 직접 맞닿는 제방 바깥쪽에는 제방이 유실되는 것을 막기 위해 방파제처럼 돌로 석축을 쌓아 보강했다. 강을 따라 길게 이어진 제방 중간중간 톱니 모양으로 앞으로 툭 튀어나온 돌출부를 만들어 흐르는 강물을 막아 육지로 끌어들이고 벽돌을 이용해 강에서 멀리 떨어진 곳까지 이어지는 촘촘한 수로를 건설해 농경지에 물을 대었다. 아직까지도 인근 주민들은 고대에 건축된 수로를 이용해 농사를 짓고 있었다. 어느 시대에 건축된 것인지는 알 수 없었지만 강가의 제방과 수리시설은 아무리 짧게 잡아도 2,000~3,000년 전에 건축된 것일 텐데 그 긴 세월을 견뎌내고 아직까지 제 기능을 다하고 있다니 그저 놀라울 따름이었다. 나는 고대 메소포타미아인의 뛰어난 건축술에 다시 한번 감탄하지 않을 수 없었다.

유유히 흐르는 강물을 바라보고 있자니 문득 보니엠이 부른 팝송 'Rivers of Babylon'이 떠올랐다. 바빌론에 끌려온 유대인들이 고향에 돌아가기를 열망하는 내용의 가사가 담긴 노래다. 어쩌면 내가 밟고 선 유프라테스 강가의 제방 역시 신바빌로니아 왕국에 노예로 끌려온 유대인들에 의해 건축되었는지도 모르겠다는 생각이 들었다. 흐르는 강물을 바라보며 노랫가락을 읊조리고 있노라니 수천 년 역사의 숨결이 느껴졌다. 인류의 고대 문명은 큰 강을 끼고 발달했다. 치수治水를 위해 대규모 노동력을 동원해야만 했고, 그 과정에서 정치권력이 생겨나 고대 도시국가로 발전했으며 그렇게 생겨난 도시국가를 중심으로 고대 문명이 꽃피었다. 유적이 지닌 역사적 가치를 아는지 모르는지 동네 개구쟁이 녀석들이 강가 제방 위에서 강물 속으로 신나게 다이빙을 하면서 물놀이를 즐기고 있었다. 상전벽해桑田碧海라고 했던가. 선조들이 창조한 위대한 문화유산은 이제 동네 아이들의 놀이터로 변모해 있었다. 세월의 무상함이 느껴졌다.

점심식사를 마친 우리 일행은 유프라테스 강을 뒤로하고 바그다드를 향해 귀로에 올랐다. 스트레스를 해소하고자 나선 길이었는데 오히려 가슴 한가득 마음의 짐을 안고 돌아왔다. 애당초 전쟁을 겪고 있는 나라에서 마음의 휴식과 평안을 기대했던 것이 무리였는지도 모른다. 갔던 길

을 되짚어 저녁 무렵 바그다드에 돌아왔다. 어느새 정이 들었는지 음울
하기만 한 바그다드 시내가 정답게 느껴졌다.

10. 불꽃놀이

전쟁은 아직 끝나지 않았다

　　　　6월로 접어들면서 이라크 정황은 안정되어 가기는커녕 악화일로로 치달았다. 부시 대통령의 종전선언이 있은 지 한 달이 넘어가면서 그친 줄만 알았던 총성이 다시 이라크 전역에서 울려 퍼졌다. 미군이 바그다드 함락 후에도 이라크에서 철수하지 않고 장기 주둔할 기미를 보이자 반미 저항세력들이 이라크 전역에서 본격적으로 봉기하기 시작했다.

　점령국 미국에 대한 이라크인들의 저항은 자주권을 회복하기 위한 민족주의의 발로라기보다는 이슬람 종파 간의 갈등이 발단이 되어 터져 나왔다. 전쟁 전 이라크의 정치 구도는 사담 후세인을 주축으로 한 소수의 순니파(약 30~35퍼센트)가 국민의 대다수를 차지한 쉬아파(60~65퍼센트)를 억누르는 형국이었다. 정권을 장악한 순니파는 나라 안의 모든 이권을 독점한 채 쉬아파를 차별하고 탄압해 왔다. 미군은 이라크를 점령한 후 안정적인 통치 기반을 마련하기 위해 순니파에 비해 다수이면서도 그동안 정권에서 소외되어 온 쉬아파를 적극적으로 포섭했다. 미군 점령으로 기득권을 잃어버렸다고 판단한 순니파는 미군에 대한 반감이 쉬아파에 비해 상대적으로 더욱 높았다. 한편 사담 정권 아래서 갖은 차별과 억압을 겪은 쉬아파는 전쟁으로 야기된 혼란을 틈타 순니파에게 과거의 원한을 설욕하려고 벼르고 있었다. 해묵은 종파 갈등은 이라크 전역에서 순니파와 쉬아파 간의 충돌을 불러왔고 결국 내전으로 비화해 이라크 전쟁을 기약 없는 장기전으로 몰아갔다.

4월 중순 쉬아파의 성지인 후세인* 사원이 있는 남부 카르발라^Karbalā 에서 처음으로 순니파에 대한 쉬아파의 폭력행위가 발생했다. 순니파에 대한 쉬아파의 공격이 점차 순니파가 다수를 차지한 북부 지방으로 번져 가자 위협을 느낀 순니파가 반격에 나섰다. 순니파는 이 모든 사태의 책임이 침략자 미국에 있다고 보고 미군을 상대로 무장폭동을 일으켰다.

---

* 제4대 칼리파 알리의 둘째 아들로 쉬아파의 제3대 이맘Imam(쉬아파의 종교적 수장)이다. 후세인은 자신을 무함마드의 정통성을 계승한 진정한 이슬람의 지도자라고 주장하며 알리를 암살하고 우마이야 왕조를 세운 무아위야에 대항하다가 680년 카르발라에서 무아위야의 아들 야지드의 공격을 받고 전사했다. 전투 중 사로잡힌 후세인은 야지드의 명령에 따라 몸통이 두 동강 나는 참혹한 죽음을 맞았는데, 이 사건은 순니파와 쉬아파가 분리되는 결정적 계기가 되었다. 쉬아파 무슬림들은 후세인의 전사를 단순한 죽음이 아니라 순교라 여긴다. 그래서 후세인이 순교한 날인 이슬람력 1월Muharram 10일은 아슈라Ashura라 불리는 쉬아파 최고의 종교적 축제일이다. 이날 쉬아파 무슬림들은 손으로 이마와 가슴을 치면서 울부짖거나 칼, 채찍 등으로 스스로 몸에 상처를 내는 등의 고행을 하면서 후세인의 죽음을 애도한다.

4월 23일 바그다드에서 서쪽으로 55킬로미터 떨어진 팔루자에서 최초로 대규모 반미 시위가 일어났다. 시위 진압 과정에서 미군이 시위대에 실탄 사격을 가해 팔루자 주민 17명이 죽고 70여 명이 부상을 당하는 유혈 참사가 일어났다. 이틀 뒤 바트당 당사 앞에서 이 사태에 항의하는 집회가 벌어졌는데 이곳에서도 재차 미군이 시위대를 향해 발포함으로써 3명의 추가 사망자가 나왔다. 4월 28일 팔루자에서 무장한 주민들이 미군에게 보복성 공격을 감행했다. 평화적 반미 시위가 조직적 무장폭동으로 변모한 것이다. 사태를 안정시키기 위해 미군은 팔루자를 관할하는 부대를 82공수사단에서 101공수사단으로 교체하고 3기갑사단 소속 병력 1,500명을 추가로 투입하여 질서 회복에 나섰다. 미군의 대규모 병력 증원에 힘입어 안정 기미를 보이던 팔루자 사태는 6월이 되자 또다시 악화되었다. 미군은 자살 폭탄 테러에 이용될 우려가 있다며 주민들이 소유한 모터사이클을 압수했다. 이 과정에서 주민들과 미군 사이에 물리적 충돌이 연달아 발생하면서 위기감이 고조되어 갔다. 이런 와중에 6월 30일 팔루자 시내의 한 이슬람 사원에서 원인을 알 수 없는 폭발이 일어나 성직자를 포함해 8명이 폭사하는 사건이 벌어졌다. 이 사건은 일촉즉발의 위기상황에 놓여 있던 팔루자 사태를 파국으로 몰아가는 계기가 되었다. 항간에 이 사건이 미군의 로켓포 공격 때문이었다는 소문이 퍼지면서 분노한 주민들이 무기를 들고 거리로 쏟아져 나와 미군을 상대로 폭동을 일으켰다. 이후 팔루자에서는 유혈이 낭자한 폭력사태가 끊임없이 이어졌고 사태는 점점 걷잡을 수 없는 국면으로 빠져들었다. 팔루자는 전체 주민의 90퍼센트 이상이 순니파 무슬림인 곳으로, 일명 순니 트라이앵글의 핵심 도시다. 사담 집권기에 바트당 고위 간부를 다수 배출한 순니파의 근거지로 이후 격렬한 무장폭동이 끊임없이 이어져 반미 저항운동의 중심지가 되었다. 특히 외국인에 대한 무차별 테러 활동의 근거지였는데, 2004년 6월 22일 한국인 선교사 김선일 씨가 알카에다 이라크 지부에 인질로 납치되었다가 참수되는 비극적 사건이 일어난 곳이기도 하다.

공포의 밤

6월 3일 밤 바그다드 도심 한복판에서 이라크 저항 세력과 미군 간에 대규모 전투가 벌어졌다. 팔루자에서 촉발된 반미 무장폭동이 마침내 바그다드까지 번진 것이다. 알 라지 병원에서의 일과를 마치고 숙소로 귀환할 때까지는 그날도 여느 때와 별반 다르지 않은 평범한 하루일 뿐이었다. 그날 별다른 일이 없었던 나는 숙소에 돌아와 잔무를 서둘러 마감하고 다른 날보다 일찍 잠자리에 들었다. 해가 지고 도시에 어둠이 깔리자 어김없이 객실 창문 바깥에서 요란한 총성이 들려오기 시작했다. 처음 바그다드에 왔을 때는 숙소 바깥에서 총성이 울려 퍼지면 두려움 때문에 불면의 밤을 보내기 일쑤였는데 어느새 적응해 총소리가 자장가처럼 느껴졌다. 오히려 밤이 되어도 총성이 들리지 않고 바깥이 조용하면 그것이 더 이상하게 여겨질 지경이었다.

하지만 그날은 다른 날과 사뭇 달랐다. 처음 총소리가 울려 퍼지기 시작했을 때에는 으레 그러려니 하고 무시한 채 잠에 빠져들 생각이었다. 그런데 시간이 지날수록 총성이 잦아들기는커녕 점점 더 심해지더니 총소리에 섞여 간간이 포성에 이은 폭발음까지 들려오기 시작했다. 더구나 처음에는 멀리서 은은하게 울려 퍼지던 총성과 폭발음이 점점 가까워지고 있었다. 숙소에서 그리 멀지 않은 곳에서도 전투가 벌어지고 있음을 짐작할 수 있었다. 무언가 심상치 않은 사태가 벌어지고 있는 것 같아 불현듯 불안감이 엄습해 왔다. 자리를 털고 일어나 바깥을 내다볼까 고민하고 있는 찰나, 느닷없이 창문 밖에서 천지가 진동하는 것 같은 강렬한 폭발음이 울려 퍼졌다. 폭발 소리가 어찌나 큰지 그 충격파로 인해 객실 테라스로 통하는 유리문이 부르르 떨릴 정도였다. 나는 소스라치게 놀라 침대에서 벌떡 일어나 테라스로 뛰어나가 바깥을 내다보았다. 호텔 맞은편 강 건너에는 공화국 궁전이 있는 그린존이 자리 잡고 있었는데 아무래도 그 근방에서 전투가 벌어지고 있는 것 같았다. 그쪽 방향에서 큰 폭발이 있었는지 거대한 불기둥이 치솟고 있었다. 잠시 넋을 잃고 그 모습을 바라보고 있는데 이번에는 테라스 왼편에서 마치 비행기가 불시착하는 것 같은 요란한 소음이 들려왔다. 몸을 내밀어 테라스 아래쪽을 내려다보니 알 사둔 거리를 따라 미군 탱크들이 줄지어 고속으로 질주하는 모습이 보였다. 무게 60톤을 자랑하는 육중한 에이브럼스 탱크가 아스팔트 도로 위를 내달리면서 만들어낸 소음이 호텔 건물을 타고 6층 내 방까지 전해져 왔던 것이다. 탱크가 지나간 이후에도 험비, 브래들리 장갑차 등 각종 미군 전투차량들이 연이어 굉음을 울리며 호텔 앞길을 지나 전투가 벌어지고 있는 강 건너를 향해 급히 출동하고 있었다. 바그다드 시내 한복판에서 그렇게 많은 수의 미군 전투차량이 그것도 야간에 부대 주둔지를 벗어나 이동하는 모습은 바그다드에 도착한 이래 처음 보는 광경이었다.

한동안 객실 테라스에서 바깥 사정을 주시하던 나는 방을 같이 쓰고 있던 마인우 봉사원의 만류에도 불구하고 전투 상황을 좀 더 자세히 살펴보

기 위해 황급히 옷을 걸치고 객실을 나섰다. 처음에는 호텔 바깥으로 나
가려다가 너무 위험할 것 같아 더 높은 층으로 올라가 전투상황을 지켜보
기 위해 엘리베이터로 향했다. 엘리베이터가 6층에 멈춰 서고 문이 열리
자 엘리베이터 안에는 나처럼 전투 상황을 모니터링하기 위해 높은 층으
로 올라가려는 외신기자들이 이미 한가득 타고 있었다. 엘리베이터가 스
카이라운지가 있는 15층에 멈춰 서자 외신기자들은 더 올라가지 않고 모
두 내렸다. 나도 외신기자들을 따라 15층에서 내렸다. 스카이라운지는
영업을 중단한 지 오래됐는지 불이 꺼져 있어 어두컴컴했고 테이블과 의
자는 모두 한쪽 편에 옮겨져 층층이 쌓여 있었다.

  스카이라운지는 외벽이 모두 페어글라스로 둘러싸여 있어 바그다드 시
내가 한눈에 들어왔다. 전투가 벌어지고 있는 강 건너편이 마주 바라보
이는 쪽에는 벌써 수많은 각국 외신기자들이 몰려들어 열띤 취재 경쟁을
벌이고 있었다. 개중에는 무비카메라를 들고 전투 장면을 촬영하는 방송
사 촬영기사들도 섞여 있었다. 그들은 긴장된 표정으로 숨 가쁘게 진행
되는 전투 상황을 주시했다. 나도 기자들 틈에 섞여 어두운 스카이라운
지 한쪽 구석 창가에 붙어 서서 유리벽 너머로 전투를 지켜보았다. 탁 트
인 스카이라운지 페어글라스를 통해 바라보이는 티그리스 강 건너편 도
심은 치열한 전투로 인해 불타오르고 있었다. 전기가 들어오지 않아 칠
흑 같은 어둠에 싸인 바그다드 시내에서 폭탄이 터져 화광火光이 충천하
는 모습은 유난히 눈에 잘 띈다. 요란한 총소리가 이어지는 가운데 이따
금 뇌성벽력 같은 폭발음이 들리면 곧이어 거대한 불기둥이 하늘로 치솟
아 올랐다. 이따금 지상에서 쏘아 올린 조명탄이 공중에서 터져 잠시 어
두운 밤하늘을 환하게 밝히다 긴 꼬리를 늘어뜨리며 스러져 가는 모습이

보였다.

　시간이 지날수록 전투는 점점 치열해졌다. 자정을 넘어서자 급기야 헬리콥터 편대까지 전투에 투입되었다. 굉음을 울리며 밤하늘을 가르고 날아온 미군 아파치 헬기 편대가 바그다드 상공을 저공비행하며 60mm 로켓과 기관포를 이용해 지상을 향해 공습을 가하기 시작했다. 숨죽이고 전투상황을 지켜보던 나는 문득 강 건너 도심에서 펼쳐지는 전투 장면이 무척 아름답다는 생각이 들었다. 경박한 생각인 줄 뻔히 알면서도 그런 생각을 떨쳐 버릴 수가 없었다. 안전을 확신하지 못할 만큼 지근거리에서 치열한 전투가 벌어지고 있는데도 불구하고 내 눈에는 그 모습이 웬일인지 그저 한여름 밤의 흥겨운 축제처럼 보였다. 이따금 솟구치는 화염과 어둠을 밝히는 조명탄 불빛은 밤하늘을 화려하게 수놓는 불꽃놀이 같았다. 끊임없이 이어지는 총소리와 폭음은 폭죽이 터지는 소리 같았고 헬기가 저공비행을 하며 내는 둔탁한 엔진 소리는 축제의 흥을 돋우는 북소리처럼 여겨졌다. 하지만 그것은 가당치 않은 착각일 뿐, 지금 내가 목도하는 광경은 흥겨운 축제의 장이 아니라 살상과 파괴가 난무하는 아비규환의 모습이라는 것을 나는 너무나도 잘 알고 있었다. 그러나 공포심과 미적 감흥, 이 양극단의 두 감정은 분명 일맥상통하는 점이 있는 것 같았다. 나는 두려움 때문에 온몸이 옥죄어 오는 것 같았지만 체내에서 분비되는 아드레날린에 중독된 듯 강 건너에서 펼쳐지는 살벌한 전투 장면에서 눈을 뗄 수 없었다. 전투는 새벽녘이 될 때까지 밤새 끊이지 않고 이어졌다.

전투가 지나가고 난 아침의 풍경

공포의 밤이 지나고 새 아침이 밝았다. 아침 8시경 알 라지 병원으로 출근하기 위해 호텔 1층 로비에 모인 동료들은 모두 어젯밤 잠을 설쳤는지 얼굴이 수척해져 있었다. 다들 말은 안 했지만 얼굴에는 급변한 바드다드 상황에 대한 우려로 수심이 가득했다. 예상했던 대로 우리를 알 라지 병원으로 태워 갈 승합차들은 제시간에 호텔 앞에 나타나지 않았다. 승합차를 기다리는 동안 행정요원들은 호텔 로비 소파에 둘러앉아 임시회의를 열었다. 회의를 주재한 윤병학 과장님은 이라크로 출발하기 전 한국 본사로부터 단원들의 안전을 최우선시하라는 사전 훈령을 받았다면서 상황이 호전되지 않으면 안전을 위해 바로 요르단으로 철수해야 한다고 말씀하셨다. 우리의 결정 여부와 상관없이 국제적십자위원회ICRC 바그다드 지부에서 현지 정세가 위험수위를 넘어섰다고 판단해 코드 블랙을 발령하면 어차피 바그다드에서 활동하는 모든 각국 적십자 긴급대응팀ERU들은 이라크를 벗어나 안전한 인접 국가로 긴급 철수할 수밖에 없는 상황이었다. ICRC는 분쟁지역에서 활동하는 국제적십자 요원들의 안전을 위하여 전시 구호 지역의 안전 상황을 색깔을 이용해 네 단계로 구분해 놓았다. 코드 그린Code Green은 안전, 코드 옐로Code Yellow는 위험요소가 있을 수 있으니 주의하라는 경계경보, 코드 레드Code Red는 위험이 상존하는 상황이니 극도로 안전에 유의하라는 위험경보, 그리고 마지막으로 코드 블랙Code Black은 상황이 회복 불능으로 악화되었을 때 진행 중인 모든 구호업무를 즉시 중단하고 긴급히 철수하라는 대피명령이다. ICRC가 지정한 안전 단계 경보는 적십자를 포함한 모든 구호단체들이 일반 규정으로 받아들여 준수하고 있다.

우리는 일단 승합차를 기다려 알 라지 병원으로 출근한 후에 상황을 면밀히 살펴 차후 일정을 결정하기로 하고 임시회의를 마쳤다. 윤병학 과장님은 알 라지 병원에 도착하는 대로 정확한 사태 파악을 위해 ICRC 바그다드 지부로 가시겠다고 하셨다. 마헤르와 카이사르가 모는 승합차 2대는 정해진 시각보다 1시간가량 늦게 호텔 앞에 나타났다. 승합차에 타고 있던 압바스가 우리에게 바그다드 시내 상황을 알려 주었다. 시내는 미군의 철저한 검문검색으로 일반 차량은 통행이 매우 어려운 상태라고 했다. 그나마 우리 차들은 적십자 표장을 부착한 덕분에 가까스로 미군의 검문을 뚫고 숙소로 올 수 있었다고 했다.

알 라지 병원으로 출근하는 동안 지켜본 차창 밖의 바그다드 거리는 살얼음판을 걷는 것 같은 팽팽한 긴장감에 휩싸여 있었다. 어젯밤 전투로 인한 불길이 채 잡히지 않았는지 사방에서 짙은 회색 연기가 피어오르고 매캐한 탄내가 진동했다. 하늘에는 미군 아파치 헬기 1대가 여전히 철수하지 않고 도심 상공을 선회하면서 경계 비행을 펼쳤다. 지상에도 중무장한 미군들이 대거 몰려나와 시내 요소요소를 장악한 채 상황을 통제했다. 평소와 달리 자동차가 거의 없어 시내 도로는 뻥 뚫린 상태였으나 우리를 태운 승합차는 안전을 위해 부득이하게 서행해야만 했다. 시내 요지로 통하는 길목마다 탱크를 앞세운 미군들이 버티고 서서 지나가는 차들을 상대로 검문을 벌였다. 검문은 티그리스 강 건너 그린존으로 다가갈수록 점점 더 심해졌다. 그날 아침 우리는 위험요소를 최소화하기 위해 평소와는 달리 그린존을 거쳐 가는 노선을 택해 알 라지 병원으로 향했다. 우리가 묵고 있던 쉐라톤 호텔에서 바그다드 서북부에 위치한 알 라지 병원으로 가려면 반드시 티그리스 강을 건너야 했다. 바그다드 시

바그다드 상공을 초계비행하는 아파치 헬기   ⓒ 마인우

내에 건설된 총 13개의 교량 중에 우리 팀의 동선을 벗어난 지역에 놓여 있는 다리들 그리고 전쟁 중 파괴되어 미처 복구되지 않은 다리 몇 개를 제외하고 나면 우리가 티그리스 강을 넘나드는 데 이용할 수 있는 다리는 서너 개에 불과했다. 그나마 우리가 출퇴근길에 매일 건너다니던 타무즈Tamuz 다리는 폭격을 받아 반파된 것을 미군 공병대가 철제 빔으로 교각을 보강하고 그 위에 철판을 깔아 겨우 통행이 가능할 만큼만 임시로 복구해 놓은 상태였다. 숙소에서 가장 가까운 다리는 알 주마리야 al Jumariyah 다리였지만 이 다리는 강 건너 그린존으로 바로 연결되는 통로였던 탓에 미군에 의해 엄격히 통제되고 있었다. 지나다니기 까다로운 길이었기에 업무상 어쩔 수 없이 그린존에 들어가야 하는 경우가 아니면

이용하지 않는 다리였다. 따라서 우리는 평소 가까운 알 주마리야 다리 대신 훨씬 북쪽에 있는 타무즈 다리를 통해 강을 건너다녔다. 숙소에서 타무즈 다리로 가려면 도심을 벗어나 호젓한 강변도로를 따라 북쪽으로 한참을 더 올라가야 한다. 그날 아침 쉐라톤 호텔로 우리를 데리러 오면서 시내 사정을 살핀 압바스는 상황이 상황인 만큼 너무 외진 곳을 지나가는 기존의 통근 루트가 오히려 더 위험할 수 있다는 의견을 피력했다. 우리는 압바스의 의견을 좇아 그날만은 다소 불편하더라도 안전을 위해 미군이 경비를 선 그린존을 통과해 알 라지 병원으로 가기로 결정했다.

호텔을 떠나 알 사둔 거리를 따라 북쪽으로 올라가다가 알 타흐리르al Tahrir 광장을 끼고 좌회전해 알 주마리야 다리를 통해 티그리스 강을 건너면 바로 이어지는 야파Yafa 거리를 경계로 그린존이 시작된다. 알 사둔 거리에서 알 주마리야 다리를 타기 위해 좌회전하려면 사거리를 연결하는 커다란 로터리를 한 바퀴 돌아야 한다. 로터리 한복판에는 넓은 원형 광장이 자리 잡고 있는데, 이곳이 알 타흐리르 광장이다. 알 타흐리르 광장은 이름 그대로(알 타흐리르는 아랍어로 자유 혹은 해방을 의미한다.) 1958년에 일어난 민주혁명을 기념해 조성된 광장이다. 1958년 7월 14일 주권재민主權在民의 기치를 내걸고 봉기한 이라크 민중은 수십 년간 영국의 앞잡이 노릇을 해온 왕정을 붕괴시키고 공화정을 수립하는 민주혁명을 달성한다. 광장 중앙에는 7월 14일 혁명을 기념하는 웅장한 자유기념비가 서 있는데, 이 기념비는 이라크 돈 250디나르짜리 지폐 뒷면에 그 모습이 도안될 만큼 유명한 조형물이다. 14개의 동판 주조물로 이루어진 대형 부조에는 혁명을 유발한 사건들, 혁명 장면, 혁명 후의 평화로운 삶 등이 오른쪽에서부터 왼쪽으로 시간 순서에 따라 묘사되어 있다. 알 타흐리르 광장은 이곳이 지닌 상징적 의미 때문에 전쟁 직전에 전 세계 평화단체들이 몰려들어 여러 차례 미국의 이라크 침공을 반대하는 대규모 반전집회를 벌인 곳이다.

광장 로터리를 지나면 쭉 뻗은 직선도로 저편으로 알 주마리야 다리와 강 건너 그린존 전경이 한눈에 들어온다. 그날 아침 그린존의 경계태세는 한층 강화되어 있었다. 평상시에는 알 주마리야 다리 중간지점에 바리케이드를 치고 검문을 벌이던 미군이 그날은 아예 다리 초입에서 탱크로 도로를 차단하고 민간차량의 다리 진입 자체를 봉쇄한 상태였다. 우리 차가 다가가자 경계태세를 갖춘 에이브럼스 탱크의 포탑이 둔탁한 기계음을 울리며 천천히 회전하더니 전차포로 우리 차를 정조준했다. 탱크 옆에 서서 정차하라고 수신호를 보내는 미군 병사의 얼굴에는 살기마저 감돌았다. 금방이라도 불을 뿜을 것만 같은 포구를 마주보고 있자니 순간 입이 마르고 가슴 한편에서 서늘한 기운이 느껴졌다. 바그다드에 들어온 이래 미군에게 위협을 느껴보기는 그때가 처음이었다. 평소 미군은 적십자 활동에 대단히 협조적이었다. 더구나 대한민국은 전 세계가 비난한 미국의 이라크 침공을 지지하고 이라크에 군대까지 파병한 동맹국이었기 때문에 미군은 다른 나라 적십자사에 비해 한국에서 온 우리 팀에 훨씬 더 우호적이었다. 피치 못할 사정이 있어 미군부대에 업무협조를 요청하면 대부분 거절하지 않고 흔쾌히 도와주곤 했다. 어쩌다 거리에서 불심검문을 벌이는 미군과 마주쳐도 그들은 우리 차에 부착된 적십자 마크를 보면 별다른 검문 없이 통과시켜 주었다. 하지만 그날만은 사정이 달랐다. 검문검색을 진행하는 미군의 표정과 몸짓은 잔뜩 경직되어 있었다. 다행히 미군은 신분과 행선지만 확인하고 우리를 무사통

알 타흐리르 광장의 자유 기념비

바그다드 거리에 배치돼 경계 근무 중인 미군 병사들 ⓒ 조인원

과시켜 주었다.

다리를 건너 그린존을 통과해 서쪽으로 향해 가던 우리 일행은 알 라지 병원이 있는 앗 타이피야 지역으로 올라가기 위해 북쪽으로 방향을 틀었다. 알 라쉬드 호텔 앞을 지나 7월 14일 거리14th of July St.로 들어서 그린존의 출입구 역할을 하는 검문소를 통과해 막 레드존으로 나서려는데 차마 눈 뜨고 볼 수 없는 끔찍한 광경이 우리 앞에 펼쳐졌다. 차창 밖 7월 14일 거리 주변에는 어젯밤 치열했던 전투의 흔적이 역력히 남아 있었다. 아마도 미군 검문소를 사이에 두고 그린존으로 침투하려는 이라크 저항세력과 이를 저지하려는 미군 간에 불꽃 튀는 공방전이 벌어졌던 것 같았다. 미군 검문소 앞길에서는 도로 정비 작업이 부산하게 진행되고 있었다. 도로 한편에서는 미군 공병대가 불도저를 동원해 불타버린 자동차를 도로 바깥으로 밀어냈고, 다른 한편에서는 이라크 인부들이 미군의 지시에 따라 도로 위에 어지러이 널린 전투 잔해들을 치우고 있었다. 자세히 살펴보니 그들이 치우고 있는 것은 비단 전투의 잔해뿐만이 아니었다. 그들은 미군에게 사살당한 것으로 보이는 이라크 저항세력의 시체들도 함께 치우고 있었다. 이라크 인부들은 2인 1조로 나뉘어 도로에 나뒹구는 시체들을 들어 옮기고 있었다. 길바닥에 널린 시체들 중에는 몸통이 산산조각 나서 시신을 온전히 수습하기 어려운 경우도 있었다. 이라크 인부 두 사람이 군용 모포를 펼쳐 놓고 유혈이 낭자한 도로 위에서 이리저리 흩어진 사체 조각을 주워 모으고 있었다. 내 옆자리에 앉은 장영은 씨는 이 끔찍한 광경을 목격하고는 비명을 내지르며 눈을 감고 몸서리를 쳤다. 도로 한쪽 편 인도에는 피가 배어 나온 군용 모포로 덮어 놓은 시체들이 일렬로 수습되어 있었다. 작업을 감독하던 미군 장교가 우리 일행이 탄 차를 발견하고는 우리가 지나갈 수 있도록 수신호를 해 길을 열어 주었다. 도로에 널브러진 시체들과 작업 중인 인부들을 피해 지그재그로 차를 몰아 우리는 서둘러 그 섬뜩한 장소에서 벗어났다.

그날 우리는 그린존을 빠져나온 이후에도 알 라지 병원에 도착할 때까지 수차례 더 검문을 거쳐야 했다. 어젯밤 벌어진 전투 탓에 신경이 날카로워졌는지 미군은 평소와 달리 부쩍 폭력적으로 돌변해 있었다. 한번은 검문 중에 우리 차에서 얼마 떨어지지 않은 곳에서 미군들이 이라크인들을 타고 있던 차에서 끌어내 케이블 타이로 양손을 뒤로 포박해 길바닥에 엎어 놓고 욕설을 퍼부으면서 발길로 걷어차고 소총 개머리판으로 마구 구타하는 살벌한 장면을 목격했다. 그것은 미군이 그들의 주장과는 달리 해방자로서 이라크에 온 것이 아님을 보여 주는 상징적인 장면이었다. 우리는 평소보다 훨씬 늦게 오전 10시 반이 넘어서야 알 라지 병원에 도착할 수 있었다. 병원에 도착해 보니 놀랍게도 이라크 통역들이 한 사람도 빠짐없이 병원에 나와 우리를 기다리고 있었다. 알 라지 병원은 교전 지역에서 비교적 멀리 떨어져 있었기 때문에 검문을 피해 무사히 병원에 올 수 있었다고 했다. 우리는 만나자마자 서로 안부부터 묻기 바빴다. 말 그대로 밤새 안녕하셨느냐는 인사가 오고 갔다.

그날 이후 바그다드에서 벌어지는 폭력사태의 유형이 달라졌다. 그전까지 바그다드에서 벌어졌던 폭력사태는 알리바바들이 일으키는 단순 소요에 불과했다. 하지만 그 후로는 폭력사태의 양상이 반미 저항세력들이 미군을 상대로 벌이는 조직적 무장투쟁으로 바뀌었다. 잠시 소강상태에 빠졌던 이라크 전쟁은 미군 점령 후 지하로 숨어든 반미 저항세력들이 본격적으로 봉기하면서 새로운 국면으로 접어들었다. 다행스럽게도, 우리가 이라크를 떠날 때까지 바그다드 시내에서 그 같은 대규모 전투는 다시 벌어지지 않았다.

11. 그린존

바그다드 시내 한복판의 미국 영토

　　　　그린존Green Zone은 바그다드 점령 후 미군이 시내 중심부에 설정한 약 10제곱킬로미터 넓이의 특별경비구역을 일컫는다. 바그다드 중심부 티그리스 강 서안을 따라 사람의 흉상을 가로 눕혀 놓은 것 같은 모양으로 설정된 그린존에는 가장 안쪽에 공화국 궁전Republican Palace을 중심으로 주요 행정관청, 군사기지, 각국 대사관 등이 대거 몰려 있다. 과거 사담의 영화를 상징하는 사담 대통령궁, 전승기념탑, 무명용사기념물 등도 이곳에 있다. 그린존에는 공공시설 외에 몇몇 민간시설도 들어서 있는데, 가장 눈에 띄는 곳은 역시 알 라쉬드 호텔이다. 1991년 걸프 전쟁 당시 베테랑 종군기자 피터 아넷Peter G. Arnett이 CNN

알 라쉬드 호텔 로비 바닥에 있던 부시 대통령 모자이크화   ⓒ 마인우

특파원으로서 전쟁 발발을 특종 보도했던 곳으로 유명한 이 호텔은 이
라크 전쟁 때는 미국 고위관료나 군 장성의 숙소로 이용되었다. 알 라
쉬드 호텔 정문 로비 바닥에는 미국 부시 대통령*의 초상이 그려진 모자
이크화가 있었다고 한다. 모자이크화 하단에는 "부시는 범죄자다Bush is
criminal."라는 도발적 문구가 새겨져 있었다. 1991년 걸프 전쟁 직후 사
담의 특별지시로 설치되었다는 이 모자이크화는 호텔을 드나드는 사람
들이 부시 대통령의 얼굴을 밟고 지나가게 함으로써 미국과 부시 대통

---

* 미국 제41대 대통령 조지 허버트 부시George Herbert Bush(아버지)를 말한다. 그는 1991년
  걸프 전쟁 당시 미국 대통령이었다.

령을 조롱하려는 의도가 담겨 있었다. 이에 격분한 미국은 치졸한 보복을 가했다. 1993년 6월 27일 클린턴 대통령의 특별지시를 받은 미국 공군기가 모자이크화를 디자인한 여류 화가 라일라 알 아타르Layla al-Attar의 집에 정밀 폭격을 가했다. 이 공습으로 라일라는 가족과 함께 그 자리에서 폭사했다. 2003년 바그다드를 점령한 미군은 알 라쉬드 호텔 로비의 모자이크화를 아예 철거해 버렸다.

바그다드에 주둔한 미군 병력 외에 미국 정부관료, 미군과 거래하는 민간업자, 기타 외국인 등 약 5,000명의 각국 민간인이 상주하면서 그린존은 미국의 이라크 통치를 위한 핵심 근거지로 자리매김했다. 이라크인들에게는 배타적 공간이었던 그린존은 바그다드 시내에 존재하는 실질적인 미국 영토로 간주되었다. 이곳의 공식 명칭은 바그다드 국제지구 International Zone of Baghdad였지만 미군은 안전지대라는 의미로 속칭 그린존이라 불렀다. 안전이 보장되지 않는 그린존 바깥 지역은 그린존과 대비되는 의미에서 레드존Red Zone(위험지대)이라 불렀다. 미군은 안전을 위해 그린존을 요새화했다. 그린존은 경계선을 따라 전 구간에 걸쳐 3.7미터 높이의 두꺼운 콘크리트 장벽*과 철조망에 둘러싸여 있고 장벽 안쪽은 T자 형태의 폭발 대비 강화내벽으로 보강되어 있었다. 역내에도 수많은 경계초소가 설치되었다. 그린존에 들어가려면 단 네 곳에 불과한 출입구에 설치된 검문소에서 엄중한 검문검색을 거쳐야 했다. 그린존에 들어선 이후에도 미군 관계자가 아닌 경우 반드시 미군 차량의 에스코트를

---

* 미군은 그린존을 에워싼 장벽을 초대 이라크 최고행정관 폴 브레머의 이름을 따 '브레머 장벽Bremer Wall'이라고 불렀다.

받아야만 통행이 가능했다. 물론 이라크 민간인의 출입은 엄격히 제한되었다. 미군은 철통경비를 내세워 그린존의 안전을 호언장담했지만 전쟁 기간 내내 이라크 저항세력의 자살 폭탄 테러, 이동식 로켓과 박격포를 이용한 공격이 끊임없이 발생하면서 안전지대로서의 그린존의 신뢰도는 크게 훼손되었다. 미국의 이라크 지배를 상징하는 공간이었던 그린존은 2009년 1월 1일 미군이 미국 대사관 구역을 제외한 모든 관할권을 이라크 정부에 반환함으로써 마침내 이라크의 품으로 되돌아갔다.

공화국 궁전

우리가 바그다드에서 활동하던 시기는 이라크 임시정부가 수립되기 전이었기 때문에 이라크는 미군정에 의해 통치되고 있었다. 이라크의 행정주체가 미군정이었기 때문에 바그다드에서 활동하는 데 필요한 제반 허가업무는 미군정을 통해 이루어졌다. 미군정은 이라크에서 활동하는 국제구호단체들을 지원하기 위해 군정청 산하에 HACC(Humanitarian Assistance Coordination Center: 인도적 지원협력 센터)라는 부서를 설치해 운영했다. 미국의 대국으로서의 면모를 엿볼 수 있는 대목이다. 아마도 이라크 침공을 합리화하기 위해 취해진 조치였겠지만 그렇다 하더라도 적국을 돕기 위한 구호활동을 지원하는 나라는 전 세계에서 미국밖에 없을 것이다.

HACC는 국제구호단체들을 행정적으로 지원할 뿐만 아니라 매일 오전 10시 공화국 궁전에서 국제구호단체들을 대상으로 HACC 회의를 개최하여 이라크 정황과 안전에 관한 정보를 제공했다. HACC 일일보고

daily brief를 통해 미군이 제공하는 정보는 대단히 유용해서 국제구호단체들이 바그다드에서 활동하는 데 큰 도움이 되었다. 우리 팀에서도 일주일에 한 번 정도 대표자를 회의에 참석시켜 정보를 공유하고 행정업무를 처리했다. 이 업무는 채선영 씨와 마인우 봉사원이 교대로 담당했는데, 나도 한 차례 채선영 씨와 함께 공화국 궁전에 들어가 HACC 회의에 참석한 경험이 있다. 내가 그린존에 들어가 본 것은 그때가 처음이었다. 지금도 그날 둘러본 그린존 역내와 공화국 궁전의 모습이 눈에 선하다.

숙소를 출발해 알 주마리야 다리를 건너 야파 거리에 내려서면 바로 도로 왼편으로 이라크 국회의사당 건물이 보인다. 국회의사당을 지나자마자 나오는 T자형 진입로를 따라 좌회전하면 얼마 안 가 그린존의 정문에 해당하는 암살자의 문^{Assassin's Gate}이 나타난다. 암살자의 문 앞에 설치된 검문소를 통과하면 그곳을 경계로 그린존이 시작된다. 로마 개선문 상층부에 돔을 얹은 것 같은 모양의 이 석조 아치를 미군은 암살자의 문이라고 불렀는데, 이 명칭은 근처 경비를 담당한 미군 부대(미 육군 1기갑사단 2여단 6보병대대 알파 중대: 일명 암살자 부대)의 이름에서 따온 것이라고 한다.*

암살자의 문 앞길은 그 명칭만큼이나 으스스했다. 전방 50미터 정도의 구간을 겹겹이 가로막은 콘크리트 장애물을 지그재그로 피해 가며 암살자의 문에 다가가면 탱크가 버티고 있는 검문소가 나왔다. 검문소 한쪽에는 "You're now entering Green Zone."이라고 쓰인 표지판이 서 있었다. 모든 외부 방문자는 이곳에서 엄중한 검문검색을 거쳐야만 그린존으

---

* Wikipedia, Assassin's Gate, http://en.wikipedia.org/wiki/Assassin's_Gate_(Green_Zone)

암살자의 문

로 들어갈 수 있었다. 미군은 차량 밑을 살펴보는 자루 달린 거울, 탐지견, 신체 스캐너까지 동원해 철저히 검색했는데, 평소 아랍인이 아닌 외국인들에게 별다른 적대감을 내비치지 않는 미군이었지만 검문과정에서만큼은 고압적인 태도를 취했다. 이때 초심자들은 위압적 분위기 때문에 긴장하기 마련이었는데 나는 바그다드 국제공항에서 한 번 겪어본 일인지라 태연하게 검문에 임할 수 있었다. 다른 사람들에게는 예외 없이 까다롭게 굴던 미군 초병들도 적십자 표장을 단 우리에게만은 유독 호의적인 태도를 보여 주었다. 우리는 다른 NGO 관계자들과는 달리 대폭 간소화된 절차만을 거쳐 수월하게 검문소를 통과할 수 있었다. 다시 한번 적십자 표장이 빛을 발하는 순간이었다. 뒤에서 검문 순서를 기다리던 다른 NGO 관계자들은 한결같이 우리에게 부러움 반, 질투심 반의 시선을 보냈다. 주위의 주목을 한 몸에 받자 나는 내 자신이 적십자요원이라는 것이 자랑스러워 저절로 어깨가 으쓱해졌다.

암살자의 문을 통과한 이후에도 공화국 궁전까지는 남쪽으로 한참을 더 내려가야 한다. 공화국 궁전으로 가는 길에 차창 밖으로 전쟁 중 부상병들을 치료하는 미군 병동으로 사용된 이븐 시나 병원Ibn Sina Hospital 그리고 훗날 사담 후세인의 재판이 벌어진 바트당 중앙당사Ba'ath Party Headquarters가 차례로 스쳐 지나갔다. 바트당 중앙당사 앞을 지날 무렵 마침내 오른편으로 공화국 궁전이 그 모습을 드러냈다. 건물 옥상에 우뚝 솟아 있는 사담의 동상을 보고 그곳이 공화국 궁전이라는 것을 한눈에 알아볼 수 있었다. 동상은 하나의 크기가 가로세로 3.5×5미터에 무게만 40톤이나 나갈 만큼 거대한데 궁전 옥상 모서리마다 하나씩 총 4개가 괴물처럼 버티고 있다. 그 모습이 어찌나 기괴한지 멀리서 보면 건물 전체의 모습이 그리스 신화에 나오는 머리 여럿 달린 괴물 히드라를 연상시켰다. 중세 이슬람 장군의 투구와 갑옷을 입은 사담의 흉상은 살라흐 앗 딘Salah ad-Din의 모습을 형상화한 것이다. 서방세계에 살라딘이란 이름으로 알려진 살라흐 앗 딘은 십자군 전쟁 때 십자군을 무찌르고 성지 예루살렘을 탈환한 아랍의 전설적 영웅으로 신바빌로니아 왕국의 위대한 왕 네부카드네자르 2세와 더불어 사담이 자신과 동일시한 인물이다. 아랍의 수호자라 자처한 사담은 십자군을 물리친 살라흐 앗 딘을 통해 서방에 맞서는 위대한 지도자라는 이미지를 부각하려 애쓴 것 같다. 사담은 살라흐 앗 딘의 고향이 자신과 같은 티크리트라는 이유로 그를 더욱 숭상했다고 한다. 그런데 사담은 과연 살라흐 앗 딘이 자신이 그토록 천시하고 탄

압한 쿠르드족 출신이었다는 사실을 알았는지 궁금하다.

미군 차량을 제외한 외부 민간차량은 공화국 궁전 경내에는 들어갈 수 없었기 때문에 우리는 일단 역외 주차장에서 하차하여 다른 방문객들과 함께 미군 셔틀버스로 갈아타고 궁전 건물까지 이동했다. 경내를 순회하는 셔틀버스는 코뿔소라는 뜻의 라이노Rhino라고 불리는 호송버스였다. 미군이 병력 수송에 이용한다는 이 호송버스는 외벽이 두꺼운 장갑에 둘러싸여 있어 집중사격을 받아도 끄떡없다고 한다. 셔틀버스는 웬만한 대학 캠퍼스만큼이나 넓은 공화국 궁전 경내를 돌아 이윽고 우리 일행을 궁전 건물 서쪽 출입문 앞에 내려 주었다.

공화국 궁전은 궁전이라는 명칭이 어울릴 만큼 크고 화려하다. 티그리스 강을 등진 넓은 부지에 궁전을 중심으로 몇 개의 부속건물이 늘어서 있는데, 위풍당당한 궁전의 외관은 단연 주변의 모든 건물들을 압도한다. 궁전 건물은 압바스 왕조 시대 칼리파의 황궁을 본뜬 초록색 돔이 있는 장방형 중심부에서 좌우로 윙이 뻗어 나온 구조로 커다란 디귿자 모양을 띤다. 하늘에서 내려다보면 건물 전체의 모양이 마치 학이 날개를 펼쳐 궁전 앞 정원을 감싸 안은 형태이다. 전체적인 건물 외관은 유럽의 궁궐을 본떠 바로크 양식을 띠고 있지만 자세히 살펴보면 상당 부분 아랍 건축양식이 가미되어 있음을 알 수 있다. 출입구나 창문의 모양은 전형적인 아랍풍이며 건물 외벽 도처에 아랍을 상징하는 16각형 별(Arabic star) 문양이 새겨져 있다. 건물 내부 벽면이나 천장은 아름다운 아라베스크 문양으로 장식되어 있다.

궁전 내부로 들어가기 직전 흉측한 사담의 흉상이 솟아 있는 건물 옥상을 올려다보니 모래주머니를 쌓아 만든 대공방어진지가 보였다. 경비행

공화국 궁전 전경

공화국 궁전 옥상의 사담 흉상

공화국 궁전에서 HACC 회의를 하는 모습   ⓒ 마인우

기나 헬기를 이용한 자살 폭탄 테러를 방지하기 위해 건물 옥상에 M-61 발칸포(20mm Vulcan Gatling gun)와 스팅어 미사일Stinger missile 등을 올려놓고 미군 몇 명이 그곳에서 방공경계근무를 서고 있었다. 건물 옥상에서 군용 텐트를 펼쳐 만든 차양 하나만으로 작열하는 태양 볕을 견디며 보초를 선 병사들의 모습이 무척 안쓰러워 보였다. 한때 사담 권력의 본산이었던 공화국 궁전은 이제 미군정이 차지하고 있었다. 미군정의 공식 명칭은 CPA(Coalition Provisional Authority)였다. 명칭만 보면 여러 나라가 공동으로 참여하는 다국적 연합기구처럼 보이지만 실제로는 미국 단독의 군정통치기구에 불과했다. 바그다드 함락 직후 수립된 미군정은 4월 21일을 기해 점령군에 의한 군사 통치라는 부정적 이미지를 불식하

기 위해 체제 개편을 단행했다. 미국 행정부는 전신이었던 ORHA(Office for Reconstruction and Humanitarian Assistance)를 CPA로 개편하고 책임자도 군 출신 제이 가너Jay Garner 소장에서 민간 관료 출신 폴 브레머Paul Bremer 로 교체했다. 미국은 CPA가 이라크에 민주주의를 정착시키기 위한 과도 체제라고 주장했지만 사실상 CPA는 이라크를 식민통치하기 위한 미국 총독부였다.

공화국 궁전 내부에 들어서니 마치 별천지에 온 듯했다. 바깥은 숨쉬기조차 힘들 만큼 더웠지만 실내는 에어컨이 가동되고 있어 한기가 느껴질 만큼 시원했다. 우리는 HACC 회의에 참석하기 위해 서둘러 회의장으로 향했다. HACC 회의가 열리는 브리핑 룸은 1층 웨스트 윙 기자회견장 옆에 있었다. 회의는 오전 10시에 시작되어 약 1시간가량 이어졌다. 먼저 담당자가 앞에 나와 바그다드 치안 상황에 대해 30분 정도 브리핑한 후 담당자와 회의 참석자들 간에 브리핑 내용에 관한 질의문답이 이어졌다. 회의를 주관한 담당자는 미 육군의 데니스 케네디Dennis Kennedy 소령이었는데, 군복 상의 왼쪽 가슴에 붙은 박쥐 모양의 병과 표지를 보고 그가 정보장교라는 것을 알 수 있었다. 그는 스크린에 비친 파워포인트 화면의 바그다드 지도를 지휘봉으로 짚어 가며 마치 일기예보를 하듯 능숙하게 브리핑을 진행해 나갔다. 나는 회의 전 배부받은 자료를 살펴보다가 깜짝 놀랐다. 미군은 시내 치안 상태뿐만 아니라 교통상황과 지역별 현황, 바그다드에서 활동 중인 구호단체들의 목록과 각 단체의 활동 내역에 이르기까지 바그다드의 모든 상황을 손바닥 들여다보듯 상세히 파악하고 있었다. 미군의 치밀한 정보 수집 능력에 혀를 내두르지 않을 수 없었다. 구호단체들의 민원을 접수받는 것을 끝으로 그날의 HACC 회의는 마무리되었다.

회의가 끝난 후 채선영 씨가 2층 HACC 사무실로 바그다드 지도를 받으러 간 사이에 나는 잠시 공화국 궁전 내부를 한 바퀴 둘러보았다. 공화국 궁전은 천장에 푸른색 돔이 있는 중앙 로비를 기준으로 좌측의 웨스트 윙west wing과 우측의 이스트 윙east wing으로 나뉜다. 웨스트 윙 쪽에는 기자 회견장, 프레스 센터, 연회장 등의 시설이 있고 사담의 대통령 집무실, 외교 사절 접견실, 대회의실 등은 이스트 윙 쪽에 있다. 미국 백악관 오벌 오피스Oval Office(대통령 집무실)보다 더 호화롭다고 알려진 사담의 대통령 집무실은 중앙 로비를 지나 이스트 윙이 시작되는 초입에 자리 잡고 있다. 당시 그 방은 최고행정관 폴 브레머의 집무실로 쓰였다. 다른 사무실과는 달리 금속 탐지기가 설치된 문 앞에 방탄조끼를 입고 MP-5 기관단총으로 무장한 경호원 3명이 버티고 서서 출입을 통제하고 있었다. 미군은 공화국 궁전 지하에서 바그다드 국제공항까지 연결된 18킬로미터 길이의 지하 비밀통로를 발견했는데, 바그다드 함락 직후 사담이 행방을 감추자 이 지하터널 때문에 사담의 해외도피설이 불거져 나왔다고 한다.

무려 258개의 방이 있다는 거대한 공화국 궁전 내부는 유럽의 이름난 왕궁만큼이나 호화로웠다. 궁전 내부에서 가장 인상적인 장소는 연회장이었다. 연회장은 그 어느 곳보다도 화려하게 꾸며져 있었다. 사방 벽과 바닥이 모두 고급 대리석으로 장식되었고 2층까지 탁 트인 높은 천장에는 휘황찬란한 샹들리에가 매달려 있었다. 한쪽 벽에는 스커드 미사일들이 적국을 향해 날아오르는 장면을 묘사한 벽화가 그려져 있었는데, 마치 북한의 정치선전 포스터를 보는 듯했다. 미군은 전쟁 전에 연회장이던 이곳을 식당(The Grand Dining Hall)으로 사용하고 있었다. 이곳의 풍경

공화국 궁전 연회장의 스커드 미사일 벽화

은 도무지 전쟁터와는 어울리지 않았다. 잔잔한 음악이 흐르는 가운데 각국 기자들과 미군들이 어울려 차를 마시거나 식사를 하면서 담소를 나누고 있었다. 궁전 건물 뒤 콩팥 모양의 수영장에서는 비키니 차림의 여군들이 수영과 일광욕을 즐기고 있었는데, 이런 모습을 지켜보면서 나는 내가 전쟁터 한복판이 아니라 유명 휴양지의 고급 리조트 호텔에 와 있는 것은 아닌가 하는 착각에 빠져들었다.

　흔히들 공화국 궁전을 사담의 영화를 상징하는 사담 대통령궁Saddam's Presidential Palace으로 착각하는 경우가 많은데, 사실 이곳은 사담이 직무를 보던 대통령 공관이었다. 사담의 사저私邸에 해당하는 으리으리한 사담 대통령궁은 그린존 서남부에 따로 있다. 철저히 베일에 가려졌던 사담 대통령궁은 미군 점령 이후에 비로소 외부에 공개되었는데, 방대한 규모와 사치스러움이 상상을 초월한다고 한다. 배를 타고 들어가야 할 만큼 넓은 인공호수 위에 중세 성채를 연상시키는 위풍당당한 건물이 자리 잡고 있는데, 건물은 전체가 이탈리아산 대리석으로 지어졌고 실내장식도 문고리에서 수도꼭지에 이르기까지 모두 금으로 제작되었을 만큼 호화롭다고 한다. 서재에서 칼리파의 옥좌를 본뜬 사담의 황금의자까지 발견되었다고 하니 사담의 사치와 탐욕이 어느 정도였는지 짐작할 수 있었다. 나중에 미국은 그린존에 있는 사담 대통령궁을 허물고 그 부지에 이라크 주재 미국 대사관을 세웠다. 바그다드에 신축된 미국 대사관은 세계에 산재한 미국 해외공관 중 가장 규모가 크다고 한다. 그곳을 포함해 사담 대통령궁은 이라크 전역에 걸쳐 총 72곳이나 된다고 하니 참으로 기가 찰 노릇이다. 자신의 거듭되는 실정으로 이라크 국민의 삶은 점점 피폐해져 가는데, 정작 사담은 국민의 고혈을 빨아 그처럼 엄청난 호사를 누렸다고 생각하니 저절로 분노가 치밀어 올랐다.

공화국 궁전은 이라크 역사의 부침에 따라 그 용도와 역할이 달라졌다. 공화국 궁전은 왕정 시절 국왕 파이살 2세의 거처로 처음 건설되었다. 1958년 민주혁명으로 왕정이 붕괴된 이후에 왕궁은 이라크 정부청사로 용도가 바뀌었다. 이때부터 왕궁은 공화국 궁전으로 불리기 시작했다. 1979년 사담이 집권하자 이곳은 대통령 공관으로 다시 한번 탈바꿈한다. 2003년 4월 바그다드 함락 후에는 미군정청으로 쓰이다가 2004년 7월 이라크 임시정부가 수립되어 미군정이 해체된 후에는 미국 대사관 건물이 되었다. 2009년 1월 사담 대통령궁 부지에 새로운 공관을 지어 미국 대사관이 이전한 후에야 겨우 이라크 정부청사 건물로 환원되었다.

공화국 궁전에서 모든 업무를 마치고 돌아 나오는데 건물 바깥 국기 게양대에 펄럭이는 대형 성조기가 보였다. 과거에 이라크의 통치기관이었던 건물에 점령군의 국기가 나부끼는 것을 보니 이라크가 완전히 미국의 식민지로 전락해 버린 것 같아 기분이 영 씁쓸했다.

구사일생

바그다드 시내에서 전투가 벌어진 지 이틀 후, 나는 공화국 궁전에서 열리는 HACC 회의에 참석한 채선영 씨를 데리러 가기 위해 카이사르가 운전하는 차를 타고 그린존으로 가고 있었다. 아침에 일행과 함께 알 라지 병원으로 출근한 나는 언제나처럼 점심거리를 마련하기 위해 시장에 갔다가 돌아오는 길에 공화국 궁전에 들러 채선영 씨를 태워 올 예정이었다. 평소와는 다른 일정 때문에 조금 일찍 알 라지 병원을 출발한 나는 먼저 마인우 봉사원을 알 만쑤르에 있는 이라크 적신월사에 내려 주고 그린존으로 향했다. 대한적십자사 아마무선봉사회 소속 봉사원이었던 마인우 씨는 틈틈이 이라크 적신월사에 들러 햄HAM을 이용해 우리 팀의 활동상을 전 세계에 타전하곤 했다. 이라크 적신월사 근처 시장에서 장을 본 나는 시간 맞춰 채선영 씨를 데리러 가기 위해 서둘러 그린존으로 향했다.

이라크 적신월사에서 알 만쑤르 거리를 따라 동쪽으로 가다 보면 얼마 지나지 않아 바그다드의 중앙공원이라고 할 수 있는 알 자우라al Zawra'a 파크가 나온다. 그린존으로 가려면 공원을 끼고 남쪽으로 이어지는 아즈 자이툰Az Zaytun 거리를 따라 계속 내려가야 한다. 이라크에서 가장 큰 공원인 알 자우라 파크는 바그다드의 허파 역할을 하는 드넓은 녹지 위에 인공호수, 동물원, 식물원, 놀이공원, 스포츠 시설 등이 조성되어 바그다드 시민의 쉼터 역할을 하는 곳이다. 사담 후세인은 이곳에서 가끔 공원 부설 동물원의 야생동물들을 숲속에 풀어 놓고 자신만의 사파리 사냥을 즐겼다고 한다. 사막기후인 바그다드 한복판에 그처럼 드넓은 녹지가 자리 잡고 있다는 것이 무척이나 이채로웠다.

공원 남쪽에는 그린존 역내에 이란과의 전쟁을 기념하는 대기념행사장 Grand Celebrations Square과 무명용사기념물Monument to the Unknown Soldier이 잇닿아 있다. 대기념행사장은 사담 집권기에 대규모 국가행사나 군사 퍼레이드가 열리던 장소다. 이곳에는 동서로 곧게 뻗은 1킬로미터에 이르는 편도 6차선 도로가 닦여 있고 도로 양편에 각각 2개의 기병도가 교차된 형태의 인상적인 조형물이 서 있다. 이 조형물은 사담 후세인의 손을 모델로 제작되었다고 하는데, 칼 하나의 길이가 43미터, 두 자루의 칼이 교차하는 지점의 높이가 40미터에 달할 만큼 거대하다. 8년간의 전쟁 중에 이란군에게서 노획한 대포와 탱크를 녹인 쇳물을 부어 제작했다는 이 조형물은 '승리의 손The Hands of Victory' 혹은 '까디시야*의 검The Swords of Qādisīyyah'이라 불린다. 승리의 손 조형물 기단부에는 이란군 포로들에게

---

* 중세 아랍군이 사산조 페르시아의 대군을 무찌른 역사적 전투의 이름이다. 636년 11월 16일에서 19일까지 나흘간 이어진 까디시야 전투에서 칼리드 이븐 알 왈리드Khalid ibn al-Walid가 이끄는 2만 5,000명의 아랍군은 20만 명에 달하는 페르시아군을 상대로 압승을 거두었다. 이 전투를 계기로 아랍은 숙적 사산조 페르시아를 멸망시키고 서아시아의 패권을 장악했다. 사담은 이란-이라크 전쟁이 이라크가 이란을 꺾고 승리한 전쟁이었다는 억지 주장에 정당성을 부여하기 위해 승전을 기념하는 조형물에 아랍이 페르시아(현재의 이란)를 상대로 대승을 거둔 전투의 이름을 따 '까디시야의 검'이라 명명했다.

이란-이라크 전쟁을 기념해 사담이 세운 승리의 손 조형물

이란-이라크 전쟁에서 전사한 병사들을 기리는 무명용사기념물

서 빼앗은 약 2,500개의 철모가 그물망에 가득 담겨 있다. 승리의 손은 거대한 크기와 독특한 생김새 때문에 이라크 파병 미군에게 가장 인기 있는 기념사진 촬영 장소가 되었다. 대기념행사장 오른편에는 거대한 비행접시가 지상에 불시착하는 것 같은 모양의 웅장한 건축물이 서 있는데 이란과의 전쟁에서 전사한 이라크 병사들을 기리는 추모관이다. 승리를 상징하는 명칭에도 불구하고 사실 두 건축물은 모두 패전을 감추기 위한 허울 좋은 정치선전 도구일 뿐이다. 8년 동안 엄청난 희생을 치르고도 이란과의 전쟁이 무승부(전쟁을 먼저 도발한 이라크 입장에서는 사실상 패배한 전쟁이었다.)로 끝나 버리자 사담은 무모한 전쟁을 일으켰다는 책임을 회피하기 위해 뻔뻔스럽게도 이란-이라크 전쟁에서 이라크가 최종적으로 승리했다는 억지 주장을 펼쳤다. 사담은 패전을 승전으로 둔갑시키기 위해 엄청난 공을 들여 그처럼 대단한 건축물을 세워 놓은 것이다. 과연 사담은 고작 그 정도의 정치선전만으로 세상을 속일 수 있다고 믿었을까? 손바닥으로 하늘을 가릴 수는 없는 법이다. 사담의 간계에도 불구하고 내 눈에는 두 건축물이 그저 사담의 거짓과 전쟁 범죄의 상징물로 보일 뿐이었다.

차창 밖으로 멀리 승리의 손 조형물이 보이자 그린존이 가까웠음을 알 수 있었다. 우리는 그날 아즈 자이툰 거리에 있는 검문소를 통해 그린존에 들어간 후 서쪽으로 방향을 틀어 7월 14일 광장을 지나 공화국 궁전에 들어갈 예정이었다. 하지만 그날 나는 미리 계획했던 대로 길을 잡아갈 수 없었다. 그린존으로 통하는 미군 검문소 앞에 도착해 보니 도로 한복판에서 대규모 군중이 길을 가로막고 격렬한 반미 시위를 벌이고 있었다. 미군이 처음 바그다드에 입성했을 때만 해도 이라크인들은 미군을 해방자로 여겨 열렬히 환영했다. 그러나 미군에 대한 이라크인들의 인식은 불과 두 달 만에 '해방자'에서 '침략자'로 바뀌었다. 5월 중에도 시내를 돌아다니다 보면 이라크인들이 미군을 상대로 시위를 벌이는 모습을 심심치 않게 볼 수 있었다. 그런데 시간이 흐를수록 점차 시위의 내용이 달라져 갔다. 처음에는 미군을 상대로 수도와 전기를 공급해 달라, 직업을 달라는 등 생활고를 해결해 달라는 민원성 시위를 벌이던 이라크인들이 5월 말부터는 공공연히 "Yankee go home!"을 외치며 적극적으로 반미 시위에 나서기 시작했다. 특히 최고행정관 폴 브레머가 5월 23일 전격 발표한 CPA 규정 제2호(이라크 군대와 국방부 그리고 정보부까지 모두 해체한다는 행정명령)는 이미 불붙고 있던 반미감정에 기름을 쏟아부은 격이 됐다. 이 조치로 말미암아 이라크인들은 미국이 이라크를 영구 지배할 속셈을 품고 있다고 의심하기 시작했다. 6월이 되자 반미 시위는 한층 규모가 커지고 시위 양상도 부쩍 과격해졌다. 아마도 그린존을 공격했던 반미 저항세력이 배후에서 시위를 주도하고 민중을 선동하고 있는 것 같았다. 6월 3일 사태 이후 그린존으로 통하는 길목에서는 반미 시위가 끊이지 않았다. 동쪽의 아즈 자이툰 거리뿐만 아니라 서쪽의 암살자의 문 앞길, 남쪽의 7월 14일 다리, 북쪽의 7월 14일 거리 등 그린존과 연결된 모든 거리에서는 연일 대규모 반미 시위가 벌어졌다. 그날 아즈 자이툰 거리는 차도를 가득 메운 시위대 때문에 통행불능 상태였다. 도로를 점거한 시위대는 발을 구르고 자그루타zaghrouta*를 내지르며 검문소를 지키는 미군들을 향해 연신 분노와 적대감을 쏟아 냈다. 성난 군중의 등등한

---

* 아랍인들이 환희, 분노, 적의, 축하, 응원 등 다양한 의미의 집단의식을 표출할 때 내지르는 괴성이다. 입안에서 혀를 빠르게 움직여 높고 날카로운 소리를 낸다.

미군과 대치 중인 이라크 시위대   ⓒ 조인원

기세에 눌려 우리는 감히 시위대를 뚫고 지나갈 엄두조차 내지 못했다. 앞서 가던 차들이 줄줄이 차를 돌려 시위 현장을 빠져나갔다. 할 수 없이 우리도 차를 돌려 왔던 길을 되돌아 나왔다.

채선영 씨 때문에 어떡하든 그린존에 들어가야 했던 우리는 길을 바꿔 암살자의 문 쪽으로 향했다. 그 상황에서는 그나마 그쪽 길이 가장 안전할 것 같았기 때문이다. 다마스쿠스 거리를 타고 알 자우라 파크를 오른쪽으로 우회하여 야파 거리에 들어서니 그린존으로 향하는 차들이 모두 그쪽 길로 몰려든 탓에 이미 심한 교통체증이 빚어지고 있었다. 앞선 차들을 따라 서행해 아랍아동병원Arab Child Hospital 앞에 다다르니 그곳에서도 예외 없이 길 건너편에서 반미 시위가 벌어지고 있었다.

야파 거리를 사이에 두고 시위대와 미군이 서로 마주보고 대치하고 있었다. 미군은 6월 3일 이후 경계를 더욱 강화했는지 아랍아동병원 앞에 임시 경계초소를 설치하고 병력과 장비를 전진 배치해 놓은 상태였다. 미군은 암살자의 문으로 이어지는 진입로를 브래들리 장갑차 2대를 맞대어 막아 놓았다. 한 치 앞도 내다보지 못하는 것이 인간이라고 했던가, 암살자의 문으로 다가가는 동안 길 건너편의 시위대 때문에 마음이 조금 불안하기는 했지만 그때까지만 해도 나는 잠시 후 벌어질 엄청난 사태를 전혀 예측하지 못하고 있었다.

 아랍아동병원 앞을 지나 막 암살자의 문을 향해 우회전하려는데, 미군정이 관용차로 쓰는 검은색 GMC 서버밴suburban SUV 6대가 연달아 진입로를 빠져나와 반대 차로 쪽으로 좌회전하려고 했다. 미군정 차량 행렬이 먼저 지나가도록 우회전 대기선에 정차해 있는데, 느닷없이 시위대 쪽에서 총성이 울려 퍼지더니 폭발물이 차도로 날아들었다. 곧바로 요란한 폭발음이 연속해서 들리더니 이제 막 야파 거리에 들어선 선두 차량이 불길에 휩싸이면서 멈춰 섰다. 선두 차량이 기습공격을 받고 급정차하자 뒤따르던 다른 차들이 미처 피하지 못하고 연쇄추돌을 일으키며 연달아 멈춰 섰다. 그러자 시위대 사이에서 무장괴한 서너 명이 차도로 뛰쳐나와 멈춰 선 미군정 차량 행렬 밑으로 수류탄을 굴려 넣었다. 또다시 귀청이 떨어져 나갈 것 같은 폭발음이 들리더니 이번에는 두 번째 차량마저 불타오르기 시작했다. 때를 기다렸다는 듯이 시위대로 위장했던 무장괴한들이 대거 도로 위로 쏟아져 나와 멈춰 선 미군정 차량들을 방패 삼아 맞은편 미군 경계초소를 향해 무차별 총격을 퍼붓기 시작했다. 하도 순식간에 벌어진 일이어서 나는 처음에는 무슨 일이 벌어졌는지조차 제대로 파악하지 못한 채 어리둥절할 따름이었다.

 거듭되는 무장괴한들의 공격에도 불구하고 멈춰 섰던 미군정 차량들이 속속 대열을 이탈해 총격전 현장에서 벗어나기 시작했다. 맨 먼저 네 번째 차량이 급히 우측으로 방향을 틀어 알 주마리야 다리 쪽으로 빠져나가자 후속 차량들이 줄줄이 그 뒤를 따랐다. 두 번째 차량을 들이받고 멈춰 섰던 세 번째 차량도 후미를 막고 있던 네 번째 차량이 비켜나자 즉시 후진했다가 우회전하여 여섯 번째 차량을 쫓아 알 주마리야 다리 쪽으로 빠져나갔다. 마지막으로 반파된 두 번째 차량이 불이 붙은 채로 덜컹거리며 후진해 가까스로 현장에서 벗어났다. 하지만 두 차례나 집중공격을 받고 멈춰 선 선두 차량은 끝내 움직이지 못하고 그 자리에서 전소되고 말았다. 미군정 차량들은 모두 방탄 처리가 되어 있는지 무수히 총격을 받아 가면서도 무사히 현장을 빠져나갔다. 기습공격을 받고 잠시 당황한 듯했던 미군은 미군정 차량들이 비켜나 시야가 확보되자 정신을 차리고 본격적인 반격에 나섰다. 야파 거리를 사이에 두고 미군과 무장괴한들 간에 치열한 총격전이 벌어졌다. 미군이 화력을 총동원해 반격하자 곧바로 전세가 역전됐다. 미군의 우세한 화력에 압도당한 무장괴한들은 얼마 버티지 못하고 시위대 군중과 뒤섞여 도주하기 시작했다. 도로는 삽시간에 아수라장으로 돌변했다. 시위대를 향해 총탄이 빗발치듯 날아들자 시위대는 아우성을 치며 사방으로 뿔뿔이 흩어졌다.

 우회전 대기선에 서 있던 차량들 중에 우리 차는 앞에서 세 번째였는데, 앞차 2대가 총격전을 피해 유턴을 시도했다. 승합차 뒷좌석에 앉아 있던 나는 운전석으로 몸을 내밀고 덜덜 떨리는 손으로 앞차를 가리키며 우리도 어서 앞차들을 따라 유턴을 하라고 카이사르를 다그쳤다. 선두 차가 유턴을 하고 두 번째 차가 막 돌아서고 나니 우리 차가 선두가 되었다. 이제 막 우리 차도 유턴을 시도하려는 순간, 미군의 총격을 피해 도로로 내려선 군중과 앞차가 뒤엉키면서 설상가상으로 우리 차는 총격전 한복판으로 밀려나와 오도 가도 못하는 처지가 되었다. 일촉즉발의 위기 상황이었다. 눈앞에서 섬광이 일면서 총탄이 핑핑 지나다녔다. 브래들리 장갑차까지 공격에 가담했는지 느리고 둔탁한 25mm 기관포 소리가 진동하기 시작했다. 브래들리 장갑차에 탑재된 25mm 기관포는 열화우라늄탄을 사용하면 탱크의 장갑판도 뚫을 수 있을 만큼 위력적인 무기다. 큰 북을 마구 두드리는 것 같은 25mm 기관포 소리가 고막을 울릴 때마다 엄습해 오는 공포감에 온 몸이 점점 오그라드는 것 같았다. 나는 내가 목도하고 있는 광경을 믿을 수가 없었다. 눈앞에서 벌어지는 일이 실제가 아니라 영화의 한 장면 같았다. 나는 공포에 사로잡혀 패닉 상태에 빠져버렸다. 귀가 먼 것도 아닌데 천지가 뒤집어지는 것 같은 총성과 사람들의 아우성이 일순간에 사라져 버려 아무 소리도 들리지 않았고, 시간의 흐름이 느려지기라도 한 것처럼 주위의 움직임이 모두 슬로 모션으로 보였다. 마치 어두운 영화관에 홀로 앉아 느리게 돌아가는 무성영화를 보고 있는 것 같은 착각이 들었다.

그때 차 앞으로 총을 든 한 사내가 불쑥 모습을 드러냈다. 미군의 공격을 피해 도주하던 그 사내는 도망치다 말고 뒤돌아서서 미군을 향해 AK-47 자동소총을 난사하기 시작했다. 다음 순간 섬광이 번쩍 하는가 싶더니 바로 코앞에서 그 사내의 몸뚱이가 풍선처럼 퍽 터져 버렸다. 25mm 탄환이 뚫고 지나가면서 그의 몸을 산산조각 내버린 것이다. 갑자기 차 앞 유리가 수박화채를 쏟아부은 것처럼 피범벅으로 변했다. 방금 전까지 눈앞에서 총을 쏘던 사내의 모습은 흔적도 없이 사라져 버리고 골반까지 모조리 날아가 버린 두 다리만 덩그러니 남아 있었다. 잠시 후 주인을 잃은 두 다리는 힘없이 길 위에 툭 쓰러졌다. 머리털이 쭈뼛 설 만큼 충격적인 장면에 나는 순간 혼비백산해 버렸다. 어떻게 뒷좌석 사이 차 바닥에 납작 엎드리기는 했는데 그다음부터 온몸이 경직되어 옴짝달싹할 수조차 없었다. 순간적으로 머릿속이 하얘지면서 아무 생각도 떠오르지 않았다. 어찌나 겁이 나던지 바지에 오줌을 쌀 뻔했다. 나는 한동안 고개조차 들지 못했다. 차창 밖 상황이 궁금해 밖을 내다보고 싶은 마음이 굴뚝같았지만 너무나 긴장한 나머지 몸이 말을 듣지 않았다. 발끝에서 시작된 쥐가 다리를 지나 허리까지 올라오는 것이 느껴졌다.

총소리가 그치고 나서 얼마 후 차창을 두드리는 소리에 억지로 고개를 들어 보니 현장 수색에 나선 한 미군 병사가 차창을 두드리며 내게 무사한지를 묻고 있었다. 그제야 겨우 몸을 일으킬 수 있었다. 숨이 막히는 것 같아 차문을 열고 길로 내려섰으나 다리에 힘이 풀려 그대로 무릎을 꿇고 길바닥에 푹 고꾸라졌다. 후끈 달아오른 프라이팬처럼 열기를 내뿜는 아스팔트 위에 엎드려 있는데도 내 몸에서는 식은땀이 줄줄 흐르고 경련이 일 만큼 한기가 느껴졌다. 가까스로 고개를 들어 보니 운전석에서 빠져나온 카이사르가 목을 꺾고 길바닥에 토하고 있었다. 주변을 둘러보니 일대는 그야말로 아비규환이었다. 불타는 자동차, 도로 위에 나뒹구는 시체들, 단말마의 비명을 내지르며 몸부림치는 부상자들, 차마 눈 뜨고 볼 수 없는 광경이 펼쳐지고 있었다. 상황 정리에 나선 미군이 외국인 생존자들을 재촉해 길 위에 뒤엉킨 차들을 안전한 그린존 안으로 인도했다. 암살자의 문을 지나 마침내 공화국 궁전 역외 주차장에 들어서니 그때서야 안도의 한숨이 터져 나왔다. 절체절명의 위기는 그렇게 지나갔다. 지금 생각해 보면 긴박했던 순간은 불과 5분 남짓한 짧은 시간이었다. 하지만 그 순간은 내 인생에서 가장 긴 5분이었다. 그 순간에 1분은 내겐 1시간보다 더 길게 느껴졌다.

잠시 후 주차장에서 채선영 씨를 만나 무사히 그린존을 빠져나왔다. 그린존이 점점 멀어질수록 오히려 안도감이 깊어졌다.

알 라지 병원으로 돌아오는 길에 하얗게 질려 버린 나와 카이사르의 얼굴을 보고 심상치 않은 낌새를 눈치 챈 채선영 씨가 내게 무슨 일이 있었느냐고 물었다. 나는 아무 일 없었노라고 얼버무렸다. 뭔가 미심쩍어하면서도 채선영 씨는 고맙게도 더 이상 캐묻지 않았다.

나는 그날 있었던 일을 아무에게도 말하지 않았다. 무엇보다도 그때 그 순간 내가 그토록 겁을 먹고 벌벌 떨었다는 것이 남부끄러웠다. 그리고 그 일을 다른 사람 앞에서 자꾸 되뇌면 악몽 같은 기억이 더 오래 갈 것 같았기 때문이다. 나는 그저 한시라도 빨리 그 일을 잊고 싶었다. 그날 병원에 돌아온 이후에도 나는 반쯤 넋이 나가 있었다. 그날 오후가 어떻게 지나갔는지 도통 기억이 나지 않는다. 호텔에 돌아와서도 망아상태忘我狀態는 지속되었다. 저녁을 먹는 동안에도 음식이 입으로 들어오는지 코로 들어오는지 구별할 수 없을 만큼 정신이 없었다. 일행과 떨어져 객실로 돌아와 문을 닫고 방안에 혼자 있게 되자 그때에야 겨우 정신이 돌아오는 것 같았다. 그 순간 머릿속에서 VTR의 되감기 기능이 수행된 것처럼 기억이 사고 당시로 되돌아갔다. 심장이 멎을 것 같은 공포와 전율이 금방 되살아났다. 갑자기 격렬한 욕지기가 치밀어 올라 화장실로 달려가 변기에 엎드려 배 속에 든 것을 모두 토해 냈다. 나는 그날 밤을 뜬

눈으로 지새웠다. 잠을 자려고 해도 도무지 잠이 오지 않았다. 그 후로 한동안 심한 외상후스트레스장애에 시달렸다. 신경이 날카로워져 주변에서 큰 소리만 나도 소스라치게 놀라곤 했다. 밤에도 깊은 잠을 이루지 못했다. 신경성 장염까지 생겨 배탈, 설사로 일주일 넘게 고생했다. 그날 나는 정말 죽을 뻔했다. 그냥 힘들었다는 뜻이 아니라 진짜로 저승 문턱까지 갔다 왔다. 미군이 보장하는 안전지대 그린존이 나에게는 데스존 Death Zone이 될 뻔했다. 그때 그 사건을 나는 평생 잊지 못할 것이다.

12. 국제구호의 이상과 현실

이라크를 향한 국제사회의 온정

6월이 되자 이라크의 평화 정착과 재건에 대한 국제사회의 기대와 관심은 한층 높아진 듯했다. 실제로 6월 들어 이라크 정세는 5월보다 악화되었으나, 현실과는 무관하게 이라크의 미래에 관한 국제사회의 여론은 낙관론 쪽으로 기울고 있었다. 중동문제 전문가들조차 이라크에서 전쟁은 이미 종식되었고 조만간 미군 주도하에 안정이 도래할 것이라고 전망했다. 이런 분위기를 반영하듯 한 달 새 바그다드에 체류하는 외국인의 수는 눈에 띄게 증가했다.

이 무렵 바그다드를 찾는 외국인은 크게 두 부류로 나뉘었다. 한 부류는 이익을 찾아 몰려드는 상인들이었고, 다른 부류는 선의를 품고 바그다드를 찾는 사람들이었다. 미국은 5월 18일 이라크에 대한 경제제재 조치를 해제하고 각국 민간인들에게 이라크 국경을 전면 개방했다.* 이날을 기점으로 외국인들이 대거 이라크로 몰려들기 시작했다. 공교롭게 우리 팀도 바로 이날 이라크에 입국했다. 5월 18일 우리 팀이 바그다드에 첫발을 내딛었을 때만 해도 소수의 외국인만이 시내에 머물고 있었다. 그나마 대부분이 외신기자들이었다. 몇몇 국제기구와 NGO가 우리보다 먼저 바그다드에 들어와 활동하고 있었으나 그 수가 얼마 되지 않았다. 그러나 시간이 지날수록 바그다드에 찾아오는 외국인이 점차 늘어 가더니 6월이 되자 세계 도처에서 봇물 터지듯 밀려들기 시작했다. 이라크에 대한 국제사회의 관심사는 이제 확실히 전쟁에서 재건으로 바뀌어 가고 있었다. 이라크를 지원하려는 국제사회의 참여 열기 또한 그 어느 때보다 높았다. 이라크에 입국하는 외국인들의 직업군도 다양해졌다. 외신기자들은 점차 바그다드를 떠나는 추세였으나, 그들을 대신해 국제기구와 NGO 관계자들 그리고 민간사업자들이 줄지어 바그다드로 몰려들었다. 바그다드에 체류하는 외국인이 폭증하자 외국인들이 선호하는 팔레스타인, 쉐라톤 등의 호텔에서 방을 구하기가 어려울 지경이 되었다. 사정이 이렇다 보니 5월 중순 하룻밤에 50달러 수준이던 이 호텔들의 숙박비가 6월 초에는 80달러까지 치솟았다. 전쟁을 피해 다른 나라로 철수했던 각국 대사관 직원들도 속속 바그다드로 복귀했다. 이라크에서 활동하는 국제구호단체의 수도 부쩍 늘어났다. 우리가 바그다드에서 활동을 개시했

---

* UN 차원의 이라크 경제제재 해제에 관한 공식 성명은 2003년 5월 21일에 발표되었다. 그러나 미군은 이보다 사흘 앞선 5월 18일에 이라크 국경을 전면 개방했다.

을 때만 해도 바그다드에서 활동 중인 국제구호단체는 대여섯 개에 불과
했다. 그런데 약 보름 만에 바그다드는 국제구호단체들의 박람회장으로
돌변해 버렸다. 6월 초에는 바그다드에서 활동하는 구호단체가 40여 개
로 늘어나더니 우리가 바그다드를 떠날 무렵에는 그 수가 무려 100여 개
에 달했다. 아마도 대외적으로 이름이 알려진 구호단체는 거의 모두 바
그다드에 들어와 있는 듯했다.

국제구호활동을 벌이는 단체는 크게 GO(Governmental Organization : 정
부기관)와 NGO(Non-governmental Organization : 비정부단체)로 나뉜다. GO
로는 UNDRO(United Nations Disaster Relief Organization : 유엔재해구호기
구), UNHCR(United Nations High Commissioner for Refugees : 유엔난민기구),
UNICEF(United Nations Children's Fund : 유엔아동기금), WFP(World Food
Programme : 세계식량계획) 등 UN 산하기관, 그리고 적십자 조직을 들 수
있다. 국제구호단체는 아니지만 유사한 영역에서 활동하는 미국의 평화
봉사단Peace Corps이나 우리나라의 코이카KOICA도 GO에 속한다. 엄밀
히 말해 적십자는 정부기관이 아니라 민간국제기구다. 그러나 각국 적십
자사의 설립은 그 나라 정부의 제네바 협약 체결을 전제로 하고, 국제적십
자 조직의 지위와 권한은 국제법*에 따라 정해지고 보장받으므로 적십자를
GO의 범주에 포함시켜도 무방할 것이다. 재정 구조와 조직 규모 면에서
도 적십자를 NGO로 분류하기에는 무리가 있다. 각국 적십자사는 예산

---

* 이와 관련된 국제법상의 법률적 근거는 1864년 최초의 제네바 협약을 계승한 1949년 4개
  제네바 협약과 1977년 2개의 추가의정서다. 국제법 규정에 따라 국제적십자 조직은 UN
  을 비롯한 국제기구에 준하는 특전과 면책을 부여받는다. 이에 힘입어 국제적십자요원
  International Red Cross Agent은 현장에서 중립성과 독립성을 갖고 활동할 수 있다.

의 일부를 자국 정부로부터 지원받고 있고 NGO라 하기에는 규모도 너무 크기 때문이다. 반면 NGO는 말 그대로 정부와 무관하게 설립되고 운영되는 민간단체로 대부분 국제구호단체가 이 범주에 속한다. 국경없는의사회Médecins Sans Frontiéres, Doctors without Borders, 머시코Mercy Corps, 세이브더칠드런Save the Children, 플랜인터내셔널Plan International, 옥스팜Oxfam International, 월드비전World Vision, 카리타스Caritas Internationalis, 케어인터내셔널Care International 등이 국제구호활동을 하는 대표적 NGO들이다.

이라크 구호활동에 참여한 수많은 단체 중에 단연 돋보이는 조직은 역시 적십자였다. 국제적십자위원회International Committee of the Red Cross; ICRC는 이미 전쟁 전부터 이라크에 들어와 활동하고 있었다. 전쟁이 발발하자 누구보다도 먼저 전쟁터에 뛰어들어 전쟁범죄 예방과 감시, 난민문제 해결을 위해 활발한 활동을 펼쳤다. ICRC보다는 조금 늦었지만 국제적십자사·적신월사연맹International Federation of Red Cross & Red Crescent Societies; IFRC도 바그다드에 들어와 별도의 사무실을 개설하고 각국 적십자사 ERU*들을 진두지휘하여 활발한 구호활동을 벌이고 있었다. 각국 적십자사 ERU들도 앞다투어 이라크에 진출하기 시작했다. 이라크에서 활동한 각국 적십자사들 중에 대한적십자사는 비교적 일찍 활동을 시작한 편에 속한다. 6월 이전에 이라크에 들어와 적십자 활동을 시작한 나라는 한국을 포함해 불과 8개국뿐이다. 한국보다 먼저 이라크에 적십자 ERU를 파견한 나라는 사우디아라비아, 카타르, 아랍에미리트연합UAE, 프랑스, 이탈리아가 전부다. 대한적십자사의 이라크 진출은 미국이나 일

---

* ERU(Emergency Response Unit): 적십자사가 구호를 위해 재난현장에 파견하는 긴급 대응팀.

본 적십자사보다도 빨랐다. 6월 중순까지 이라크에 적십자 ERU를 파견한 나라는 21개국으로 불어났다. 이 밖에도 적십자는 이라크 긴급구호와 재건을 위해 엄청난 규모의 재정지원을 했다. ICRC는 1억 800만 스위스 프랑(한화 1,240억 원 상당)을, IFRC는 1억 1천만 스위스 프랑(한화 1,263억 원 상당)을 각각 이라크에 지원했는데, 이는 UN을 제외한 여타 세계 모든 단체의 이라크 지원금 총액보다도 많은 액수였다. ICRC와 IFRC의 이라크 지원금은 세계 각국 적십자사가 보내온 분담금을 모아 충당했는데, 각국 적십자사가 마련한 분담금은 자국 정부의 재정지원 없이 순수 민간 모금을 통해 조성되었다.

세계 각국에서 수많은 구호단체가 이라크에 들어와 활동하는 모습을 지켜보면서 나는 새삼 '지구촌'이라는 단어가 머릿속에 떠올랐다. 지구촌이라는 단어는 이제 신조어 축에도 못 낀다. 그만큼 세계 각국의 연계성이 높아지고 세계인이 한 이웃처럼 지낸다는 의미일 것이다. 2003년 초여름 이라크는 절망적인 전쟁터이자 인류애가 구현되는 희망의 장이었다. 이역만리 타국에서 벌어진 전쟁에 세계 여러 나라 사람들이 그토록 깊은 관심을 기울이고 곤경에 처한 이라크인들을 돕기 위해 적극적으로 구호활동에 나서는 모습을 지켜보면서 나는 저절로 가슴이 훈훈해졌다. 더욱 자랑스러운 점은 이라크에 들어와 활동하는 NGO 중에 한국 국적의 단체들도 여럿 있었다는 사실이다. 세계 각국 NGO들의 국제구호 참여도는 그 나라 국력에 비례한다. 이라크에서 활동하는 NGO의 수와 규모를 국적별로 나누어 살펴보면 정확하게 소속국가의 국력과 일치함을 알 수 있다. 같은 적십자 ERU들을 살펴봐도 선진국에서 온 ERU의 규모는 우리 팀과 비교가 되지 않았다. 일례로 5월 말 바그다드에 들어와 활동을 시작한 일본 적십자사 긴급의료지원단은 전체 인원이 우리 팀의 두 배가 넘는 40여 명에 달할 만큼 대규모였다. 그들이 가져온 의료장비 역시 우리 팀으로서는 상상도 못할 수준이었다. 일본 적십자사 긴급의료지원단은 자체 앰뷸런스까지 구비할 만큼 많은 의료장비를 가져왔다. 다른 나라 적십자사 직원들이 일본 적십자사 긴급의료지원단이 보유한 의료진과 의료장비들을 보고 종합병원을 옮겨 왔다고 평할 정도였다. NGO들의 면면을 살펴봐도 선진국에서 온 NGO들의 참여도나 활동상은 우리나라 NGO들이 감히 견줄 수 없는 수준이었다. 비록 모든 면에서 선진국 수준에는 미치지 못했으나 한국에서도 무려 13개나 되는 NGO가 이라크에 들어와 구호활동에 참여하고 있었다. 그것은 한국의 국력이 괄목상대하게 증대되었음을 증명하는 현상이었다. 1950년대 초반 세계 최빈국 중 하나였던 대한민국이 이제는 다른 나라를 도울 수 있는 나라로 급성장한 것이다. 실제로 전 세계에서 원조를 받는 나라에서 원조를 주는 나라로 바뀐 사례는 한국이 유일하다고 한다. 1986년부터 우리나라는 공식적으로 국제원조 공여국 대열에 합류했다. 참고로 우리나라가 받아들인 마지막 대규모 해외(?)원조는 1984년 여름 북한의 수해지원이었다.

NGO, 아직 갈 길이 멀다

하지만 NGO들의 이라크 구호활동 참여가 반드시 긍정적 측면만 있는 것은 아니었다. 세상만사가 밝은 면이 있으면 어두운 면도 있는 법, NGO들의 활동은 많은 문제점을 드러냈다.

가장 먼저 눈에 띄는 NGO들의 문제점은 이 단체들이 열의만 앞설 뿐 실질적 활동역량이 부족하다는 점이었다. NGO는 역사가 짧고 규모도 작다. NGO가 본격적으로 세상에 모습을 드러낸 것은 20세기 중반 들어서이다. 국제구호라는 분야가 NGO의 활동 영역에 들어간 것은 더욱 역사가 짧다. 불과 최근 30년 사이의 일이다. 그런 만큼 국제구호 분야에서 NGO는 경험이 일천하고 활동역량에 한계가 있을 수밖에 없다. 그렇다고 반드시 NGO가 GO에 비해 불리한 것만은 아니다. NGO는 행동이 재빠르고 지역에 따라 활동을 특성화할 수 있다는 것이 장점이다. 실제로 NGO는 평시 저개발국 지원 사업 부문에서는 큰 성과를 내고 있다. 가벼운 질환의 경우 동네 병원이 종합병원보다 더 유리할 수 있는 것과 같은 이치다. 그러나 대규모 구호활동 분야에서는 NGO가 한계를 드러낼 수밖에 없다. 더구나 분쟁지역에서 활동하기에 NGO는 분명 역부족이다. 위험요소가 상존하는 분쟁지역에서의 구호활동이야말로 최고 난이도의 구호역량이 필요하기 때문이다. 재난지역에서 효과적인 구호활동을 전개하기 위해서 구호단체는 반드시 조직적이고 체계적인 시스템과 함께 숙련된 전문 인력을 갖추어야 한다.

적십자를 예로 들어 보자. 세계 어느 곳에서든 긴급구호가 필요한 상황이 발생하면 스위스 제네바에 위치한 본부에서 즉시 재난현장에 FACT(Field Assessment Coordination Team)를 파견한다. FACT는 군대로 치면 정찰대에 해당한다. 적십자 최고의 정예요원으로 이루어진 FACT는 현장에 파견되어 실사를 통해 재난의 성격과 규모, 피해내역을 정확히 파악한 후 상세한 보고서를 작성해 제네바 본부에 제출한다. 제네바 본부는 FACT 보고서를 토대로 해당 재난상황에 알맞은 적절한 구호계획을 수립한다. 제네바 본부는 수립된 구호계획에 따라 각국 적십자사의 지원을 받아 필요한 인력과 장비 및 구호물자를 끌어모아 재난현장에 신속히 투입한다. 긴급구호의 경우 일련의 과정이 상황 발생 일주일 내에 완료되는데, 재난의 성격에 따라 전쟁이 발발하면 ICRC가, 자연재해가 발생하면 IFRC가 주체가 되어 이 모든 과정과 절차를 진두지휘한다. 적십자의 국제구호활동은 제네바 본부와 각국 적십자사 간에 유기적 공조와 상호 보완을 통해 이루어진다. 이때 제네바 본부는 사령부 역할을, 각국 적십자사는 전초기지 역할을 수행한다. 각국 적십자사들은 유사시에 대비해 일정량의 구호물자와 장비를 상시 비축하고 있다. 그뿐만 아니라 일단 상황이 발생하면 해외 재난현장에 신속하게 투입할 수 있도록 각 분야의 전문 인력을 양성해 보유하고 있어야 한다. 전시에 포로 교환 협상이나 국제법 위반 여부를 감시하는 등의 특수 임무를 수행하는 전문요원들은 제네바 본부 차원에서 모집해 운영하지만 재난현장에서 직접 구호활동을 벌이는 실무 담당자들을 선발하여 훈련하는 것은 각국 적십자사들의 몫이다. 적십자사 직원이라고 해서 모두 해외 재난현장에 파견되어 국제적십자요원으로 활동할 수 있는 것은 아니다. 국제구호업무는 정해진 교육과정을 이수하고 엄격한 시험을 통해 일정한 자격을 획득한 직원에 한해 파견 기회가 부여된다.

각국 적십자사가 해외 재난현장에 인력을 파견할 때에는 개별적으로 파견하기보다는 팀을 구성하여 투입하는데, 이때 긴급하게 파견되는 구호팀을 ERU(Emergency Response Unit)라고 부른다. ERU는 보통 의료지원팀인 경우가 많지만 필요에 따라 조난자 수색구조팀, 보건위생관리팀, 복구를 위한 기술지원팀, 교육지원팀 등 다양한 성격의 ERU가 파견되기도 한다. 제네바 본부는 각국 적십자사에 보통 2~3개 팀의 ERU를 구성해 보유할 것을 권고하고 있는데, 실제로 해외 재난지역에 ERU를 파견할 능력이 있는 적십자사는 전 세계를 통틀어 40개 남짓이다.

제네바 본부는 구호물자와 인력을 효율적으로 관리하기 위해 전 세계 적십자사를 포괄하는 데이터베이스 망을 구축해 놓았다. 이 데이터베이스 덕분에 적십자는 언제 어디에라도 신속하게 인력과 물자를 동원할 수 있다. 적십자 국제구호 시스템은 '상황 파악→계획 수립 및 준비→긴급구호 실행→재난 복구 및 개발', 이렇게 총 4단계에 걸쳐 진행된다. 국제구호 전 과정을 통해 계획수립 및 준비 단계에서 제네바 본부는 가장 핵심적인 역할을 수행하게 된다. 앞서 설명한 대로 제네바 본부는 유사시에 일단 FACT를 현장에 파견하여 상황을 정확하게 파악하고, 상황에 맞춰 적절한 구호계획을 수립한다. 구호계획 수립과 동시에 데이터베이스를 검색해 필요한 물자와 인력의 소재를 파악한 후 해당 물자와 인력을 보유한 각국 적십자사에 통보해 신속히 지원이 이루어질 수 있도록 조처한다. 제네바 본부는 구호활동이 효율적으로 이루어지도록 각국 적십자사가 분담할 역할을 배정하고 지원 내역을 조정하는데, 이때 데이터베이스는 대단히 요긴하게 쓰인다. 제네바 본부는 데이터베이스를 활용하여 세계 각국에 퍼져 있는 구호인력을 적재적소에 배치하고, 필수 구호물자가 종류별로 중복되거나 미달되지 않고 적정량이 지원될 수 있도록 조절한다. 긴급구호 실행 단계에 들어서면 그때까지 대기상태에 있던 각국 적십자사들이 전면에 나서 구호활동을 주도한다. 각국 적십자사는 제네바 본부의 요청에 따라 물자를 지원하고 인력을 파견하여 본격적인 구호활동에 나선다. 이때 각국 적십자사가 구호물자를 현물로 지원하는 경우는 드물다. 대개 개별 국가의 경제력에 맞춰 할당된 분담금을 제네바 본부에 송금하는 형태로 지원이 이루어진다. 긴급구호는 시간과의 싸움이기 때문에 구호물자가 가능한 한 빨리 재난현장에 투입되어야 한다. 그러므로 대부분 구호물자 운반은 항공운송에 의존하는데, 알다시피 항공운송은 운임이 매우 비싸다. 지구 반대편에 있는 나라에서 구호물자를 직접 실어 보내려면 구호물자의 가격보다 운임이 더 많이 드는 경우가 허다하다. 이런 낭비와 비효율을 방지하기 위해 제네바 본부는 분담금 제도를 운영하는 것이다. 즉, 실제 구호물자 지원은 재난현장과 인접한 국가의 적십자사를 통해 이루어지고, 나중에 제네바 본부가 분담금을 모아 조성한 구호자금으로 물건값을 대납하는 방식이다. 긴급구호 실행 단계에서 재난현장과 인접한 국가의 적십자사는 정보 수집과 병참 지원을 담당하는 전초기지 역할을 한다. 이라크 구호활동이 진행되는 동안 이 역할은 사우디아라비아, 아랍에미리트연합, 요르단, 터키, 카타르 등의 인접 국가 적신월사들이 맡았는데, 그중에서도 특히 요르단 적신월사가 핵심적인 역할을 수행했다. 긴급구호 실행 단계가 지나면 장기간에 걸쳐 재난복구 및 개발 사업이 이어진다. 이 단계는 재난을 당한 국가가 자립할 기반을 만들어 주는 것이 목적이다. 기본적인 사업은 제네바 본부가 일괄 추진하지만 특정 분야의 사업은 각국 적십자사가 해당 국가와 상호 계약을 체결해 개별적으로 추진하기도 한다.

이에 비해 NGO의 구호 시스템은 허술한 부분이 많고, 현장에서 구호 업무를 담당하는 직원들의 직무 전문성이나 현장경험도 몇몇을 제외하고는 대체로 미흡한 수준이다. NGO 구호 시스템의 가장 큰 허점은 상황 파악과 계획 수립 및 준비 단계 없이 바로 긴급구호 실행 단계에 돌입한다는 것이다. GO에 비해 NGO는 상대적으로 조직 규모가 작고 재정

또한 취약하다. 제법 규모가 크다는 월드비전이나 세이브더칠드런 같은 NGO조차 실제 조직의 크기는 적십자를 비롯한 GO에 비할 수 없을 정도로 작다. 심지어 이라크에서 활동한 NGO 중에는 전체 직원 수가 수십 명에 불과한 영세한 규모의 구호단체도 여럿 있었다. 사정이 이렇다 보니 많은 NGO가 조직적이고 체계적인 시스템은 고사하고 아예 시스템이라 부를 만한 절차나 체계도 없이 무턱대고 이라크 구호활동에 뛰어들었다. 실제로 적십자처럼 전 세계를 망라하는 조직망을 가지고 있고 전체 회원국 단체들의 개별 구호활동을 총괄하고 조절하는 기능을 수행하는 제네바 본부와 같은 중앙통제 시스템을 갖춘 NGO는 극소수에 불과하다. GO를 포함한다 해도 적십자를 제외하고는 긴급구호 실행 단계 전에 재난현장에 직접 가서 실사를 통해 상황을 파악하는 FACT와 유사한 제도를 운영하는 구호단체는 거의 없다. 대부분 구호단체들은 고작 언론의 외신 보도를 통해 재난현장에 대한 정보를 얻을 따름이다.

정확한 상황 파악과 충분한 준비 없이 무작정 재난현장에 뛰어들다 보니 NGO들의 구호활동이 이라크 상황에 부응하지 못하는 경우가 허다했다. 국제적으로 인지도가 꽤 있다는 NGO들조차 이런 실수를 피해 가지 못했다. 바그다드에 머무는 동안 우연히 기회가 생겨 제법 이름난 NGO가 운영하는 난민 캠프를 방문한 적이 있었다. 그 단체가 운영하는 난민 캠프는 겉으로 보기에는 큰 문제가 없어 보였다. 그러나 자세히 살펴보니 몇 가지 어처구니없는 실수가 눈에 띄었다. 난민 캠프에 설치된 텐트를 살펴보니 세계 다른 지역에서 많이 사용하는 일반 방수포로 제작된 제품이었다. 보통 방수포는 바람이 잘 통하지 않고 열에 약하다는 단점이 있다. 일반 방수포로 만든 텐트는 고온 건조한 사막기후에서 사용하기에는 적합하지 않다. 난민 캠프에 설치된 텐트 안은 너무 덥고 답답해서 한 증막을 방불케 했다. 텐트 안에 직접 들어가 보니 대번에 숨이 턱 막혀서 잠시만 머물러도 금방 질식해 쓰러질 것만 같았다. 그 안에서 생활하는 난민들의 고초가 이만저만이 아니었을 것이다. 강수량이 적은 아라비아 사막의 유목민 베두인족이 거주하는 천막은 방수기능보다는 통풍이 잘되면서도 강한 햇볕을 차단할 수 있는 재질의 천으로 만든다. 적십자가 운영하는 난민 캠프에서 사용하는 텐트는 사우디아라비아, 요르단, 카타르 등 인접한 아랍 국가들에서 제작된 것이어서 사막기후인 이라크에서 사용하기에 알맞은 제품이었다. 그리고 텐트 안을 살펴보니 NGO에서 나누어 준 두꺼운 담요와 난방기구가 보였다. 물론 텐트, 두꺼운 담요, 난방기구, 이렇게 세 가지는 재난현장에서 난민들에게 배포되는 구호물자 세트에 결코 빠지지 않고 들어가는 필수 품목이다. 그러나 한밤중에도 여간해서는 기온이 섭씨 35도 이하로 떨어지지 않는 바그다드의 초여름 날씨에는 전혀 필요 없는 물건들이었다.

한국 NGO들이 이라크인에게 나누어 주는 기초 의약품 중에는 소화제, 비타민, 아스피린 등과 함께 종합감기약이 포함된 경우가 많았다. 별일 아니라고 생각하기 쉬우나 더운 나라 사람들에게 종합감기약은 때로 심각한 부작용을 일으킬 수 있어서 주의해야 한다. 열대지방에 사는 사람들은 비교적 감기에 덜 걸리기 때문에 감기약에 대한 내성이 약한 편이다. 그러므로 추운 겨울철이 있는 나라에서 제조된 종합감기약은 열대지방에 사는 사람들에게는 약효가 지나치게 강해서 부작용이 생길 확률이 크다. 실제로 캄보디아에서 감기 증세가 있는 현지인에게 내가 상비약으로 가지고 다니던 종합감기약을 무심코 먹였다가 혼수상태 비슷한 증상을 나타내는 바람에 크게 당황했던 적이 있다.

이슬람 문화에 대한 몰이해 때문에 빚어지는 실수도 적지 않았다. 어떤 NGO가 나누어 준 구호식량 세트에 스팸 통조림이 들어 있었던 탓에 한바탕 소동이 벌어진 적이 있었다. 구호식량 세트 상자에서 스팸 통조림을 발견한 이라크인들이 NGO 직원들을 향해 상자에 들어 있던 물병과 음식물을 집어던지며 격렬하게 항의했다. 알다시피 스팸의 주재료는 돼지고기인데, 돼지고기는 무슬림에게 가장 강력한 하람haram(이슬람의 종교적 금기) 중 하나다. 무슬림에게 돼지고기를 권하는 것은 그들에게는 대단한 모욕이 되므로 주의해야 한다. 또 다른 NGO는 바그다드의 한 초등학교를 방문해 학생들에게 과자와 사탕이 든 선물세트를 나누어 주었는데, 그 안에 구미gummi가 포함된 바람에 교사와 학부모들이 거칠게 항의하는 일도 있었다. 구미의 원료로 쓰이는 젤라틴 역시 돼지고기에서 추출한 동물성 단백질로 만들기 때문이다. 같은 이유로 무슬림들은 젤라틴 성분이 함유된 초코파이나 떠먹는 요구르트, 돼지고기 성분이 포함된 스프 분말이 든 라면 등도 먹지 않는다. 그리고 여의사를 동반하지 않은 NGO 의료팀은 이라크 환자 진료에 많은 어려움을 겪었다. 남녀 구분이 엄격한 이슬람 문화 때문에 중동 지역 여성들은 남자 의사에게 진찰받는 것을 극도로 꺼린다. 시진, 촉진은 고사하고 문진조차 거부하는 경우가 많다. 그래서 남자 의사로만 이루어진 NGO 의료팀들은 어쩔 수 없이 환자의 대부분을 차지하는 여성들을 그냥 돌려보내야만 했다. 이 모두가 준비와 경험이 부족해서 생긴 문제들이었다.

NGO 관계자들의 자질과 전문성 부족도 큰 문제였다. NGO 관계자들 중에 재난현장에서 국제구호업무를 원활히 수행할 수 있는 적절한 자격과 능력을 보유한 인원은 그리 많지 않다. 일부를 제외한 나머지 직원들은 그저 NGO에서 근무할 뿐이지 다른 직장에 다니는 일반인과 별반 다르지 않은 평범한 직장인에 불과하다. 바그다드에서 활동하는 NGO 직원들 중에는 국제구호에 관한 전문 지식과 경험은커녕 가장 기본이랄 수 있는 스피어 프로젝트Sphere Project(국제구호 공통규약)조차 제대로 숙지하지 못한 이들도 많았다. 안타깝게도 한국 NGO 직원들의 능력은 GO는 말할 것도 없고 다른 나라 NGO와 비교해도 많이 미흡한 수준이었다. 정보력이 떨어지고 영어 구사능력마저 부족한 탓에 미군정이 HACC(인도적 지원협력 센터)를 통해 무상으로 제공하는 각종 유용한 서비스를 하나도 제대로 활용하지 못하는 실정이었다. 대한적십자사를 제외하고 공식적으로 HACC에 등록해 미군의 지원을 받는 한국 NGO는 단 하나도 없었다. NGO 소속 봉사원들의 문제는 더욱 심각했다. NGO는 특성상 전체 인력 구성에서 직원이 차지하는 비중이 GO에 비해 현저히 낮다. 재난현장에서도 NGO는 직원staff보다는 봉사원volunteer이 주가되어 활동한다. 아무래도 봉사원은 직원에 비해 직무 전문성이나 임무에 대한 책임감이 떨어질 수밖에 없다. 게다가 NGO들은 봉사원 교육에 그다지 큰 관심을 기울이지 않는 편이어서, 봉사원들 중에는 적절한 사전 교육 하나 없이 곧바로 구호현장에 투입된 경우도 있었다. 한국에서 온 한 NGO는 인터넷 공고를 통해 모집한 자원봉사자들을 이끌고 무작정 바그다드에 들어왔다가 변변한 활동 한 번 못 해보고 시간과 돈만 허비하다 귀국해 버린 사례도 있었다. 드물기는 하지만 봉사원들 중에는 자원봉사자로서의 기본적인 자질마저 의심스러운 자들도 일부 끼여 있었다. 간혹 본분을 망각한 일부 봉사원들이 구호현장에서 술에 취해 난동을 부리거나 단체의 통제에 따르지 않고 제멋대로 행동하다 담당 직원과 충돌하는 등의 일탈행동을 저지르기도 한다.

개중에는 선의 대신에 허영심에 이끌려 봉사활동에 참여하는 부류가 있는데, 이런 사람들을 일명 'Humanitarian Tourist'(인도주의를 표방한 관광객)라고 부른다. 투철한 사명감이나 봉사정신 없이 단지 자신의 고매한(?) 인격을 과시하기 위해 구호현장을 찾는 사람들을 말한다. NGO들은 단체 홍보를 위해 유명 스포츠 선수, 인기 연예인 등 사회적 명사들을 홍보대사로 임명해 활용하고 있다. UNICEF 홍보대사로 활동했던 오드리 헵번이나 UNHCR 홍보대사로 활동 중인 안젤리나 졸리 등이 대표적인 경우다. 우리나라에서도 김혜자 씨, 안성기 씨 등 몇몇 연예인들이 해외 난민을 지원하기 위해 헌신적으로 활동하고 있다. 구호단체의 홍보대사들은 난민들을 위문하고 이들에 대한 지원을 호소하기 위해 이따금 재난현장을 직접 방문하기도 한다. 그런데 일부 몰지각한 연예인들이 정작 봉사활동에는 아무 관심도 없으면서 이미지 관리를 위해 마지못해 재난현장에 찾아와 언론사 카메라 앞에서 난민들을 붙잡고 잠시 명연기(?)를 펼치다 돌아가는 경우가 있어 주위 사람들에게 깊은 실망감을 안겨 주기도 한다. 이렇게 철저히 연출된 홍보 이벤트를 위해 NGO들이 어렵게 모금한 구호성금을 VIP 체류비용으로 써가며 인기 연예인들을 재난현장에 초빙하는 것은 그야말로 쓸데없는 낭비라고 생각한다.

이라크 구호활동에 참여한 의사들 중에도 Humanitarian Tourist들이 꽤 있었다. 대부분 NGO들은 자체 의료진을 보유하지 못해서 재난현장에 의료팀을 파견할 때 외부 의료기관과 협력하여 공동으로 의료봉사단을 구성한다. 그런데 이렇게 NGO를 통해 의료 봉사활동에 나선 의사들 중에는 단지 경력 관리 차원에서 공명심에 사로잡혀 참여한 이들이 적지 않았다. 처음부터 염불에는 마음이 없고 잿밥에만 관심이 있다 보니 문제가 생기지 않을 리 만무했다. 자원봉사란 아무런 대가를 바라지 않고 남을 돕기 위해 헌신하는 숭고한 행위이므로 봉사활동에 참여하는 사람들에게 어느 정도의 예우를 해주는 것은 당연한 일이다. 그런데 일부 의사들은 구호단체를 상대로 지나친 예우를 요구해 물의를 빚었다. 몇몇 지각없는 의사들이 '나처럼 귀하신 몸이 이 먼 곳까지 어려운 발걸음을 해주셨는데 대접이 너무 소홀하다.'는 식의 오만불손한 태도를 보이는 통에 이들을 관리하는 구호단체 직원들은 마음고생이 이만저만이 아니었다. 잠자리가 불편하다, 음식이 입에 맞지 않는다, 진료환경이 너무 열악하다는 등 이들의 불평불만은 끝이 없었다. 어디 가나 이런 속물은 한두 명씩 꼭 끼여 있기 마련이어서 각국 구호단체 직원들은 안하무인격으로 구는 의사들의 비위를 맞추고 뒤치다꺼리를 하느라 골머리를 앓았다.

바그다드에서 만난 한국 NGO 행정 담당들도 한결같이 이런 종류의 어려움을 토로했다. 한번은 서울 소재 모 대학의 의과대학 교수진으로 이루어진 의료봉사단 대표 두 사람이 우리 팀 숙소로 찾아와 자신들이 의료 봉사활동을 할 수 있도록 알 라지 병원을 하루만 빌릴 수 없겠느냐고 요청한 일이 있었다. 대학병원의 이름난 의사들이 봉사활동을 한답시고 일주일 휴가를 얻어 무작정 바그다드에 왔다가 진료할 장소조차 찾지 못하고 시간만 허비하다 아무런 성과도 없이 돌아가야 할 처지에 몰리자 어쩔 수 없이 우리를 찾아온 것이다. 상식을 벗어난 일이었기에 우리 팀으로서는 그들의 요청을 거절할 수밖에 없었다. 자신들의 요청이 거절당하자 한 의사가 몹시 불쾌하다는 표정으로 앞으로 나서 "우리가 누군 줄 아느냐? 서울에서 우리에게 진찰 한 번 받으려 해도 예약해 놓고 몇 달을 기다려야 한다. 그런데 당신들이 뭐라고 감히 우리를 거절하느냐."라며 거만한 태도로 항의했다가 우리 팀의 공분을 샀다. 다행히 우리 팀 의사들 중에 이런 부류는 없었다. Humanitarian Tourist들은 봉사활동보다는 단지 기념사진을 찍기 위해 구호현장을 찾는 사람들이다. 그들에게 구호현장은 그저 특이한 관광지일 뿐이고, 곤경에 처한 난민들 역시 흥미로운 구경거리에 불과하다. 차라리 빠져주는 것이 도와주는 격인 Humanitarian Tourist들은 다시는 구호현장에 나타나지 않기를 바란다.

NGO들이 구호현장에서 저지르는 가장 치명적인 실수는 안전 규칙을 너무나 쉽게 무시한다는 것이다. 국제구호활동의 무대인 재난현장은 언제라도 안전사고가 발생할 수 있는 위험지대다. 더구나 도처에 위험요소가 산재한 분쟁지역에서 구호활동을 할 때에는 안전 문제에 각별히 주의해야 한다. 적지 않은 NGO들이 안전 규칙을 무시하고 무모한 활동을 벌이다 위험을 자초했다. 이라크에서 구호단체들은 구호물자와 구호자금을 노리는 알리바바들의 주요한 표적이었다. 도난사고는 다반사였고 간혹 인명사고가 일어나기도 했다. 그래서 일부 NGO들은 안전상의 이유로 무장경호원들을 고용해 대동하고 다녔다. 그러나 구호단체에게 무장은 결코 해서는 안 되는 금기사항이다. 6월 중순 한 영국계 NGO가 사담 시티Saddam City*에 들어가 구호품을 나누어 주는 행사를 진행하던

---

* 바그다드 북동부에 위치한 대표적 빈민가이자 우범지대다. 주민의 대부분은 사담 정권에게 소외당한 가난한 쉬아파들이다. 이곳은 미군 점령 기간 내내 반미 저항세력들의 활동 거점이 되었다. 나중에 명칭이 변경되어 지금은 알 사드르 시티al Sadr City라고 불린다.

중에 주민들과 우발적 충돌이 빚어지자 동행한 무장경호원들이 성난 주민들을 향해 총기를 발사하는 사고가 일어났다. 다행히 위협사격에 그쳐 사상자가 발생하지는 않았지만 아찔한 순간이 아닐 수 없었다. 구호단체가 구호 대상자들을 향해 총격을 가한다는 것은 결코 있어서는 안 되고 있을 수도 없는 일이다. 구호단체는 비무장을 원칙으로 한다. 세계 모든 적십자 조직은 비무장 원칙을 철두철미하게 준수한다. 헬멧에 적십자 표장을 그려 넣고 다니는 군대 의무병들조차 무기를 소지하지 않는다. 바그다드에 파견된 이탈리아 적십자사 직원들이 자국 군대가 경비를 서는 대사관 경내에 머무는 것조차 다른 나라 적십자사들에게 비판의 대상이 되었을 정도다.

NGO는 GO가 구호현장에서 지나치게 몸을 사린다고 비판한다. 그러나 일부 NGO의 지나친 대담성과 이상주의는 때로는 끔찍한 비극을 초래한다. NGO들은 바스라나 팔루자 같은 전혀 안전을 보장할 수 없는 위험천만한 격전지에도 거침없이 뛰어들어 구호활동을 벌였다. 그러자니 필연적으로 인명사고가 뒤따랐다. 2004년 4월 8일 팔루자에서 일본인 3명이 무장괴한들에게 납치되는 사건이 일어났다. 팔루자를 중심으로 테러조직들의 외국인 공격이 잇따르자 이상주의에 빠진 일본 평화단체 회원들이 어이없게도 테러리스트들을 설득해 보겠다며 그들을 찾아 나섰다가 변을 당한 것이다. 다행히 납치를 자행한 샤라야 알 무자헤딘은 비교적 온건한 테러조직이어서 일본 정부로부터 거액의 몸값을 받고 인질 3명을 무사히 석방했다. 그러나 알 자르카위가 이끄는 알카에다 이라크 지부에 납치된 미국인 닉 버그[Nick Berg]나 한국인 김선일은 끝내 구명되지 못하고 참수되는 비참한 최후를 맞았다. 2007년 7월 아프가니스탄에서 탈레반이 저지른 분당 샘물교회 자원봉사단 납치 및 살해사건도 NGO의 한계를 넘어선 이상주의와 만용 때문에 일어난 비극이었다.

시스템 미비와 경험 부족 때문에 NGO들은 이라크 구호현장에서 크고 작은 실수와 시행착오를 거듭했다. 국제구호는 결코 아마추어의 영역이 아니다. 하지만 실력을 고려하지 않고 의욕만 앞세워 조직의 역량을 뛰어넘는 무리한 활동을 펼치는 NGO들이 꽤 있다 보니 자연스레 부작용이 생길 수밖에 없었다. 물론 NGO 중에도 국경없는의사회, 국제지뢰금지운동ICBL; International Campaign to Ban Landmines, 국제사면위원회Amnesty International처럼 GO 뺨치는 활약상을 보여 주는 단체도 더러 있다.* 그러나 대부분의 NGO들은 활동 내역이 미약하거나 생색내기용 활동에 그치는 경우가 많았다. 수많은 NGO가 무리해서라도 기를 쓰고 이라크 구호현장에 뛰어드는 데는 그럴 만한 이유가 있었다. 최근 국제구호에 대한 세간의 관심이 높아지면서 구호 관련 NGO들이 우후죽순처럼 늘어났고, 동종 단체들 간의 경쟁이 불가피해졌다. 나날이 치열해지는 경쟁 구도 속에서 살아남고 한정된 기부 시장에서 보다 많은 후원금을 확보하기 위해 NGO들은 가시적 성과에 집착하게 되었고 성과만큼이나 단체의 이름을 알리기 위한 홍보에 열을 올릴 수밖에 없었다. 이라크 전쟁은 세계의 이목을 집중시킨 일대 사건이었다. 활동 성과와 조직 홍보에 목말라 하는 NGO들에게 이라크 전쟁은 결코 놓칠 수 없는 황금 같은 기회였다. 호기를 놓칠세라 전 세계 NGO들은 앞다투어 이라크로 몰려들었다.

---

* 세 단체는 세계평화에 기여한 공로를 인정받아 노벨평화상을 받았다. 국제사면위원회는 1977년, 국제지뢰금지운동은 1997년, 국경없는의사회는 1999년 각각 노벨평화상을 수상했다.

평소 국제구호 분야에 관여하지 않던 NGO들조차 단체의 존재감을 드러내기 위해 이라크 구호활동에 발 벗고 나섰다. 2004년 12월 26일 남아시아 쓰나미 사태가 벌어지면서 곧바로 기록이 깨지기는 했지만 그전까지 이라크 구호활동은 사상 초유의 대규모 국제구호활동이었다. 이라크 전쟁 이전에는 그토록 많은 인력과 물자가 투입된 범세계적 규모의 구호활동이 전개됐던 적은 없었다. 이라크 구호현장에서 세계 각국 NGO들의 적극적인 참여는 분명 밝은 빛이었다. 반면 역량 부족 때문에 NGO들이 빚어내는 여러 가지 부작용은 어두운 그림자였다.

구호활동은 선교의 수단으로 이용되어서는 안 된다

역량 부족 못지않게 자주 지적되는 NGO의 또 다른 문제점은 일부 기독교 단체들의 지나친 종교 편향성이다. 국제구호 활동을 하는 NGO 중에는 기독교와 관련된 단체가 꽤 있다. 카리타스와 Catholic Relief Services는 구교 계열이고 구세군, 기아대책Food for the Hungry International, 월드비전, 컴패션Compassion International 등은 신교 계열이다. 한국 토종 NGO인 굿네이버스와 굿피플(선한 사람들)도 신교 계열 기독교 단체다. 사랑을 핵심 교리로 채택한 기독교계가 국제구호에 앞장서는 것은 어찌 보면 당연한 일이다. 그런데 문제는 기독교 계열 NGO들이 선교를 목적으로 구호활동을 펼친다는 데 있다. 기독교 계열 NGO들은 정도 차이가 있을 뿐이지 모두 어느 정도 선교와 관련된 활동을 하고 있다. 물론 특정 종교를 기반으로 설립된 단체가 그 종교의 색채를 완전히 배제하고 활동할 수는 없는 노릇이다. 그러나 본말이 전도되어 구호단체를 표방하는 조직이 구호활동을 제쳐두고 선교에 더 치중한다면 그것은 분명 잘못된 일일 것이다. 인도주의의 범주를 벗어나 선교에 치우친 구호활동은 자칫 종교적 분쟁을 가져올 수도 있다. 구호단체는 마땅히 이념적으로 그리고 종교적으로 중립적 자세를 견지해야 한다. 적십자는 국제적십자운동 기본원칙 7개 조항 중 공평과 중립 조항을 통해 어떤 상황에서도 정치적, 인종적, 종교적, 이념적 문제에 일절 관여하지 않는다는 입장을 분명히 밝히고 있다. 그뿐만 아니라 국제구호활동에 관한 공인된 국제 규약이라고 할 수 있는 Sphere Project 기본원칙 10개 조 중 제3조에 "인도적 지원은 특정한 정치 이념이나 종교적 신념을 확산하기 위한 수단으로 이용되어서는 안 된다."라고 명시되어 있다. 그러나 기독교계 NGO들은 이런 원칙에 아랑곳하지 않고 종교 편향적 입장을 꿋꿋이 고수하고 있다. 지금도 많은 기독교 단체들이 재난현장에서 선교에 중점을 둔 구호활동을 펼치고 있다. 몇 년 전 구호단체로 알려진 모 미국계 기독교 단체가 기부금으로 마련한 예산의 상당 부분을 구호활동이 아닌 제3세계에 교회를 짓는 데 전용한 사실이 드러나 물의를 빚었다.

이라크 구호현장에서도 기독교계 NGO들의 종교 편향적 행태는 변함이 없었다. 그중에서도 가장 선교에 열을 올리는 단체들은 안타깝게도 한국에서 온 기독교 단체들이었다. 놀랍게도 우리나라는 미국에 이어 세계 각국에 두 번째로 많은 선교사를 파견한 나라라고 한다. 우리 팀이 알라비 아파트에 머무를 때 그곳에 함께 묵었던 어떤 한국 기독교 단체의 직원과 잠시 이야기를 나눈 적이 있다. 그는 적십자 표장에 들어 있는 십자가를 보고 적십자도 기독교 단체라고 오인했는지, 나에게 자신이 소속된 단체의 활동 목표와 향후 선교 계획을 자랑스럽게 늘어놓았다. 그는 구호활동과 병행하여 앞으로 바그다드에 교회 다섯 곳을 건립할 계획이라며 이라크 전쟁은 천우신조이니 이번 기회에 이슬람을 박멸하고 아랍에 기독교가 뿌리내리게 해야 한다고 목소리를 높였다. 나는 그의 말투가 몹시 귀에 거슬렸다. 남의 나라에서 전쟁이 벌어진 것을 두고 천우신조라니 정말 어이가 없었다. 우리나라에서 6·25 전쟁이 터지자 당시 일본 총리였던 요시다 시게루吉田茂는 패전으로 몰락한 일본 경제가 기사회생하게 됐다며 손뼉을 치고 좋아했다고 한다. 그때 그의 입에서 나온 말이 바로 천우신조였다. 그리고 박멸이라는 단어는 악성 병원균이나 해충에나 갖다 붙이는 단어가 아니던가. 내 신앙이 소중하면 그만큼 남의 신앙도 존중해 주어야 하는 법이다. 구호활동을 한다는 자가 구호 대상자에게 적대감을 품고 있다니 나는 무슬림을 바라보는 그의 모순된 태도를 도저히 이해할 수 없었다.

6월 초 한국의 어느 교회 소속 봉사단이 바그다드에 들어와 난민들에게 구호품을 나누어 주는 행사를 개최했다. 우리 팀 외에 한국에서 온 단체가 바그다드에서 대규모 구호행사를 연 것은 그때가 처음이었다. 소식을 접한 나는 반갑기도 하고 다른 단체의 활동이 궁금하기도 해서 행사 당일 어렵게 짬을 내 직접 행사장에 찾아가 구호행사를 지켜보았다. 행사는 우리 숙소에서 그리 멀지 않은 곳에 위치한 기독교 교회에서 열렸다. 그곳은 바그다드에 있는 기독교 교회 다섯 군데 중 한 곳으로 기독교 신자인 팀원들이 일요일마다 찾아가 예배를 보던 곳이었다. 아르메니아 정교 계열의 교회답게 교회 건물은 전형적인 비잔틴 양식을 띠고 있었다. 높고 화려한 색채를 자랑하는 이슬람 마스지드의 돔과 달리 그 교회는 낮고 평퍼짐한 돔을 얹은 흰색의 소박한 건물이었다. 규모도 그다지 큰 편은 아니었으나 돔 꼭대기에 초승달 대신 십자가가 달려 있어 그곳이 기독교 교회라는 것을 한눈에 알아볼 수 있었다.

행사를 보기 위해 교회 건물에 들어선 순간 나는 그만 아연실색하고 말 았다. 구호행사는 마치 한국 교회의 부흥회를 방불케 하는 분위기에서 진행되고 있었다. 행사장 내부에는 구호품을 받기 위해 많은 이라크인 들이 운집해 있었는데 스피커를 통해 찬송가가 흘러나오는 가운데 목사 로 보이는 사회자가 단상에 올라 마이크를 잡고 한껏 격양된 목소리와 몸 짓으로 설교에 몰두해 있었다. 한국인 목사가 한국어로 설교를 하면 옆 에 서 있는 아랍인이 설교 내용을 아랍어로 통역했다. 통역이 가능할 만 큼 한국어를 구사하는 아랍인이 있다는 사실도 놀라웠지만 그보다 더 충 격적이었던 것은 한국인 목사의 설교 내용이었다. 한국인 목사는 이라 크인들을 향해 "지금 당신들이 겪고 있는 고통은 거짓 신을 섬긴 데 대한 하나님의 심판입니다. 이 고통에서 벗어나는 길은 오직 하나, 이제라도 늦지 않았으니 거짓 신앙을 버리고 예수님을 의지하여 성령으로 부활하 십시오."라고 열변을 토했다. 교회 봉사단원들도 이라크인들에게 구호 품이 든 상자를 나누어 주면서 일일이 "성령으로 거듭나십시오."라는 말 을 반복했다. 내 옆에 서서 이 광경을 지켜보던 이라크인 통역 오마르의 눈에서는 통한의 눈물이 뚝뚝 떨어지고 있었다. 그는 전쟁 전 사담 공과 대학(이라크 최고의 명문 공과대학)에서 유전공학 박사과정을 밟던 엘리트였 다. 제4대 칼리파 알리만이 진정한 무함마드의 후계자이자 이슬람의 지 도자라고 칭송할 만큼 자부심 강한 쉬아파 무슬림인 25살의 열혈청년 오 마르는 비분강개하여 하염없이 뜨거운 눈물을 흘렸다. 오마르는 종교적 차원을 넘어 국가적, 민족적 자긍심에 큰 상처를 입은 것 같았다. 두 주

바그다드 시내의 기독교 교회

먹을 불끈 쥔 오마르는 비장한 목소리로 나에게 "오늘 우리는 비록 배고픔을 견딜 수 없어 이 자리에 서 있지만, 우리는 오늘의 이 치욕을 결코 잊지 않을 것이다."라고 다짐했다. 나는 오마르에게 그저 미안하다는 말 외에는 그 어떤 말도 할 수 없었다. 그 자리에서만큼은 내가 한국인이라는 사실이 너무나 부끄러웠다. 어찌나 낯이 뜨겁던지 쥐구멍이라도 있으면 들어가 숨고 싶은 심정이었다. 때마침 스피커에서는 '당신은 사랑받기 위해 태어난 사람'이 흘러나왔다. 아름다운 곡조와 노랫말 때문에 나도 꽤 좋아하는 복음성가였으나 그때만큼은 그 노래조차 듣기가 거북했다.

공교롭게도 그 한국 교회 봉사단은 우리 팀이 머물렀던 쉐라톤 호텔에서 묵었다. 바그다드에 머무는 며칠간 그들은 매일 아침 숙소를 나서기 전에 호텔 로비에 모여 그날 하루의 보람과 무사안녕을 기원하는 기도를 올리곤 했다. 여봐란듯이 목사가 앞에 나서 기도를 인도하면 로비에 모인 봉사단원들이 일제히 따라서 기도를 하고 큰 소리로 찬송가를 합창한 후 의기양양한 모습으로 호텔을 빠져나갔다. 그들의 모습은 마치 출정을 앞둔 십자군 부대를 보는 것 같았다. 이쯤 되면 그들의 활동은 구호가 아니라 행패라고 해야 할 것이다. 나는 그들이 정말 이라크인들을 도우러 온 것인지 아니면 이라크인들의 자존심을 짓밟으러 온 것인지 의심스러웠다. 매일 아침 호텔 로비에서 한국 교회 봉사단이 벌이는 추태를 지켜보는 이라크인들의 눈초리에는 분노의 불길이 활활 타오르고 있었다.

이라크에서 한국 기독교 단체들이 저지르는 탈선은 그뿐만이 아니었다. HACC 회의에 참석하기 위해 공화국 궁전에 들어갔던 날 복도에서 우연히 젊은 한국군 대위를 만났다. 그 무렵 이라크 남부 나시리야 Nasiriyah에는 한국군 서희부대(공병대)와 제마부대(의무대)가 주둔해 있었다. 그는 특전사 출신으로 서희, 제마부대의 경비담당 장교였는데 조만간 바그다드로 복귀할 예정인 한국 대사관의 경비 문제를 사전 점검하고 준비하기 위해 바그다드에 머물고 있노라고 했다. 우리는 복도에 선 채 잠시 대화를 나누었다. 대화 도중 그는 내게 본연의 임무보다는 딴짓에 정신 팔려 있는 한국 기독교 단체에 대한 불만을 토로했다. 어느 날 어떤 한국 기독교 단체가 바그다드에서 남쪽으로 약 400킬로미터 이상 떨어진 나시리야 한국군 주둔지에 찾아와 근처에 있는 아브라함의 고향 칼데아 우르Chaldea Ur 지역에 성지순례를 가려고 하니 호위와 안내를 해달라고 요청했다고 한다. 그는 외국에 파병된 군인들을 찾아와 관광안내나

부탁하는 파렴치함도 문제지만 위험천만한 전쟁터 한복판에서 유람을 다닐 궁리를 하다니 아무리 봐도 그 사람들 제정신이 아닌 것 같다며 혀를 내둘렀다.

물론 선교 자체가 나쁜 것은 아니다. 하지만 선교는 결코 종교적 우월 감의 표현이어서는 안 된다. 그리고 세상만사는 적절한 때와 장소를 가릴 줄 알아야 하는 법이다. 선의를 가지고 한 행동이라도 때와 장소에 어울리지 않으면 악행이 될 수 있다. 전쟁에 져 외세의 지배를 받고 있는 이라크인들에게 점령군을 따라 들어와 구호를 빙자해 기독교를 선교하는 것은 분명 부적절한 행동이었다. 일부 기독교도들의 종교적 오만과 무례를 지켜보면서 세상을 어지럽히는 기독교와 이슬람교의 갈등이 비단 이슬람의 탓만은 아니라는 생각이 들었다.

사라져야 할 악마 자본주의의 폐해

구호현장에서 반드시 근절되어야 하는 최악의 폐단은 일부 기업들이 벌이는 악마 자본주의적 행태다. 그동안 기부에만 치중하던 기업들이 최근 들어 사회공헌팀을 조직해 직접 봉사활동에 나서는 사례가 늘어나면서 NGO 영역의 주요 구성원으로 부상하고 있다. 그런데 몇몇 악덕 기업들은 재난현장에서 구호활동을 돈벌이 수단으로 악용하고 있다.

부시 대통령이 종전선언을 하자마자 이라크는 복구와 재건 특수를 노린 기업들의 각축장으로 변해 버렸다. 이라크에 가장 먼저 진출한 업체는 당연히 석유회사들이었다. 그 뒤를 이어 미군과 계약을 맺은 건설회사, 사설경비업체, 용역회사 등이 속속 바그다드에 진출했다. 기업들의 발 빠른 행보를 지켜보면서 비즈니스의 세계는 총성 없는 전쟁터나 다름 없다는 말이 실감났다. 한국에서도 대사관보다 먼저 KOTRA가 바그다드에 복귀했다. 국내 유명 대기업 한 곳도 중고차를 팔기 위해 남보다 한 발 앞서 이라크에 진출했다. 그 회사는 고맙게도 대한적십자사에 이라크 구호품으로 의류 1만 3,280벌(미화 5만 3,000달러 상당)을 기탁했고 현지 지사장이 직접 알 라지 병원에 찾아와 우리 팀을 격려하기도 했다. 이 밖에도 이라크에서 사업을 벌이는 몇몇 다국적 기업들이 난민 구호활동에 성의를 보여 주었다. 기업의 사회공헌 활동은 물론 바람직한 현상이다. 이윤 추구가 목적인 기업들이 수익의 일부를 사회에 환원하고 봉사에 나선다는 것은 분명 아름다운 일이다. 해외뿐만 아니라 국내에서도 대기업들의 사회공헌 활동은 점차 늘어 가는 추세다. 국내 대기업 중에서 삼성전자, 포스코, 아시아나항공 등은 국제구호활동에도 일부 관여하고 있다. 그러나 본질적으로 기업의 사회공헌 활동은 마케팅의 일환이다. 기업들이 사회공헌 활동을 하는 진짜 이유는 기업 이미지 제고를 통해 미래에 더 많은 이윤을 창출하기 위함이다. 불순한 저의가 깔려 있기는 해도 막강한 자금력을 지닌 기업의 사회공헌 활동이 어려운 이웃들에게 큰 보탬이 되는 것은 사실이다. 하지만 기업이 탐욕에 빠져 사회공헌 활동을 한다면 그것은 오히려 사회에 해가 될 뿐이다. 1970년대 스위스의 거대 식품회사 네슬레Nestle는 저개발국 원조라는 명목하에 아프리카 지역에 다량의 분유를 무상으로 지원했다. 네슬레는 위선적인 선심 공세를 통해 아프리카 지역의 분유시장을 장악할 속셈이었다. 네슬레의 분유 무상지원은 아프리카 지역의 모유수유 비율을 급격히 떨어뜨렸고, 영양실조, 면역력 저하, 위생결핍 등의 각종 부작용 때문에 수많은 영아가 사망하는 비극이 벌어졌다. 네슬레 분유는 '아기 살해자Baby Killer'라는 악명을 얻었다. 네슬레의 비윤리적인 마케팅 행태에 각계각층의 비난 여론이 들끓었고 범세계적 불매운동이 일어났다. 국제사회의 거센 저항에 봉착한 네슬레는 결국 문제가 된 마케팅 방침을 수정하겠다고 발표했다. 그러나 네슬레는 더욱 교묘해진 수법으로 국제사회의 감시와 제재를 피해 가며 아직도 저개발국에 분유 무상지원을 멈추지 않고 있다.

이라크에서도 구호활동을 가장한 마케팅에 제일 열을 올리는 업체는 역시 식품회사들이었다. 식품회사들에게 이라크는 무한한 잠재력을 지닌 미개척 시장이었다. 세계 유수의 식품회사들이 이라크인의 입맛을 사로잡기 위해 자사 제품을 구호식량으로 무상지원했다. 그중 선두 주자는 단연 미국계 패스트푸드 체인이었다. 가장 먼저 이라크에 진출한 패스트푸드 체인은 버거킹이었다. 6월 초 버거킹은 바그다드 국제공항 청사 내에 첫 매장을 열었다. 버거킹에 선수를 빼앗긴 맥도날드는 총력을 기울여 이라크 진출을 준비했다. 그 무렵 아랍 지역에서 맥도날드 매장이 없는 나라는 이라크, 이란, 시리아 3개국뿐이었다. 맥도날드는 시장 진출을 위한 포석으로 로널드 맥도날드 캐릭터까지 동원해 팔레스타인 호텔에서 홍보행사를 여는 한편 바그다드 시내 각급 학교를 돌며 학생들에게 햄버거 무료급식 행사를 벌였다. 코카콜라도 대대적인 홍보에 나섰다. 당시 바그다드에서 미국산 생수는 구하기 어려워도 코카콜라는 얼마든지 구할 수 있었다. 굶주림을 이용해 돈벌이에 열을 올리는 식품회사들의 부도덕한 행태에 나는 분노하지 않을 수 없었다.

더욱 심각한 문제는 담배회사들마저 같은 짓을 저지르고 있다는 사실이었다. 미국 담배회사들은 이라크인들에게 나누어 주는 구호품 상자에 의복, 식량 등과 더불어 담배 한두 보루를 끼워 넣는 방식으로 담배를 유포했다. 그 탓에 바그다드 시내에는 미국산 담배가 넘쳐났다. 전쟁 전에는 경제제재 때문에 이라크에서 미국산 담배를 찾아보기가 무척 어려웠다고 한다. 그런데 미군 점령 이후에는 담배회사들이 공짜 담배를 뿌려대는 바람에 누구나 미국산 담배를 물고 다녔다. 심지어 청소년들까지 거리에서 거리낌 없이 담배를 피워 댔다. 양의 탈을 쓴 늑대처럼 미국 담배회사들은 구호활동을 하는 척하면서 미래의 니코틴 중독자를 양산하고 있었다. 미국 담배회사들의 이 같은 횡포는 악마 자본주의의 적나라한 진면목이었다. 19세기 영국은 만성 무역적자를 해소하기 위해 중국에 아편을 팔았다. 21세기 미국은 전쟁을 틈타 이라크에 담배를 풀고 있었다. 선의를 가장해 탐욕을 채우는 기업들의 부도덕한 영업방식은 그다지 새삼스러운 일은 아니다. 코카콜라와 허쉬 초콜릿 등은 다 이런 방식을 통해 세계적 기업으로 성장했다. 미군 병사들의 3대 에너자이저energizer라고 불리는 코카콜라, 허쉬 초콜릿, 그리고 담배는 제2차 세계대전 중에 해외에 파병된 미군에 의해 구호품으로 민간에 유포되어 대중의 입맛을 사로잡았고, 전쟁이 끝난 후에도 선풍적인 인기를 끈 덕분에 세계적 기업이 되었다. 이 기업들은 이라크에서도 이런 마케팅 전략을 그대로 사용했다. 이익을 위해서라면 수단과 방법을 가리지 않는 기업들의 탐욕은 정말 역겨울 정도였다.

이라크 구호활동에 참여한 단체의 수를 헤아려 보면 NGO가 양적으로 GO를 압도했음을 알 수 있다. 그러나 구호활동 내역을 면밀히 살펴보면 질적인 면에서 NGO는 결코 GO를 따라오지 못했다. 최근 국제구호 영역에서 NGO가 차지하는 비중이 비약적으로 늘어났다. 하지만 아직도 NGO는 개선하고 보완해야 할 부분이 꽤 많다. NGO가 꾸준히 역량을 키워 간다면 머지않은 장래에 구호현장에서 GO와 어깨를 나란히 하고 선의의 경쟁을 펼칠 날이 올 것이라 믿는다.

숭고한 이상과는 달리 구호현장의 실상은 마냥 밝고 아름답지만은 않다. 구호업무에 종사하다 보면 구역질나는 현실에 부딪혀 실망하고 좌절할 때가 종종 있다. 네슬레 공짜 분유 문제에서 보았듯이 대중의 지속적인 관심과 개선 노력만이 구호현장에서 벌어지는 부조리와 폐단을 바로잡을 수 있다. 아무쪼록 인도적 사안humanitarian issue에 대한 국제사회의 관심과 개선 노력이 이어져 구호현장이 오직 인류애가 빛나는 자리가 되기를 간절히 기원한다.

13. 갈 곳 없는
사람들

김치야, 너 본 지 오래구나

　　　　6월 8일, 서울에서 본사 사무총장님과 국제협력국장
님께서 응원차 바그다드에 오셨다. 이틀 전 윤병학 과장님이 직접 요르
단 암만으로 나가 두 분을 바그다드까지 모셔왔다. 이라크 국경을 넘어
바그다드로 향하는 도중에 사막 한가운데에서 타고 있던 자동차의 타이
어가 터지는 바람에 일행은 적잖이 고생했다고 한다. 사막에 도사린 위
험을 잘 아시는 윤병학 과장님은 혹시 알리바바의 습격을 받을까 봐 홀로
전전긍긍하셨다는데, 현지 사정에 어두운 두 분은 태평스럽게 날씨가 덥
다는 타령만 하셨다고 한다. 아무튼 사무총장 일행이 무사히 바그다드에
들어와서 천만다행이었다.

나는 그날 서울 본사에서 보낸 항공화물 2차분을 수령하기 위해 바그다드 국제공항에 나갔다. DHL 전세기의 도착을 통보받은 미군 담당관 골드블랫 준위가 마중을 나와 우리는 손쉽게 검문소를 통과해 공항에 들어갈 수 있었다. 동행한 마인우 봉사원이 통관 수속을 밟기 위해 세관에 간 사이 채선영 씨와 나는 활주로에 버티고 서서 DHL 전세기가 도착하기를 기다리고 있었다. 그날은 유난히 더위가 심했다. 기온이 무려 섭씨 63도까지 치솟아 우리가 바그다드에 머무는 동안 가장 더웠던 날이었다. 공항 활주로는 지표면 온도가 섭씨 80도를 훌쩍 넘어서 한껏 달아오른 프라이팬을 방불케 했다. 지표면에서 솟아오르는 아지랑이 때문에 눈이 어지러울 지경이었고 발바닥이 뜨거워 똑바로 서 있기조차 힘들었다. 걸음을 옮길 때마다 신발 밑창이 아스팔트 바닥에 녹아 붙어 활주로에 발자국이 찍혔다. 정말 믿기지 않을 정도의 엄청난 더위였다. 나는 생살이 익는 것 같은 한낮의 더위를 견뎌내기 위해 들고 있던 생수병의 물을 머리 위에 쏟아부었다. 그러나 그것만으로는 간에 기별도 가지 않았다. 도저히 참을 수 없었던 나는 활주로 한편에 미군이 임시로 만들어 놓은 방화수 수조에 옷을 입은 채로 풍덩 뛰어들었다. 그렇게 해도 더위를 식힐 수 있는 것은 잠시뿐이었다. 채 30분도 지나지 않아 온몸이 뽀송뽀송하게 말라 버렸다. 그날 나는 더위를 식히기 위해 두 차례나 더 방화수 수조에 뛰어들었다. 옆에서 내 모습을 지켜보던 채선영 씨는 치마를 입지 않았다면 자신도 물에 뛰어들었을 거라며 부러워했다. 오후 3시경, 마침내 기다리던 DHL 전세기가 활주로에 내려앉았고 우리는 겨우 그 염천지옥炎天地獄에서 해방될 수 있었다.

우리는 이틀 전 구호물자를 싣고 바그다드에 들어온 아랍에미리트연합 적신월사의 화물 트럭을 빌려 공항에 나갔다. 아랍에미리트연합 적신월사는 트럭을 이용해 육로로 구호물자를 운반했다. 아부다비에서 바그다드까지는 사막 길을 달려 꼬박 일주일이 걸리는 머나먼 여정이다. 더구나 알리바바의 습격을 피해 가며 대량의 구호물자를 운송하기란 보통 어려운 일이 아니었을 것이다. 아랍에미리트연합 적신월사 직원들은 대한적십자사가 항공기를 이용해 물자를 수송하고 있다는 것을 알고 무척 놀라워했다. 다른 나라 적십자사는 상상조차 하지 못한 일을 우리가 해냈다는 자부심에 가슴이 뿌듯했다. 그날 수령한 화물 중에는 물과 식료품, 의약품 외에 이라크인들에게 나누어 줄 의복과 어린이들을 위한 학용품 세트 등 다양한 구호품이 실려 있었다.

공항에서 업무를 마치고 오후 늦게 숙소에 돌아오니 이제 막 바그다드에 도착한 사무총장님과 국제협력국장님께서 우리를 반겨 주셨다. 저녁 식사 후에 사무총장님께서 호텔 바에서 팀원들에게 시원한 음료로 한턱 내셨는데 내가 정작 반가워했던 것은 두 분이 아니라 그분들이 한국에서 가져오신 김치였다. 나뿐만 아니라 다른 단원들 모두 같은 심정이었을 것이다. 향수병 증세 중에 으뜸은 단연 고국 음식에 대한 그리움인 것 같다. 우리는 아침 식사 때까지 기다릴 것도 없이 그 자리에서 아이스박스를 열어 맨입에 김치를 허겁지겁 나누어 먹었다. 그때 나누어 먹은 김치 맛은 말 그대로 꿀맛이었다. 나는 김치 냄새만 맡아도 입맛이 돌고 기운이 나는 것 같았다.

어서 빨리 죽고 싶어요!

사무총장님과 국제협력국장님은 바그다드에 머무는

4박 5일 동안 구호행사 참석, 적십자 관련 시설 방문, 이라크 적신월사와 추후 지원 내역 협의 등 바쁜 일정을 소화하고 귀국하셨다. 나는 4박 5일 내내 두 분을 모시고 다니는 임무를 맡았다. 바그다드 체류 셋째 날 두 분은 ICRC가 운영하는 팔레스타인 난민 캠프를 방문하셨다. 난민 캠프는 바그다드 시내의 한 학교 부지에 자리 잡고 있었다. 고래 싸움에 새우등 터진다고 팔레스타인인들은 미국과 이라크 사이의 전쟁 통에 애꿎은 피해를 입고 있었다. 전쟁 전 아랍의 수호자를 자처하던 사담 후세인은 유대인들의 박해에 맞서 팔레스타인인들을 보호하겠노라 선언했다. 고향에서 쫓겨나 유랑하던 많은 팔레스타인인들이* 살 곳을 찾아 이라크에 몰려들었다. 그들은 사담 시절 독재 권력의 비호를 받으며 그런대로 안정된 생활을 할 수 있었다. 사담 덕분에 겨우 정착할 땅을 찾은 팔레스타인인들은 울며 겨자 먹기로 사담 정권에 협력할 수밖에 없었다. 미군의 침공으로 사담 정권이 무너지자 이들은 하루아침에 독재정권의 앞잡이로 몰려 이라크인들에게 증오의 대상이 되어 버렸다. 성난 이라크 군중은 팔레스타인인들의 집에 몰려가 이들을 폭행하고 맨몸으로 거리로 내쫓았다. 팔레스타인인들은 또다시 오갈 데 없는 난민 신세로 전락했다. 이라크인들은 이들에게 과도한 보복을 가했다. 거리에서 팔레스타인인들이 이라크 군중에게 아무 이유 없이 폭행당하고 살해되는 참사가 잇

---

* 제1차 중동전쟁의 결과로 약 71만 명의 팔레스타인 난민이 발생했다. 그 후 전쟁이 세 차례나 더 이어지면서 난민 수가 꾸준히 불어나 약 510만 명에 달하는 팔레스타인들이 무국적 상태로 타향을 떠돌고 있다. 가자 지구Gaza Strip에 약 120만 명, 서안 지구West Bank에 약 87만 명, 그리고 요르단, 시리아, 레바논, 이라크, 이집트 등 인근 아랍국에 약 304만 명의 팔레스타인 난민이 존재하는 것으로 추산된다. 이 수치는 난민 2, 3세를 포함한 것이다.
  – 출처: UNRWA the Annual Report of the Department of Health, 2012.

바그다드의 팔레스타인 난민촌　　　　　　　　　　　　　© 조인원

따랐다. 보다 못한 ICRC가 나서 팔레스타인인들에게 난민 캠프를 제공
하고 보호하고 있었다. 전쟁 탓에 너 나 할 것 없이 어려움을 겪었지만
이들은 억울한 이중고를 겪고 있었다. 하늘 아래 그 어디에도 이들을 반
겨 주는 곳은 없었다.

　난민 캠프의 모습은 너무나 비참했다. 폐교나 다름없이 방치된 학교에
임시로 설치된 난민 캠프에서 여러 가족들이 천을 걸어 구분한 교실 안에
서 함께 생활하고 있었다. 그나마 실내에 생활공간을 마련한 이들은 운
이 좋은 편이었다. 나중에 난민 캠프에 들어온 이들은 운동장에 천막을
치고 기거하는 실정이었다. 가장 열악한 것은 화장실이었다. 박격포탄
에 맞아 교사 일부가 허물어지고 교실 바닥에 구멍이 뚫려 있었는데, 난

민들은 지하층까지 뚫린 구멍을 판자로 막아 화장실로 사용하고 있었다. 아무런 위생처리 시설도 없이 오물이 그대로 지하실 밑바닥에 쌓여 썩어 가고 있었다.

　외부인들을 대하는 팔레스타인인들의 태도는 싸늘했다. 끊임없는 박해로 피해의식에 사로잡힌 그들은 외부인들에게 의심의 눈초리를 보냈다. 동행한 조인원 기자가 취재차 그들에게 카메라를 들이댔다가 돌연 분위기가 험악해졌다. 무리 중 한 젊은이가 뛰쳐나와 우리에게 고함을 치고 욕을 하며 마구 위협을 가했다. 그 젊은이는 자신들은 동물원의 동물이 아니라며 자신들을 구경거리 취급하지 말라고 거칠게 항의했다. 그 순간 우리는 숙연해질 수밖에 없었다. 사실 우리도 그들을 동정의 대상으로 바라볼 뿐 그들의 처지를 실질적으로 개선해줄 어떠한 대책도 가지고 있지 못했다. 예기치 못한 사태에 당황한 우리는 난민 캠프를 대충 둘러보고 떠나려는데, 아까 거칠게 항의하던 팔레스타인 청년이 풀이 죽어 교문 근처 그늘에 앉아 있었다. 나는 그 젊은이에게 다가가 사과와 함께 위로의 말을 건넸다.

　"그래도 아직 당신은 젊지 않습니까? 살다 보면 언젠가는 당신에게도 좋은 날이 오겠지요. 희망을 가지세요."

　예상외의 답이 내게 돌아왔다. 이제는 분노를 표출한 의욕마저 잃어버린 청년은 절망으로 가득 찬 신세 한탄을 토해 냈다.

　"노인들보다 젊은 내가 희망이 있다고요? 난 오히려 노인들이 부럽습니다. 젊음이 나에게는 그저 형벌일 뿐입니다. 나이 든 분들은 오래지 않아 이 고통에서 벗어날 수 있을 겁니다. 그들은 곧 죽어서 고통뿐인 이 세상을 떠날 테니까요. 하지만 난 앞으로 얼마나 더 이 고통을 견뎌야 할지 모릅니다. 우리가 겪고 있는 이 고통은 죽어야만 비로소 해방될 수 있으니까요."

나는 순간 말문이 막혀 더 이상 그 어떤 말도 할 수 없었다. 가슴이 너무나 아파 코끝이 찡한 것이 금방이라도 눈물이 흘러나올 것만 같았다. 민망함을 견딜 수 없었던 나는 그 청년에게 인사도 제대로 하지 못하고 도망치듯 서둘러 난민 캠프를 빠져나왔다. 한 청년의 한 맺힌 절규를 통해 팔레스타인인들의 고통과 절망이 얼마나 깊은지 절감할 수 있었다.

평화를 위한 길

정녕 팔레스타인인들이 비참한 고통과 절망에서 벗어나 평화와 안식을 누리며 살 길은 없단 말인가? 팔레스타인인들에게 희망이 생기려면 먼저 팔레스타인 분쟁이 평화적으로 해결되어야만 한다. 그러나 아직까지 팔레스타인 분쟁은 해결의 기미조차 보이지 않고 있다. 팔레스타인 분쟁이 난제 중에 난제인 이유는 그 바탕에 종교적 갈등이 깔려 있기 때문이다. 유대와 아랍 두 민족은 각자 종교적 신념에 따라 서로를 철저히 부정하고 배격한다. 유대교와 이슬람교는 그 뿌리가 같으나 상대방의 교리를 인정하는 것은 곧 내 종교의 정체성과 정통성을 부정하는 것이 되므로 양측은 결코 상대방을 용인하지 못한다. 팔레스타인 분쟁의 시발점이 된 이스라엘 건국을 바라보는 양측의 견해 또한 극명하게 대립한다. 유대인에게 이스라엘 건국은 정당한 민족주의의 발현이자 신성한 종교적 믿음의 실천일 뿐이다. 그들은 이민족의 숱한 박해를 피해 조국에 돌아왔을 뿐 결코 남의 땅을 강탈한 것이 아니라고 주장한다. 더구나 그들이 나라를 세운 가나안Canaan(팔레스타인 및 남시리아의 옛 지명)은 신이 유대인에게 내린 약속의 땅이 아닌가. 유대인들은 자신들이 팔레스타인의 원주민이며 아랍인들은 집주인이 잠시 집을 비운 사이 남의 집에 무단으로 들어와 눌러앉은 뜨내기들이라고 여긴다. 이제 집주인이 돌아왔으니 아랍인들은 그만 떠나야 한다는 것이 이스라엘의 입장이다. 반면 아랍인들은 이스라엘의 건국을 '알 나크바al-Nakba'(대재앙)라고 부른다. 아랍인들은 팔레스타인 분쟁은 서방 세력을 등에 업은 유대인들의 침략과 점령에서 비롯되었으므로 이스라엘이 멸망하는 것이 이 모든 문제의 해결책이라고 주장한다. 이슬람을 신봉하는 아랍인들에게 이스라엘은 그 존재 자체만으로도 참을 수 없는 모욕이다. 아랍인들은 상종하지 못할 이슬람의 적* 유대인들이 세운 나라 이스라엘을 결코 용납할 수 없다고 말한다. 유대인이 겪은 2,000년간의 고난과 박해도 그들이 지은 죄sin에 대한 신의 징벌이기 때문에 결코 동정할 필요가 없다는 입장이다. 아랍인들은 유대인들이 영원히 고통 속에서 방랑하다가 멸족하는 것이 신의 섭리라고 믿는다. 그러므로 아랍인에게 유대인과의 평화공존이란 있을 수 없다. 그들은 오직 이스라엘의 멸망만을 바랄 뿐이다. 이처럼 뿌리 깊은 종교적 편견은 끊임없이 서로를 향한 증오와 불신을 부추겨 유대와 아랍 두 민족을 극한의 대립과 갈등으로 몰아가고 있다.

---

* 이슬람교의 창시자 무함마드는 기존 종교를 대신할 신흥종교 개창의 정당성과 신의 계시를 받은 마지막 예언자라는 자신의 지위와 정통성을 인정받기 위해 유대인들이 신에게 불복하고 대죄를 지어 신이 축복을 거두어들이고 그들에게 저주를 내렸다는 주장을 펼쳤다. 꾸란에는 유대인이 신에게 저주받은 타락한 민족으로, 유대교는 신의 뜻을 왜곡한 사교邪敎로 기술되어 있다.

팔레스타인 분쟁은 한쪽이 옳고 다른 쪽은 그르다는 식의 흑백논리로는 설명이 불가능하다. 이스라엘과 팔레스타인 양측은 팔레스타인 지역에 대해 서로 상대편 못지않은 연고와 권리를 가지고 있기 때문이다. 게다가 팔레스타인 지역을 둘러싼 주변 아랍국들과 강대국들 간의 복잡한 이해관계는 팔레스타인 분쟁을 더욱 악화시키는 데 큰 몫을 했다. 원인과 전개과정 모두 단순한 문제가 아니기에 팔레스타인 분쟁을 해결하기 위한 정치적 협상은 많은 어려움을 겪었다. 몇 차례 평화협정이 체결되었으나 강경파들의 반발과 양측의 근본적인 입장 차이 때문에 평화협정은 실효를 거두지 못하고 번번이 수포로 돌아갔다.

오랫동안 국제사회는 팔레스타인 문제의 해법으로 팔레스타인 독립국가 설립을 추진해 왔다. 미국과 이스라엘의 반대에도 불구하고 근래에 팔레스타인 독립을 지지하는 국제사회의 여론은 꾸준히 증가하고 있다. 그러나 팔레스타인 독립국가가 수립된다고 해서 그 땅에 진정한 평화가 찾아올지는 미지수다. 유대와 아랍 두 민족 간에 진정한 화해와 상호인정 없이 팔레스타인 독립국가 수립을 무리하게 추진했다가는 지금보다 더 큰 비극을 불러올 가능성도 배제할 수 없다. 이스라엘 멸망이 기본 강령인 하마스가 신생국의 정권을 잡고 주변 아랍국들이 결탁해 개입한다면 자칫 제5차 중동전쟁이 발발할 수도 있다. 그러나 아직까지 두 민족의 진정한 화해는 요원해 보인다. 두 민족은 공히 뿌리 깊은 종교적 편견에 사로잡혀 있고 그동안 쌓인 원한의 골 또한 너무나 깊기 때문이다. 두 민족은 각자 자기 고유의 영토라고 주장하는 땅에 평화와 안녕이 깃들기를 간절히 염원한다. 그러나 그 염원은 두 민족의 가슴속에 상대방을 향한 증오와 저주 대신에 관용과 상호존중의 마음이 자리 잡기 전까지는 실현

예루살렘 성전산 전경

되지 못할 것이다. 지금처럼 양측이 모두 폭력으로 상대방을 압박해 굴복시킴으로써 갈등을 해소하려는 강경노선을 고수하는 한 팔레스타인 지역에 평화가 정착되는 일은 요원할 뿐이다.

691년 당시 팔레스타인을 지배하던 우마이야 왕조의 제5대 칼리파 압드 알 말리크 이븐 마르완Abd al-Malik ibn Marwan은 예루살렘 성전산聖殿山, Temple Mount* 정상 유대교 성전이 있던 자리에 무함마드의 '밤의 여행al-

---

* 유대인들은 이곳이 아브라함이 신의 계시를 받고 그의 아들 이삭을 제물로 바치려 했던 모리아 산이라고 믿는다. 현재 바위 돔 사원 안에 있는 성스러운 바위는 아브라함이 제단으로 삼은 바위라고 한다. 솔로몬 왕은 성전산 위에 유대교 성전을 짓고 언약궤를 모셔 두었다. 솔로몬 성전은 기원전 586년 바빌로니아의 침략으로 파괴되었다. 훗날 헤롯 왕이 성전을 재

'Isr-a' wal-Mi'rāj'*을 기리는 바위 돔 사원The Dome of the Rock, Masjid Qubbat As-Sakhrah을 세웠다. 이 사원은 메카의 알 하람 사원(Masjid al Haram), 메디나의 예언자 사원(Masjid al Nabawi)과 더불어 이슬람 3대 성지 중 한 곳이다. 혹자는 유대인이 성지로 여기는 성전산에 아랍인이 마스지드를 지은 것을 두고 미래의 대재앙을 불러올 분쟁의 씨를 뿌렸다고 비난한다. 그러나 유대교 성전 터에 이슬람 마스지드가 들어선 것은 어쩌면 유대와 아랍 두 민족의 화합과 공존을 바란 신의 뜻은 아니었을까? 이 세상에 관용과 화합 대신에 증오와 갈등을 주창하는 종교는 없다. 종교의 다름을 이유로 살육과 파괴를 자행하는 것이야말로 인간이 저지르는 최악의 대죄일 것이다. 신의 깊은 뜻을 헤아리지 못하는 무지몽매한 인간들이 신의 이름을 빌려 신이 축복한 땅 팔레스타인을 피와 눈물이 흐르는 생지옥으로 만들고 있다.

몇 년 전 가족과 함께 싱가포르 여행을 다녀온 적이 있다. 싱가포르는 여러 민족이 뒤엉켜 사는 다민족 국가답게 그 문화 또한 다양하다. 시내에는 기독교 교회 바로 옆에 중국 도교 사원이 있는가 하면 길 건너편에 힌두 사원과 이슬람 마스지드가 마주보는 경우도 있다. 금요일에는 마스

건하였으나 기원후 70년 로마의 침략을 받고 또다시 파괴되었다. 이때 파괴된 성전의 기단부에 해당하는 서쪽 성벽 일부가 허물어지지 않고 현재까지 남아 있는데, 이 유적이 유대인들이 성소로 여기는 통곡의 벽Wailing Wall이다.

* 꾸란과 하디스의 기록에 의하면 621년 한밤중에 무함마드는 가브리엘 천사의 인도로 부라끄Buraq(날개 달린 백마)를 타고 메카에서 예루살렘으로 날아와 성전산 성스러운 바위 위에서 승천해 알라를 직접 만나 계시를 받고 지상으로 귀환했다고 한다. 이 모든 일이 하룻밤 사이에 이루어졌다고 하여 무슬림들은 이 사건을 '밤의 여행The Night Journey'이라고 부른다.

지드에서 아잔azan* 소리가 울려 퍼지고 일요일에는 교회 종소리가 들린다. 싱가포르 국민들은 크리스마스와 라마단을 차별하지 않고 다 같은 국가적 축제로 여긴다. 싱가포르에서는 일체의 갈등이나 충돌 없이 서로 다른 문화와 종교를 가진 다양한 민족이 어울려 조화롭게 살아간다. 다른 종교 간의 화합과 공존은 비단 현대 싱가포르에서만 있는 일이 아니다. 이슬람이 최전성기를 구가했던 압바스 왕조 시절 바그다드에서도 똑같은 상황이 벌어졌다. 바그다드 시내에는 이슬람 마스지드뿐만 아니라 유대교 회당, 기독교 교회가 함께 있었다. 그뿐만 아니라 멀리 중국에서 온 구법승求法僧들이 바그다드의 거리를 거닐었다. 어째서 압바스 왕조 시대 바그다드에서는 가능했던 일이 그리고 현대 싱가포르에서는 누구나 당연하다고 여기는 일이 지금 팔레스타인에서는 실현될 수 없단 말인가.

종교적 정통성과 땅에 대한 소유권을 놓고 벌어지는 유대와 아랍 두 민족 간의 갈등과 반목을 지켜보고 있노라면 어린 시절 즐겨 들었던 옛날이야기 한 편이 떠오른다. 옛날 옛적에 산골에 사는 김 서방과 어촌에 사는 이 서방이 만나 해가 뜨고 지는 곳에 대한 논쟁을 벌였다. 산골에 사는 김 서방은 해는 저녁에 산골짜기에 숨었다가 아침이 되면 다시 떠오른다고 주장했고, 어촌에 사는 이 서방은 해는 밤 동안 바닷물 속에 잠겨 있다가 아침에 다시 뜨는 것이라 주장했다. 두 사람은 서로 자신의 주장이 옳다며 싸움을 그치지 않았다고 한다. 인간의 무지와 어리석음을 비웃기라도 하듯 오늘도 어김없이 아라비아의 사막 위로 찬란한 태양이 떠오른다.

---

* 미나레트(이슬람 사원의 첨탑)에서 무앗진mu'ahdhin(아잔을 외치는 사람)이 하루 다섯 번 기도시간을 알리기 위해 외치는 육성肉聲 시보時報를 일컫는다.

14. 전쟁에
관한 담론

이 세상에 정의로운 전쟁은 없다

　　　　　　　이라크에서의 경험담을 쓰면서 그곳에서 벌어진 전쟁에 관한 이야기를 하지 않고 넘어갈 수는 없을 것이다. 이라크 전쟁은 과연 어떤 전쟁이었을까? 전쟁 직전 사담 후세인은 임박한 전쟁을 제2의 십자군 전쟁으로 규정하고 이라크 국민들에게 이교도의 침략에 맞서 지하드에 나설 것을 촉구했다. 한편 미국은 이라크 침공을 악의 축을 제거하기 위한 정의로운 전쟁이라 주장하며 전 세계에 지지를 호소했다. 양측은 서로 상대방을 절대악으로 규정하고 악에 맞서 정의로운 전쟁bellum justum을 수행하고 있다고 주장했지만 정작 이라크 전쟁의 실상은 추악하기 그지없었다. 미국은 세계평화를 수호한다는 미명하에 전쟁을 일으켜 놓고 탐욕을 채우는 데 급급했고, 이라크는 이라크대로 국난 극복을 위해 온 국민이 일치단결해도 모자랄 판에 시대착오적인 종파 분쟁에 빠져 자국의 운명을 스스로 파멸로 몰아갔다. 전쟁을 두고 선악을 논한다는 것 자체가 무의미한 일인지도 모른다. 어차피 이 세상에 선하고 정의로운 전쟁이란 존재하지 않기 때문이다. 모든 전쟁은 그저 잔인하고 추악할 뿐이다. 그중에서도 이라크 전쟁은 처음부터 끝까지 부도덕하기 짝이 없는 추악한 전쟁이었다.

2003년 3월 20일 새벽 5시 30분 정각, 홍해상에 떠 있던 미 해군 이지스 구축함 USS Donald Cook(DDG-75)호에서 제1탄을 쏘아 올린 것을 시작으로 지중해, 홍해, 페르시아 만 해상에서 대기 중이던 미 해군 함정들이 일제히 40여 발의 토마호크 순항미사일을 바그다드를 향해 발사했다. 거의 동시에 카타르의 미 공군 기지에서는 이라크 내 주요 거점들을 폭격하기 위해 전폭기들이 창공을 향해 날아올랐다. 약 5분 뒤 바그다드에서 공습경보 사이렌이 울리면서 폭발음이 진동하기 시작했고, 곧바로 세계 언론이 앞다투어 공습 소식을 전하는 뉴스 특보를 내보내면서 이라크 전쟁 개전 사실이 만천하에 알려졌다. 오전 6시 15분 미국의 부시 대통령이 TV에 출연해 이라크와의 전쟁이 시작되었음을 공식 천명했다. 부시 대통령은 연설을 통해 이번 전쟁의 목적은 이라크를 무장 해제하고 그 국민을 폭정에서 해방시키는 것이라고 주장했다. 하루 종일 이어진 격렬한 준비포격 끝에 오후 8시를 기해 미 육군 3사단을 필두로 지상군 병력이 쿠웨이트 국경을 넘어 이라크 영토로 진격함으로써 이라크 전쟁은 본격적으로 막이 올랐다. 2002년 9월 12일 부시 대통령의 UN 총회 연설을 기점으로 촉발된 미국과 이라크 간의 첨예한 외교 대립이 6개월 만에 마침내 전쟁 국면으로 악화된 것이다.

미국은 대량살상무기WMD 제거, 테러지원 근절, 사담 정권 축출을 통한 이라크 민주화 추진이라는 세 가지 대의명분을 내세워 이라크를 침공했다. 그러나 이것은 어디까지나 침략을 합리화하기 위한 핑계였을 뿐 미국이 이라크를 침공한 진짜 이유는 다른 데에 있었다.

첫째, 무엇보다도 미국은 전쟁 그 자체가 절실히 필요했다. 잘 알려진 대로 미국은 군산복합체軍産複合體가 지배하는 사회다. 제2차 세계대전을 치르면서 형성된 군산복합체는 냉전시대를 거치면서 미국 사회에 확고히 자리 잡았다. 미국의 저명한 사회학자 찰스 라이트 밀스C. Wright Mills가 명저 『파워 엘리트The Power Elite』(1956)에서 지적한 대로 군부는 미국을 지배하는 '철의 삼각형Iron Triangle'의 한 축을 차지하는 권력집단이다. 미국은 세계 최대 규모의 군대를 보유한 나라다. 상비군 145만 명을 보유하고 있으며, 전 세계 약 50개국에 자국 군대가 주둔한 군사기지를 두고 있다. 미국에서 군부는 그 규모만으로도 이미 주요한 사회집단 중 하나다. 그리고 군수산업은 미국 경제를 지탱하는 버팀목이라고 할 수 있다. 쇠퇴 일로를 걷고 있는 미국 제조업 분야에서 유일하게 세계적 경쟁력을 유지하는 업종이 바로 군수산업이다. 미국 유수의 군수업체들은 미국 경제의 큰 축을 이루고 있으며 무기류는 미국의 10대 수출품 중 하나다. 미국은 단연 세계 제일의 무기 수출국이다. 2004년부터 2011년까지 미국의 세계 무기 수출시장 점유율은 평균 44퍼센트를 기록했다.* 미국은 2011년

---

* Global Arms Sales By Supplier Nations, 2004-2011 (http://www.globalissues.org/article/74/the-arms-trade-is-big-business)

한 해에만 무기 수출을 통해 약 663억 달러를 벌어들였다. 통계상 미국의 군수산업은 미국 국내총생산GDP의 약 10퍼센트를 점유하고 있다.* 하지만 이것은 표면적인 통계일 뿐 실제 점유율은 어느 정도인지 가늠하기 어렵다. 미국의 2차 산업 분야는 알게 모르게 군수산업과 유기적으로 연결되어 있다. 겉으로는 민수업체로 알려진 회사들도 정작 무기를 생산하는 군수업체인 경우가 많다. 자동차 업계의 Big 3로 알려진 GM(General Motors Corporation), 포드Ford Motor Company, 크라이슬러Chrysler Group LLC는 모두 대표적인 군수업체들이다. 크라이슬러는 미 육군에 탱크와 장갑차를 생산해 납품하고 있다. GM은 트럭과 험비Humvee 차량을, 포드는 공병대가 사용하는 각종 중장비를 생산해 미군에 납품하고 있다. 민간 여객기 분야에서 세계 1위 업체인 보잉사The Boeing Company 역시 미 공군에 납품하는 전투기와 폭격기를 생산하는 군수회사다. 미국의 조선업은 전적으로 군함 건조로 유지된다고 해도 과언이 아니다. 이 밖에도 미국 유수의 제조업체들은 모두 직간접적으로 군수산업과 연계되어 있다. 그리고 미국의 연구개발R&D 분야의 투자는 대부분 무기 개발을 위해 국가 주도로 이루어지고 있다. 군수품 제조가 사라진다면 미국의 제조업 기반은 완전히 붕괴될 것이다.

냉전시대에 끝없는 호황을 누리던 미국의 군수업체들은 냉전 종식과 함께 큰 위기를 맞았다. 군수업체에 장기적인 평화는 곧 재앙이다. 냉전 종식으로 전전긍긍하던 군수업체들에 9·11 테러는 구원의 메시지나 다

---

* U.S. Department of Commerce, Bureau of Economic Analysis—GDP by Industry Data 2010.

름없었다. 미국의 주전론자主戰論者들 중에 가장 간절히 전쟁을 원한 사람은 단연 조지 W. 부시George Walker Bush 대통령이었다. 그는 9·11 사태 직후 테러와의 전쟁War on Terror을 선포하고 아프가니스탄을 침공했다. 그런데 예상외로 전쟁은 지지부진했다. 탈레반 정권은 너무나 쉽게 무너져 버렸고 아프가니스탄 전쟁은 눈에 띌 만한 성과를 거두지 못했다. 부시 대통령은 초조해질 수밖에 없었다. 그는 막대한 군사비 지출을 합리화하고 국민들에게 가시적 성과를 보여 주기 위해 또 다른 전쟁이 필요했다. 부시 대통령에게 이라크는 더없이 좋은 희생양이었다. 부시 대통령은 2002년 연두교서年頭敎書를 통해 북한, 이란과 더불어 이라크를 악의 축Axis of evil으로 명명했다. 이라크 전쟁은 아프가니스탄 전쟁과는 비교도 할 수 없을 만큼 큰 전쟁이 될 것이며, 사담 후세인이라는 공인된 악당을 체포한다면 9·11 테러에 대한 보복을 원하는 미국인들의 국민감정을 만족시킬 수 있을 터였다. 결국 미국은 전쟁이라는 달콤한 유혹을 뿌리치지 못했다. 세계 유일의 초강대국으로서 힘의 정점에 서 있던 미국은 자신만만하게 이라크로 쳐들어갔다.

둘째, 미국이 이라크를 침공한 이유는 석유에 대한 탐욕 때문이었다. 전쟁 전 미국 국무장관 콜린 파월Colin L. Powell은 미국이 이라크를 공격하는 목적은 결코 석유가 아니라고 수차례 강조했지만, 이라크 전쟁의 본질이 석유를 차지하기 위한 자원전쟁이었다는 데 이견은 없다. 이라크가 보유한 석유자원의 경제적 가치는 매우 높다. 이라크 석유 매장량은 1,150억 배럴로 전 세계 석유 매장량의 약 8퍼센트를 차지하고 있다. 2003년 이라크 전쟁이 일어날 당시 이라크는 석유 매장량 순위 세계 2위에 올라 있었다. 다른 나라에서 대규모 유전이 속속 발견되면서 순위가 많이 밀리기는 했어도 2012년 기준으로 여전히 이라크는 석유 매장량 세계 5위를 자랑한다.* 국제에너지기구^{IEA}에 따르면 체계적 탐사만 이루어진다면 이라크에서 1,000~1,500억 배럴 이상의 석유가 추가로 발견될 가능성이 크다고 한다. 양도 양이지만 이라크 석유는 질적으로도 세계 최고 수준이다. 이라크에서 생산되는 원유는 카본 함유량이 높은 대신 유황 함유량이 매우 낮은 고품질의 경질유輕質油다. 그리고 지표면에 아주 가깝게 묻혀 있어서 채굴이 용이하고 채굴 비용은 상대적으로 매우 낮다. 그만큼 경제성이 높다는 뜻이다. 루마일라^{Rumaila}, 마즈눈^{Majnoon}, 키르쿠크^{Kirkuk}, 할파야^{Halfaya} 등 이라크 유전지대 유정油井의 깊이는 지하 600미터 안팎이다. "석유 위에 떠 있는 도시"라고 불리는 북부 유전도시 모술^{Mosul}에서는 손으로 땅을 긁기만 해도 석유가 나온다는 우스갯소리가 있을 정도다. 2009년 기준으로 이라크 유전지대의 채굴 비용은 배럴당 1.4달러에 불과해 다른 나라보다 훨씬 낮다. 원유 1배럴을 채굴하려면 인근 중동 산유국은 5달러, 러시아는 10달러, 서부 텍사스 지역은 20달러 정도의 비용이 든다.**

그러나 미국이 단지 이라크 석유 이권만을 노리고 전쟁을 일으킨 것은 아니다. 미국은 이라크 점령을 통해 보다 큰 것을 얻고자 했다. 미국이 이라크 석유에 눈독을 들인 것은 경제적 가치보다도 정치적 의미에 주목했기 때문이다. 사실 세계 최고의 경제대국인 미국 입장에서 이라크 석

---

* 세계 석유 매장량 순위: 1위 사우디아라비아(2,626억 배럴), 2위 베네수엘라(2,112억 배럴), 3위 캐나다(1,752억 배럴), 4위 이란(1,370억 배럴), 5위 이라크(1,150억 배럴) -출처: CIA, The World Factbook, 2013.
** Reuters, Factbox-oil production cost estimates by country, 2009. 7. 28.

유를 통해 얻는 수익은 있으면 좋고 없어도 그만인 부차적인 전리품이었다. 미국이 진정으로 원한 것은 중동 석유자원에 대한 통제력 회복이었다. 지난 한 세기 동안 세계 석유자원(그중에서도 특히 중동 석유자원)에 통제력을 행사한 나라는 미국이었고, 그 힘은 미국이 세계패권국으로 군림할 수 있었던 핵심요인 중 하나였다. 20세기 내내 석유는 세계적으로 가장 중요한 천연자원이었고 21세기에도 석유의 중요성은 감소되지 않을 전망이다. 그런데 석유는 전 세계 매장량의 65퍼센트가 중동 지역에 몰려 있다. 석유수출국기구OPEC 12개 회원국의 석유 매장량을 모두 합치면 전 세계 매장량의 70퍼센트를 차지한다. 1970년대 초반까지 세계 석유자원은 7 majors(혹은 7 sisters)라 불린 영미 석유회사들이 장악했다. 이들은 세계 석유개발권의 85퍼센트를 소유했다. 사정은 이라크도 마찬가지여서 1972년 6월 1일 석유산업 국유화 조치가 단행되기 전까지 이라크 석유 이권의 75퍼센트가 영미 석유회사들의 수중에 있었다. 그런데 중동에서 자원민족주의 바람이 일면서 상황이 돌변했다. 서방에 맞서기 위해 중동 국가들은 속속 석유산업을 국유화했고, 영미 석유회사들은 중동 지역의 석유 이권을 대부분 잃어버렸다. 1973년과 1979년 두 차례 세계를 휩쓴 오일 쇼크는 서방세계에 커다란 타격을 안겨 주었다. 오일 쇼크는 석유가 단순히 값나가는 천연자원이라는 차원을 넘어서 강력한 정치적 무기가 될 수 있음을 보여 준 상징적 사건이었다. OPEC의 영향력은 미국의 세계패권 전략과 일방적으로 이스라엘만을 두둔하는 중동정책에 커다란 위협이 되었다. 1970년대 시작된 영미 석유 메이저들과 OPEC 간의 석유 통제권을 두고 벌어진 지루한 힘겨루기는 40년이 지난 오늘날까지 이어지고 있다. 2003년 영미 석유회사들은 중동 석유개발권의 약 40

퍼센트만을 소유할 뿐이었다. 더구나 미국과 적대관계에 있던 사담 후세인 덕분에 영미 석유회사들은 이라크 석유에는 접근조차 할 수 없었다. 1991년 걸프 전쟁 이후 이라크를 옥죄딘 UN의 경제제재가 1996년 일부 완화되자 사담은 1972년 석유산업 국유화 조치 이전에 영미 석유회사가 가지고 있던 이라크 주요 유전 개발권을 프랑스, 러시아, 중국 석유회사들에 넘겨 버렸다. 미국이 이런 상황을 수수방관할 리 만무했다. 미국은 이라크 침공을 통해 석유자원을 강탈하고 그것을 바탕으로 OPEC의 영향력을 무너뜨릴 작정이었다. 2003년 이라크 점령 직후 미국은 이라크의 석유 생산량을 5년 내에 1일 1,000만 배럴까지 확대한다는 계획을 갖고 있었다. 전쟁 직전 이라크에 산재한 73곳의 유전 중 단 15곳만이 정상 가동되고 있었다. 이라크 석유산업의 성장 잠재력으로 보아 정세 안정과 체계적인 기반시설 투자만 뒷받침된다면 미국의 증산계획은 결코 실현 불가능한 것이 아니었다. 만약 그 계획이 실현된다면 하루 3,300만 배럴 정도의 원유를 생산하는 OPEC의 영향력은 급속히 축소될 수밖에 없었다. 미국은 세계패권을 더욱 공고히 하기 위해 지난 30년 동안 반쪽만 행사해온 중동 석유 통제력을 독차지하려 했다. 미국은 전쟁만이 그 모든 문제의 해결책이라고 믿었다. 미국은 이라크 침공을 정당화하기 위해 세계평화나 민주주의 같은 거창한 명분을 내세웠지만, 결국 미국을 전쟁으로 이끈 것은 석유에 대한 탐욕이었다. 미국 연방준비위원회FRB 의장을 역임한 앨런 그린스펀Alan Greenspan은 퇴임 후 집필한 회고록에서 "이라크 전쟁이 모두가 알다시피 석유와 관계된 전쟁이었음을 인정하기가 정치적으로 불편했다는 사실이 슬펐다."라고 고백했다.

셋째, 미국은 이라크 전쟁을 통해 막강한 군사력을 과시함으로써 세계

패권을 유지하고 경쟁국들을 견제하고자 했다. 냉전 종식 후 10년간 미국은 승승장구했다. 미국은 세계 유일의 초강대국으로서 국제 질서를 자국의 입맛에 맞게 좌지우지했고 그 어떤 나라도 미국의 독주에 맞서지 못했다. 그러나 청천벽력 같은 9·11 테러는 모든 것을 뒤바꿔 버렸다. 미국은 충격과 분노에 휩싸였고 세계 각국은 팍스 아메리카나Pax Americana 의 지속 여부를 의심하기 시작했다. 이 사건을 계기로 미국의 외교안보 정책은 한층 더 독선적이고 공격적으로 바뀌었다. 부시 대통령은 전 세계에 "우리 편에 설 것인지, 테러리스트 편에 설 것인지Either You are with us or you are with the terrorists"를 선택하라고 요구했다. 미국은 부시 독트린 Bush Doctrine을 통해 세계를 향해 선전포고를 한 셈이다. 미국은 세계패권 유지를 위해 부시 독트린이 결코 빈말이 아님을 보여줄 필요가 있었다. 미국은 이라크 전쟁에서 막강한 군사력을 과시함으로써 9·11 테러로 손상된 미국의 위세를 회복하고 적대세력과 경쟁국들의 도전의지를 사전에 꺾어 버리려고 했다. 미국의 적극적 군사행동은 공공연히 반미를 외치는 베네수엘라 차베스 정권이나 은근슬쩍 중동과 아프리카에 세력을 확장하고 있던 중국에 강력한 경고 메시지가 될 수 있었다. 9·11 테러 사태로 독이 오를 대로 오른 미국은 주저하지 않고 이라크 침공을 단행했다.

전쟁이 남긴 어두운 유산

전쟁 초기 미국의 전쟁 수행은 순조로운 듯했다. 개전 첫날부터 이라크군이 대거 투항했다. 이라크군은 미군을 상대로 산발적 저항을 펼치기도 했지만 모든 것이 허사였다. 개전 20일 만에 수도 바그다

252

드가 함락되고 국토 대부분이 미군 수중에 떨어졌다. 5월 1일 부시 대통령이 항공모함 에이브러햄 링컨호 함상에서 종전선언을 할 때까지만 해도 미국은 손쉽게 전쟁 목적을 달성하는 듯했다.

2003년 5월 1일 에이브러햄 링컨호 함상에서 종전선언을 하는 부시 대통령

　그러나 승리의 기쁨도 잠시, 얼마 지나지 않아 미국은 이라크에서 베트남 전쟁에 못지않은 수렁에 빠져들고 있음을 절감해야 했다. 애초 미국은 2개월 정도면 이라크 점령을 끝내고 병력을 철수할 수 있으리라 예상했다. 전비戰費도 600억 달러(이라크 재건비용 25억 달러 포함) 정도면 충분하리라 여겼다. 그러나 이라크의 혼란이 가중되면서 미군 철수는 점점 지연되었고 그사이 사상자와 전비는 끝없이 늘어났다. 설상가상으로 미국이 내세운 전쟁 명분은 모두 허위와 조작이었음이 드러났다. 2004년 8월 중순 콜린 파월 국무장관은 이라크에서 대량살상무기의 수색을 중단한다고 발표했다. 이라크를 점령한 미군은 특수 전담반(Iraq Survey Group)까지 조직해 1년 4개월 동안 이라크 전역을 샅샅이 뒤졌으나, 이라크가 대량살상무기를 보유했거나 개발 중이었다는 증거는 단 한 건도 찾아내지 못했다. 유일한 성과라면 대대적인 수색과정에서 사담 정권이 자행한 민간인 대량학살 현장(생매장지)을 여러 군데 찾아냈다는 것뿐이다. 사

담 정권이 국제 테러조직 알카에다와 연계되었다는 주장도 사실무근으로 판명되었다. 전쟁 전 미국이 국제 사회에 공개한 이라크 대량살상무기 및 테러 지원 관련 증거들은 대부분 미국 정보기관들이 날조한 것으로 밝혀졌다. 사실 세속 권력에 집착했던 사담은 이슬람 근본주의를 추구하는 알카에다가 이라크 내에 세력을 확장하는 것을 극도로 경계했다고 한다. 오히려 사담 정권이 무너진 이후 이라크는 국제 테러조직들의 온상이 되어 버렸다. 알카에다는 이라크 지부까지 조직해 각종 테러를 일삼고 종파 갈등을 부추겨 결국 내전을 일으켰다. 순니-쉬아 간 종파 내전의 직접적 계기가 된 2006년 2월 22일 사마라Sāmarrā에 있는 쉬아파 성지 알 아스카리야al-Askariyya 마스지드 폭파사건은 알카에다의 소행으로 밝혀졌다. 이라크에 민주주의를 확립하겠다던 미국의 원대한 구상도 물거품이 되었다. 미국은 '이라크 자유 작전Operation Iraqi Freedom'이라는 거창한 작전명을 내걸고 전쟁을 일으켰지만, 미국의 이라크 침공*은 판도라의 상자를 열어젖힌 격이 되고 말았다. 미국은 전쟁을 통해 무자비한 사담 정권을 무너뜨릴 수 있었다. 그러나 독재 정권의 통제가 사라진 자리에는 극도의 무질서와 혼란이 찾아들었다. 민족 분쟁, 종파 갈등 등 온갖 해묵은 문제들이 한꺼번에 터져 나오면서 이라크는 결국 내전에 휩싸였다. 여전히 이라크에서는 내전이 계속되고 있고 평화와 민주주의 정착은 요원하기만 하다. 끝없는 내전에 지친 이라크 국민들 사이에서는 차라리

---

* 미국 언론은 이라크 전쟁 관련 보도를 할 때 'Operation Iraqi Freedom'이라는 공식 작전명보다 'The Invasion of Iraq'라는 표현을 더 즐겨 사용한다. 미국인들조차 이라크 전쟁을 침략이라고 인식하고 있음을 알 수 있다.

사담 시절이 그립다는 불평이 쏟아져 나오는 실정이다.

8년 9개월이나 지속된 전쟁은 미국에 감당할 수 없는 손실을 안겨 주었다. 이라크 전쟁으로 미군 및 미국인 4,486명이 사망했고 3만 2,226명이 부상을 입었다. 미군 사망자 중에는 전쟁 후유증을 견디다 못해 자살한 군인들도 꽤 된다. 미국은 3조 달러(약 3,300조 원)에 가까운 돈을 전비와 이라크 재건비용으로 쏟아부었다.* 전쟁으로 인한 과도한 재정지출은 미국 정부를 파산 지경으로 몰아넣었고 경제에도 악영향을 끼쳐 지금까지 미국을 비롯한 세계 각국은 극심한 불황에 시달리고 있다. 미국은 애초 이라크 석유를 팔아 전비와 재건 비용을 충당할 계획이었다. 그러나 전쟁이 장기화되면서 이 계획은 보기 좋게 빗나가 버렸다. 전쟁 전 이라크의 1일 원유 생산량은 260만 배럴이었다. 그나마 전쟁이 일어나자 1일 원유 생산량은 150만 배럴로 떨어졌다. 미국이 석유를 팔아 전비와 이라크 재건비용을 충당하려면 1일 원유 생산량이 600만 배럴은 되어야 하는데, 전쟁기간 내내 이라크 석유 생산량은 하루 평균 200만 배럴에 그쳤다. 석유 생산량이 늘어나려면 정세 안정이 필수요건이었으나, 내전이 벌어지면서 혼란은 더욱 가중됐고 원유증산계획은 물거품이 되었다. 한마디로 미국에 이라크 전쟁은 밑지는 장사였다. 무엇보다 이라크 전쟁은 미국의 도덕성과 국가 이미지에 커다란 상처를 남겼다. 미국은 이제까지 자유와 인권을 존중하는 민주주의의 수호자라 자처해 왔건만(역사상 미국이 실제로 이런 가치들을 국익보다 앞세운 적은 단 한 차례도 없었지만), 이라

---

* 김강한, 「美가 3조 달러 퍼붓고 '실패한 전쟁' … 독재자 사라진 곳, 종파분쟁은 더해」, 『조선일보』 2013년 3월 12일.

크 전쟁의 명분이 모두 허위와 조작이었음이 드러나자 미국의 위신은 땅에 떨어졌다. 전쟁 중 벌어졌던 미군의 오폭, 민간인 학살, 포로 인권침해 등은 범세계적으로 비난을 샀다. 특히 2004년 4월 아부 그라이브 수용소에서 벌어진 포로 고문과 잔학 행위가 언론에 공개되면서 미국의 국가 이미지는 치명상을 입었다. 이를 두고 베네수엘라의 우고 차베스Hugo Chávez 대통령은 "미국은 이라크에서 테러와의 전쟁을 벌이고 있다고 주장하지만 미국이야말로 진정한 테러리스트다."라고 비난했다.

모두를 파멸로 몰아넣은 전쟁을 통해 유일하게 이득을 챙긴 측은 미국의 네오콘Neo-Con이었다. 부시 행정부를 이끈 미국의 네오콘 수뇌부는 모두 석유와 군수업계의 거물들로 채워져 있었다. 체니Dick Cheney 부통령은 세계적 석유개발회사 겸 군사기지 건설회사 핼리버턴Halliburton의 경영주였고 그의 아내(린 체니Lynne Cheney)는 군수회사 록히드 마틴Lockheed Martin의 이사를 역임했다. 도널드 럼스펠드Donald Rumsfeld 국방장관, 돈 에번스Don Evans 상무장관, 게일 노턴Gale Norton 내무장관, 폴 울포위츠 Paul Wolfowitz 국방부 부장관, 콘돌리자 라이스Condoleezza Rice 안보보좌관 등은 모두 석유나 군수업체 경영자 아니면 대주주였다. 이들은 이라크 전쟁을 통해 천문학적 액수의 돈을 벌어들여 개인 재산이 몇 갑절로 늘어났다. 전쟁의 최고 수혜자는 단연 부시 대통령이었다. 텍사스 석유회사의 소유주이자 군수업계에도 막대한 지분을 가진 부시 대통령은 네오콘 중에서 가장 많은 돈을 벌었고, 대통령에 재선되기까지 했다. 미국 역사상 최대 논란을 불러일으킨 2000년 대선에서 대법원 판결까지 가는 우여곡절 끝에 겨우 대통령직에 오른 부시는 전쟁이라는 위기상황을 이용해 2004년 선거에서는 여유 있는 표차로 재선에 성공했다. 모든 면에서 그보다 능력이 뛰어났던 아버지(George H. W. Bush, 제41대 대통령)도 이루지 못한 재선의 꿈을 부족하기만 한 아들(George W. Bush, 제43대 대통령)이 이룬 것이다. 이들 소수의 승리자들을 제외한 미국 국민 전체는 패배자가 되었다. 전쟁이 남긴 어두운 유산은 고스란히 미국 국민의 몫으로 남았다. 전쟁을 일으킨 미국의 국민들조차 이제는 자신들이 전쟁의 피해자라고 여긴다. 2013년 3월 전쟁 발발 10주년을 기념해 미국 CBS 방송국이 실시한 여론조사에서 응답자의 59퍼센트가 '애초 전쟁을 일으킨 것 자체가 미국의 실수였으며, 이라크 전쟁은 사실상 실패한 전쟁이었다.'라고 답했다.

전쟁으로 이라크가 겪은 고통과 상처는 미국과는 비교할 수도 없는 지경이다. 지금까지 이라크가 입은 인적 손실은 민간인 사망자 약 10만 명에 부상자는 그 몇 배에 이른다. 전쟁 난민도 270만 명이나 발생했다. 물적 손실은 헤아리기조차 어렵다. 이라크는 말 그대로 전 국토가 초토화되었다. 그중에서도 격전지였던 바그다드, 바스라, 팔루자 등은 기간 시설이 거의 다 파괴되어 더 이상 현대적 도시의 면모를 찾아보기 어렵다. 아직도 테러가 난무하는 바그다드는 도시 전체가 거대한 난민 수용소로 변해 버렸다고 해도 과언이 아니다. 경제는 완전히 파탄지경이어서 실업률이 50퍼센트에 육박하고 전 인구의 약 20퍼센트는 끼니를 걱정해야 할 정도로 절대빈곤에 시달리고 있다.* 이라크인은 생명과 재산, 그리고 자존심에 이르기까지 모든 것을 다 잃었다. 더욱 심각한 것은 전쟁이 그들의 과거(전쟁 중에 수많은 고대 유적과 문화유산이 파괴되었다.)와 현재뿐만 아

---

* 구정은, 「바그다드, 그 후 10년」, 『황해문화』 2013년 여름호(통권 제79호).

니라 미래까지 앗아갔다는 점이다. 나라의 미래를 책임질 도서관, 연구소, 각급 교육기관 등 지식기반이 깡그리 파괴되어 재기불능 상태에 빠졌다. 덕분에 전쟁 전 중동 지역에서 가장 낮은 수준이던 이라크의 문맹률은 지금 40퍼센트대를 넘어섰다.[*]

이라크 전쟁 이후의 세상

이라크 전쟁은 국제 질서에 많은 변화를 가져왔다. 전쟁으로 국력을 지나치게 소모한 미국은 더 이상 세계 유일의 초강대국으로서의 지위를 유지하기 어려워 보인다. 이라크 전쟁은 미국의 중동정책과 에너지정책에도 큰 변화를 가져왔다. 미국은 이라크 전쟁과 같은 함정에 다시 빠져들지 않기 위해 중동 지역에 대한 직접 군사개입을 자제하고 있다. 미국 오바마 대통령은 최근 리비아 사태나 시리아 내전에 소극적 태도를 보이고 있다. 심지어 이라크 내전이 일촉즉발의 위기상황으로 치닫고 있음에도 불구하고 미국 오바마 대통령은 이라크에 재차 지상군을 파견하는 일은 결코 없을 것이라고 단언하는 실정이다. 미국은 자국 내 석유자원을 적극 개발하고 석유 수입 다변화를 통해 중동 의존도를 낮추려고 고심하고 있다. 2011년 이라크 철군 이후 미국은 높은 생산원가(배럴당 평균 60달러 이상)에도 불구하고 자국 내 셰일가스나 캐나다산 오일샌드 개발에 적극 나서고 있다. 2009년 하루 495만 배럴까지 떨어졌던 미국의 원유 생산량은 최근 셰일오일 개발에 힘입어 2012년 하루 1,112

---

[*] UNDP, Human Development Reports, 2011.

만 배럴로 석유 생산량 세계 2위(1위 사우디아라비아 1,173만 배럴, 3위 러시아 1,040만 배럴)로 올라섰고, 주요 석유 수입국을 캐나다, 멕시코, 베네수엘라 등 북중미 국가들로 바뀠다. 2012년 미국의 연간 석유 수입량 중 중동산이 차지하는 비율은 22퍼센트에 불과하다.* 더구나 최근 미국산 셰일가스나 캐나다산 오일샌드 개발이 더욱 활기를 띠면서 미국의 중동 석유 의존도는 앞으로 더욱 낮아질 전망이다. 전쟁은 세계 경제에도 지대한 영향을 끼쳤다. 애초 미국의 바람과는 달리 전쟁으로 국제 유가가 치솟아 고유가 시대가 이어졌다. 전쟁 직전 배럴당 22달러였던 국제 유가는 2014년 9월 배럴당 100달러에 육박했다(두바이유 기준). 10년 넘게 지속된 고유가는 세계 경제 회복에 큰 부담이 되고 있다. 미국과 유럽 경제가 고유가와 전쟁으로 몸살을 앓는 사이 중국은 괄목할 만한 경제성장을 통해 세계 2위의 경제대국으로 올라섰다. 이제 중국은 신장된 경제력을 바탕으로 정치, 군사 대국화에 나서고 있다. 세계는 앞으로 미국과 중국 간에 새로운 냉전이 시작되는 것은 아닌지 우려하고 있다. 사담 정권의 몰락을 지켜본 북한과 이란은 핵무기 개발에 더욱 박차를 가하고 있다. 미군의 어마어마한 대공세에도 불구하고 이슬람 테러리즘은 여전히 수그러들 기미를 보이지 않고 있다. 2013년 4월과 5월 미국 보스턴과 영국 런던에서는 충격적인 테러가 연달아 발생했다. 그리고 나이지리아에서 보코 하람Boko Haram이 저지르는 엽기적인 테러 행각으로 이슬람 극단주의에 대한 국제사회의 우려와 경계심은 한층 더 심화되고 있다. 이라크 전쟁은 끝났어도 세계는 전쟁 전보다 더 불안하고 위험해졌다.

---

* U.S. Energy Information Administration, The World Oil Production, 2013.

미국은 상황이 감당할 수 없을 만큼 악화되자 그들이 자초한 수많은 문제를 방기한 채 이라크에서 무책임하게 철수해 버렸다. 미군은 떠났지만 이라크는 여전히 전쟁을 치르고 있다. 미국이 전쟁을 통해 이룩한 성과라고는 이라크에서 극악무도한 독재정권을 몰아낸 것이 전부다. 애초 미국은 사담 정권 축출과 민주주의 정착을 대의명분으로 내세웠으니 그것도 절반의 성공이라고 보아야 한다. 이라크에 민주주의가 성공적으로 뿌리내리게 될지는 아직도 미지수다. 그러나 미국의 의도와는 상관없이 이라크 전쟁은 중동 민주화 열풍의 씨를 뿌렸다. 나폴레옹 전쟁으로 유럽에 자유주의가 전파됐던 것처럼 미국의 이라크 침공은 아랍 민중의 각성을 불러일으켰고, 2010년 12월 튀니지를 필두로 중동을 휩쓴 재스민 혁명이 일어났다. 이라크 전쟁이 남긴 유일한 긍정적 유산이라 할 수 있다. 물론 튀니지와 이집트에서 그랬던 것처럼 사담 정권이 이라크 민중의 힘으로 붕괴됐다면 이상적이었을 것이다. 그러나 2012년 종식된 리비아 사태나 지금도 진행 중인 시리아 내전을 놓고 볼 때 민중봉기에 의한 사담 정권 붕괴는 실현 가능성이 희박했다. 설사 그것이 실현됐다 하더라도 내전은 불가피했을 것이며, 전쟁보다 더 많은 인명피해가 발생했을 공산이 크다. 필연적으로 외세의 개입도 뒤따랐을 것이다. 민족, 종파 간의 갈등은 이라크에서 언젠가는 터질 시한폭탄 같은 문제였다. 미국의 침공은 단지 뇌관을 건드려 시한폭탄을 좀 더 빨리 터뜨린 것에 불과하다. 사실 이라크가 외세의 침입을 불러들인 측면도 있다. 제삼자의 입장에서 보면 이라크 전쟁은 포악하고 탐욕스러운 승냥이가 욕심이 지나쳐 사자의 몫lion's share까지 넘보다가 성난 사자에게 호되게 당한 격이라고 할 수 있다. 사담이 지배하는 이라크는 극악무도한 폭정을 펼쳐 자국민 수백만

명을 잔인하게 학살하고 주변국들을 침탈하던 깡패국가rogue state였다. 솔직히 사담 정권은 하루 빨리 무너졌어야 하는 사악한 체제였다. 사람들은 전쟁의 교훈으로 유비무환을 자주 거론하지만, 이라크 전쟁의 교훈은 적국에 침략의 빌미를 주지 말아야 한다는 것이 아닐까 한다. 근래 북한의 무모하고 파괴적인 대내외 국가정책을 지켜보고 있노라면 자연스럽게 이라크 전쟁의 교훈을 머릿속에 떠올리게 된다. 이래저래 이라크 전쟁을 바라보는 내 심정은 착잡하기만 하다.

비록 한 달여의 짧은 기간이었지만 나는 이라크 전쟁을 직접 체험했다. 이라크에 다녀온 이후 TV에서 이라크 관련 뉴스가 나올 때마다 나도 모르게 귀를 쫑긋 세우고 TV 앞으로 다가서곤 했다. 이라크는 내게 소중한 의미가 있는 특별한 나라였고 그곳에서 벌어지는 전쟁은 더 이상 남의 일이 아니었다. 2011년 12월 15일 미국 오마바 대통령은 철군 발표를 하면서 '미군은 이라크에서 세계 평화와 민주주의 발전에 큰 기여를 했으며 대단한 성과를 올렸다. 이 모든 것은 참전용사들의 희생과 헌신이 있었기에 가능했다.'라고 평가했다. 백악관에 들어앉아 보고서와 TV를 통해 전쟁을 지켜본 미국 대통령에게는 이라크 전쟁이 대단한 성과요 숭고한 희생이자 헌신이었는지 모르겠지만, 바그다드에서 내가 목격한 전쟁은 그저 고통스럽고 처참할 뿐이었다. 아침 출근길마다 길가에 쓰레기처럼 널려 있던 시체들, 굶주림에 지쳐 쓰레기통을 뒤져 음식 찌꺼기를 주워 먹던 아이들, 불발탄이 터져 손발이 잘린 채 병원에 실려 온 부상자들, 이런 참혹한 모습들이 내가 기억하는 이라크 전쟁의 실상이다.

출구 없는 미궁에 빠진 것처럼 도무지 해결 기미가 보이지 않던 이라크 사태는 최근 더욱 악화되어 새로운 위기를 맞고 있다. 2014년 6월 중순

국제평화단체 회원들이 이라크 어린이들과 함께 바그다드 거리에 버려진 이라크군 탱크에 평화를 기원하는 그림을 그려 놓았다.
© 조인원

시리아 내전을 틈타 세를 크게 불린 순니파 테러조직 이슬람국가IS; Islamic State가 주도하는 반군세력이 이라크 서북부를 대부분 장악하고 파죽지세로 남하하여 이제는 수도 바그다드마저 위협하고 있다. 상황이 급박해지자 이란, 사우디아라비아 등 주변국과 더불어 미국, 러시아까지 이라크에 개입하면서 이라크 사태는 순니-쉬아 간 종파 내전에서 중동 전역을 아우르는 국제전으로 확전될 조짐을 보이고 있다. 사태가 계속해서 악화일로로 치닫는다면 최악의 경우 중동 전체가 전쟁의 소용돌이에 휘말리는 참담한 파국을 맞이할 가능성도 배제할 수 없게 됐다. 만약 불길한 예측이 그대로 실현된다면 중동 지역이 지닌 지정학적·지리경제학적 중요성에 비춰 볼 때 국제정세와 세계경제에 미칠 파장은 상상을 초월하는 수준에 이를 전망이다. 아직 이라크 사태가 어떤 양상으로 전개될지는 미지수이다. 그러나 한 가지 분명한 것은 이라크 내전이 길어지면 길어질수록 이 사태의 최대 피해자인 이라크인들이 흘려야 할 피와 눈물의 양은 점점 더 늘어날 것이라는 점이다.

아직도 이라크에서 총성은 그치지 않았다. 지금 이 시간에도 이라크 전쟁은 여전히 현재 진행형이다. 끝없이 이어지는 살육과 파괴를 과연 그 누가 나서 종식할 것인가? 전쟁이 야기한 난장판은 또 어떻게 수습하고 이라크를 재건할 것인가? 아무리 고심해도 해답을 찾을 수 없는 암담한 현실이 한없이 슬프고 안타깝기만 하다.

15. 일랄 리까, 바그다드!

전쟁 중인 바그다드의 풍경

　　　　　어느덧 시간이 흘러 바그다드를 떠날 날이 점점 다가왔다. 알 라지 병원에서의 의료 봉사활동이 막바지에 접어들면서 단원들은 각자 맡은 업무를 마무리하는 작업에 들어갔다. 의료진은 의료활동을 정리하느라 여념이 없었다. 의료진은 매일 병원을 찾는 환자들을 진료하는 중에 틈틈이 짬을 내 환자들의 차트를 꼼꼼히 정리해 나갔다. 나머지 팀원들은 약사 류리 씨를 도와 남은 의약품의 재고량을 파악하고 목록을 작성하는 일에 매달렸다. 이 모든 작업은 우리 팀에 이어 바그다드에 파견될 의료지원단 2진을 위한 것이었다. 애초에 대한적십자사는 우리 팀 이외에 한두 차례 더 의료지원단을 바그다드에 파견할

264

계획이었다.

　나는 나대로 회계를 마감하고 장부를 맞추느라 정신이 없었다. 일단 바그다드를 벗어나면 다시는 장부를 정리할 기회가 없었기 때문에 혹시라도 있을지 모를 회계상의 실수를 찾아내 수정하기 위함이었다. 회계 마감을 앞두고 나는 보유한 이라크 화폐를 서둘러 소진했다. 이라크를 벗어나면 이라크 디나르는 더 이상 화폐로서의 가치가 없었기 때문에 추가 환전은 피하고 지출이 있을 때마다 이라크 디나르를 우선적으로 소모했다. 매일 일급으로 나누어 주던 현지 고용인들의 임금도 일주일 치를 미리 정산해 한꺼번에 지급했다. 숙박비와 식대를 정산해 미리 떼어 놓고 남은 자금은 김정하 과장님께 반납했다. 이 모든 작업을 깔끔하게 마무리 짓기 위해 나는 바그다드에 머무는 마지막 일주일 내내 다른 때보다 훨씬 더 바쁜 나날을 보내야만 했다. 그래도 매일 나를 괴롭히던 결산과 장부 정리의 스트레스로부터 벗어날 수 있다는 생각에 마음은 홀가분했다.

　업무를 정리하느라 바쁜 와중에도 단원들은 바그다드에서의 마지막 추억 쌓기에 열심이었다. 우리는 바그다드에 머무는 마지막 두 주일 동안 휴일인 금요일마다 바그다드 시내를 구경하고 시장을 돌아다니며 기념품을 사느라 쉴 틈이 없었다.

　바그다드 시내 관광은 마스지드 투어라고 해도 과언이 아니다. 사실 바그다드는 그다지 매력적인 도시는 아니다. 더구나 전쟁 통이어서 시내에서 마스지드 외에 특별히 둘러볼 만한 장소도 마땅치 않았다. 바그다드에서 가장 유명한 마스지드는 그린존에서 북쪽으로 약 5킬로미터 떨어진 카디미야 지역에 있는 알 카디미야al-Kadhimiya 마스지드다. 카디미야 지역은 칼리파 하룬 알 라쉬드가 조성한 압바스 왕조의 황실묘지가 있던

금빛으로 화려한 알 카디미야 마스지드. 하지만 우리는 쉬아파 무슬림이 아니라는 이유로 들어가지 못했다. ⓒ 조인원

곳이다. 9세기 초 이곳에 쉬아파 제7대 이맘* 무사 알 카짐Mūsā al-Kādhim
과 제9대 이맘 무함마드 앗 타끼Muhammad ad Taqi의 무덤이 조성되었고,
16세기 초 오스만 투르크 제국 시대에 두 이맘의 무덤 위에 이들을 추모

---

* 쉬아파의 종교적 수장首長을 가리키는 명칭이다. 이슬람 만민평등주의(신 앞에서 모든 인간
은 평등하다는 사상)에 입각해 사제司祭 계급의 존재 자체를 인정하지 않는 순니파에게 이맘
imam(i를 소문자로 표기한다.)은 단순히 집단 예배를 인도하는 사람일 뿐이다. 반면 예언자
무함마드의 피를 이어받은 자만이 후계자가 될 수 있다는 혈통주의를 고수하는 쉬아파는 역
대 순니파 칼리파들의 정통성과 권위를 부정하고 대신 자신들이 옹립한 최고 종교 지도자를
이맘Imam(반드시 I를 대문자로 표기한다.)이라 불렀다. 무함마드의 사촌동생이자 사위인
제4대 칼리파 알리가 사후 제1대 이맘으로 추존되었고, 이후 그의 직계 자손들이 12대까지
이맘의 지위를 세습했다.

하기 위한 마스지드가 건립되면서 알 카디미야 마스지드는 오늘날의 웅장한 모습을 갖추게 되었다. 화려한 페르시아 양식으로 지어진 알 카디미야 마스지드는 터키의 블루모스크, 인도의 타지마할과 더불어 이슬람 건축의 백미로 손꼽힐 만큼 아름다운 건축물이다. 금빛 찬란한 돔과 미나레트minaret*, 꾸란 문구와 화려한 아라베스크 문양으로 장식된 회랑 외벽 등은 보는 이의 경탄을 자아내기에 충분하다. 알 카디미야 마스지드는 화려한 외관 못지않게 독특한 구조로도 유명하다. 본당과 4개의 미나레트는 성곽을 연상시키는 거대한 장방형 회랑으로 둘러싸여 있고 정문에서 본당까지 회랑이 연결되어 있어 공중에서 내려다보면 전체 구조가 마치 날 일日 자를 옆으로 눕혀 놓은 듯하다. 특이하게도 알 카디미야 마스지드는 돔이 하나가 아니라 둘이다. 본당 상층부에 크기와 모양이 거의 흡사한 황금빛 돔 2개가 나란히 배치되어 있는데, 이 쌍둥이 황금 돔은 그곳에 잠들어 있는 2명의 이맘을 상징한다고 한다. 하지만 우리는 아쉽게도 알 카디미야 마스지드 내부를 구경할 수 없었다. 우리가 길을 건너 입구로 다가가자 머리에 검은색 터번을 두른 경비원 3명이 앞으로 나서며 우리를 가로막았다. 그곳은 쉬아파 성지이므로 무슬림 그것도 쉬아파 무슬림이 아니면 마스지드 내부에 들어갈 수 없다고 했다. 우리는 그들의 험악한 표정과 손에 든 AK-47 자동소총의 위세에 눌러 찍소리 한 번 못하고 물러나야 했다.

---

* 이슬람 사원 주위에 서 있는 첨탑이다. 무앗진이 이곳에 올라가 하루 다섯 번 기도시간을 알리는 아잔을 외친다. 과거에는 야간에 미나레트 꼭대기에 횃불을 밝혀 대상隊商이나 여행자들이 길을 찾을 수 있도록 하는 사막의 등대 역할을 겸했다.

우리는 할 수 없이 발길을 돌려 길 건너 시장으로 향했다. 알 카디미야 마스지드 맞은편에는 바그다드에서 가장 큰 재래시장이 있다. 광장을 중심으로 상점들이 몰려 있는 유럽식 시장과 달리 중동 지역의 시장은 거리 양쪽에 상점들이 일직선으로 배열된 것이 특징인데 이런 아랍식 시장을 바자르bazaar*라고 부른다. 영어권에서는 자선행사라는 의미로 쓰이지만 바자르는 원래 페르시아어로 시장을 뜻한다. 예로부터 중동 지역에서는 강한 태양빛과 더위를 막기 위해 탁 트인 장소보다는 거리를 따라 상점들이 늘어서고 거리 위에 차양을 치거나 아예 지붕을 얹은 형태의 바자르가 발달했다. 유럽을 거쳐 세계 각국에 전파된 아케이드arcade도 실은 중동 지역의 바자르에서 유래한 것이다. 현재 전통적인 바자르의 원형이 가장 잘 보존된 곳은 터키 이스탄불의 명소 그랜드 바자르Grand Bazaar다.

시장에 들어서니 상인들보다 구걸하는 아이들이 먼저 우리를 반겼다. 어디서 나타났는지 남루한 옷차림의 아이들 10여 명이 합창하듯 "아나 미스킨, 안타 칼림Ana Miskin, Anta Kalim!"(나는 불쌍하고 당신은 자비롭습니다!)을 외치며 우리 뒤를 졸졸 따라왔다. 그 무렵 바그다드에서는 어디에 가나 쉽게 볼 수 있는 풍경이었다. 안타깝지만 이들에 대한 동정은 금물이다. 몇 명에게 돈을 주면 순식간에 동냥하는 아이들이 벌떼처럼 몰려들어 나중에는 감당할 수 없게 된다. 가슴이 아파도 어쩔 수 없이 무시해야 한다. 오히려 아이들을 못마땅하게 여긴 사람은 우리가 아니라 마헤르였다. 마헤르

---

* 아랍어에는 시장을 뜻하는 수크souk라는 단어가 따로 있지만, 압바스 왕조가 페르시아 문화를 폭넓게 받아들인 결과 중동 지역에서는 일반적으로 시장을 페르시아어인 바자르라고 부른다. 그러나 선왕조인 우마이야 왕조의 영향이 짙게 남아 있는 시리아 인근 지역이나 북아프리카 지역에서는 외래어 바자르 대신에 수크라는 고유 아랍어 명칭이 더 많이 쓰인다.

재래시장 골목의 책 노점상   ⓒ 조인원

는 무섭게 인상을 쓰고 고함을 질러 구걸하는 아이들을 쫓아 버렸다. 마헤르는 전쟁 전에는 바그다드에서 이런 꼴을 결코 볼 수 없었다며 아이들이 자립심 대신 남의 동정이나 바란다면 이라크가 어떻게 다시 일어설 수 있겠냐며 분을 삭이지 못했다. 이라크인 특유의 자존심이었다. 나는 언젠가 이라크인들이 그들의 자존심을 마음껏 뽐낼 날이 오기를 진심으로 바란다.

8세기 바그다드의 시장은 동서양의 온갖 진귀한 상품이 모두 몰려드는 세계 물산의 집산지였다. 1970년대 초까지만 해도 카디미야 바자르는 금은방과 보석상들이 줄지어 있는 번화한 시장이었다고 한다. 그러나 오늘날 카디미야 바자르는 화려한 옛 모습은 온데간데없고 그저 지저분하고 초라한 재래시장일 뿐이다. 그래도 다른 단원들은 신이 나서 여기저기

구경 다니고 척 보기에 가짜가 분명해 보이는 아랍 골동품을 기념품으로 사느라 정신이 없었다. 하지만 바그다드 시장 구경이라면 이미 질리도록 한 나는 그저 심드렁하기만 했다.

그곳에서 내가 눈여겨본 것은 중고서적을 파는 노점상들이었다. 그동안 이라크에서는 독재정권의 무시무시한 검열 탓에 책의 출판과 유통이 자유롭지 못했다고 한다. 그중에서도 외국 서적에 대한 통제가 특히 심해 이라크에서 외국 서적을 찾아보기란 하늘의 별 따기만큼이나 어려웠다고 한다. 그런데 사담 정권이 무너지면서 각종 서적들이 시중에 쏟아져 나왔다. 노점상들이 거리에 펼쳐 놓고 파는 책들 중에는 『National Geographic』, 『Time』, 『Economist』 같은 영문 잡지도 눈에 띄었다. 나와 함께 책 구경을 한 압바스는 바그다드 시내에서 이런 종류의 책을 보게 될 줄은 몰랐다며 놀라워했다. 시장 한 귀퉁이에서도 자유의 바람이 불고 있음을 느낄 수 있었다.

알 카디미야 마스지드 외에 인상 깊었던 장소는 바그다드 서쪽 알 아델 al-Adel 지역에 있는 사담 후세인 마스지드*였다. 그곳은 1991년 걸프 전쟁 때 사담이 은신한 지하 벙커가 있던 자리에 건립된 것이라고 한다. 사담은 걸프 전쟁에서 자신과 이라크가 무사할 수 있었던 것은 알라의 은총 덕분이라며 은신처 위에 거대한 마스지드를 건립할 것을 지시했다고 한다. 사담 후세인 마스지드는 이라크에 있는 그 어떤 마스지드보다도 크

---

* 이 마스지드의 공식 명칭은 움므 알 마아리크Umm al-Ma'arik(Mother of All Battles) 마스지드다. 그러나 사람들은 이곳을 일명 사담 후세인 마스지드라 부른다. 나중에 이곳의 공식 명칭은 움므 알 꾸라Umm al-Qura(Mother of All Cities) 마스지드로 변경되었다.

사담 후세인 마스지드의 전경

고 화려하다. 본당 주위에 해자를 둘러 건물이 인공 호수 위에 떠 있는
것처럼 보이고, 흰 대리석으로 지은 건물 위에 푸른색 돔을 얹어 화려함
을 더했다. 본당 주위에 우뚝 솟은 총 8개의 미나레트 중 4개는 AK-47
자동소총을, 나머지 4개는 스커드 미사일을 형상화했다. 이라크 최대 규
모를 자랑하는 이 마스지드는 내부에서 4만 5,000명이 동시에 예배를 볼
수 있을 만큼 거대하다. 이 어마어마한 규모의 마스지드는 오직 사담 한
사람만을 위한 개인 종교 시설이었다. 사담은 이곳을 사후 자신의 영묘靈
廟로 활용할 계획이었다. 막대한 국가 예산을 들여 건설한 이 거대한 마
스지드는 전쟁 전까지 일반에 일체 공개되지 않았다고 한다. 어쩌면 우
리가 이곳을 방문한 최초의 외국 민간인이었는지도 모르겠다. 이곳도 역

시 내부를 구경할 수는 없었다. 본당 내부로 통하는 출입문은 굵은 쇠사슬로 굳게 닫혀 있었다. 어쩔 수 없이 경내를 한 바퀴 둘러보고 본당 앞에서 기념사진을 찍고 물러나왔다. 건물 바깥에 삼성전자 에어컨 실외기가 줄지어 놓인 모습이 인상적이었다. 마스지드는 너없이 크고 화려했지만 그곳을 둘러보는 내내 절대 권력을 향한 사담의 집착과 광기가 느껴져 왠지 기분이 으스스했다.

붉은 악마와 peacemaker

바그다드에서 맞이하는 마지막 금요일, 우리는 이라크인들과 축구경기를 하며 석별의 정을 나눴다. 처음에는 그저 동네 공터에서 알 라지 병원의 이라크 의사들과 공을 찰 생각이었는데 뜻밖에 일이 커져서 바그다드 대학 축구 대표팀과 우리 팀 간의 국가 대항전(?)이 되어 버렸다. 이라크 의사 왈리드가 모교 후배들과 한판 승부를 제안하자 우리가 응한 것이다. 장소도 알 자우라 파크 안에 있는 정식 축구장으로 바꿨다. 한낮의 불지옥 같은 더위를 피하기 위해 오후 늦게 경기가 시작되었다. 우리는 변변한 운동복도 없이 나섰는데 상대는 축구화에 정식 유니폼까지 갖춰 입고 경기장에 나타났다. 더구나 상대팀은 한창 나이의 건장한 대학생들이었다. 축구장에서 상대팀을 직접 대면하자 우리는 경기가 시작되기도 전에 기가 꺾여 버렸다. 하지만 정작 경기가 시작되자 경기 양상은 우리 예상과 정반대로 전개되었다. 전반전까지는 대등한 경기를 펼치던 이라크 팀이 후반전에 들어서자 급격한 체력 저하를 보이며 밀리기 시작했다. 아무래도 제대로 먹지 못해 그런 것 같았다. 우리는 바그다드 대학 대

바그다드 대학 대표팀과의 축구경기　　　　　　　　　　　　ⓒ 장영은

표팀을 상대로 5-2의 압도적 스코어로 승리를 거두었다. 간호사들은 2002년 월드컵 때와 똑같은 붉은 악마 복장을 하고 나와 열띤 응원을 펼쳤다. 페트병을 두드리고 대한민국을 연호하며 열렬히 우리 팀을 응원하던 간호사들은 후반 들어 이라크 팀이 일방적으로 밀리기 시작하자 이번에는 이라크를 연호하며 그들을 응원하기 시작했다. 과연 적십자 요원다운 응원 매너였다. 우리는 승부와 상관없이 이라크인들과 어울려 축구로 하나가 되었다. 경기가 끝나고 우리는 다 같이 수박을 나누어 먹으며 우정을 나눴다.

　진료 마감 이틀 전 지나가 우리를 자기 집에 초대해 저녁을 대접했다. 이라크인 가정을 방문해 그들의 실생활을 가까이서 살펴보기는 그때가 처음이었다. 지나의 가족은 이라크에서 부유층에 속하는 편이어서 집이 널

찍하고 인테리어도 고급스러웠다. 지나네 집은 티그리스 강가 고급 주택가에 자리 잡아 전망이 아주 좋았다. 정원에서 바로 강이 내다보였다. 저녁식사에 앞서 윤병학 과장님, 변성환 단장님, 그리고 이수하 선생이 아랍 전통 복장으로 갈아입고 나타나 우리 모두의 폭소를 자아냈다. 특히 구트라ghutrah*와 이깔iqal**을 두르고 턱수염까지 덥수룩하게 기른 변성환 단장님은 진짜 아랍인이라고 해도 믿을 정도였다. 우리는 아랍 전통 방식대로 거실 바닥에 앉아 식사를 했다. 아랍인은 융숭한 손님접대 문화를 자랑스러운 전통이자 최고의 미덕이라 여긴다. 그래서 그들은 자기 집에 초대한 손님에게 과하다 싶을 만큼 많은 음식을 대접한다. 그날도 거실에 차려진 음식은 우리가 도저히 다 먹지 못할 만큼 양이 많았다. 우리는 지나 가족의 환대에 보답하는 의미에서 모두들 다소 과식을 했다. 식사를 물리자 이번에는 차와 디저트가 나왔다. 디저트로 나온 쿠나파kunafa라는 이름의 아랍 과자는 조갈이 날 만큼 달았다. 이라크인들은 유난히 단것을 좋아한다. 과자도 그렇고 차도 우리보다 설탕을 훨씬 많이 넣어 무척 달게 마신다. 지나는 단원들에게 일일이 손수 만든 유리 공예품을 환송선물로 나누어 주었다. 스테인드글라스처럼 안료를 넣어 만든 색유리판에 아

---

* 아랍 남자들이 머리에 쓰는 두건을 말한다. 지역에 따라 색깔과 명칭이 달라진다. 팔레스타인 지역에서는 검은색 바둑판무늬가 있는 천을, 요르단 강 서쪽 아라비아 반도에서는 붉은색 바둑판무늬가 있는 천을 사용하는데, 각각 쿠피야kufiya와 쉬마그shimag라고 부른다. 페르시아 만 연안 지역에서는 흰색 민무늬 천을 쓰는데 이것은 구트라ghutrah라고 한다. 보통 타끼야Taqyiah라는 머리에 꼭 맞는 작고 둥근 흰 모자를 쓰고 그 위에 구트라를 두른 후 흘러내리지 않도록 이깔로 고정한다.
** 구드라, 쉬마그, 쿠삐야 등이 흘러내리지 않도록 두르는 머리띠를 말한다. 일반적으로 두 겹의 검은색 고리 모양을 사용하지만 귀족이나 왕족은 금색으로 화려하게 장식된 네모진 모양의 이깔을 착용하기도 한다.

랍어 캘리그래피calligraphy가 새겨져 있었는데, 내가 받은 초록색 유리판에 새겨진 글자가 무슨 뜻이냐고 물었더니 영광스럽게도 'peacemaker'라고 했다. 지나는 내가 이라크인들을 위해 일하는 모습이 꼭 평화의 사도 같아 보였다고 했다. 나는 지금도 그 유리 공예품을 내 방 책장 위에 고이 간직하고 있다. 그것은 아마도 내 인생 최고의 표창장이 아닐까 한다.

아쉬운 작별

6월 16일 서울 본사에서 보낸 세 번째이자 마지막 항공 화물을 수령하기 위해 바그다드 국제공항에 나갔다. 1, 2차와는 달리 3차 화물은 생수와 식료품 대신 이라크 적신월사에 기증할 물품이 주류를 이루었다. 공항에 따라 나온 이라크 적신월사 직원들은 기증 물품을 보더니 무척 기뻐했다. 공항에서 바로 기증 물품을 이라크 적신월사 직원들에게 인계하고 인수증을 받았다. 이로써 바그다드에서의 내 임무는 거의 다 끝난 셈이었다. 그 후로는 아쉬운 작별의 시간이 이어졌다. 먼저 공항에서 DHL 직원들과 작별인사를 나눴다. DHL은 우리 일 이후 일거리가 꾸준히 늘어 바레인-바그다드 노선 운항을 한동안 유지할 계획이라고 했다. DHL 바그다드 분견대 팀장인 호주 출신의 로니는 적십자 덕분에 생지옥 같은 바그다드에서 여름을 보내게 생겼다며 적십자가 고마워 죽을 지경이라고 농담을 건넸다. 평소 내게 쌀쌀맞게 대하던 여직원 샌디마저 나를 포옹하며 잘 가라고 인사를 했다. 공항을 떠나기 전 우리 미군 담당관이었던 골드블랫 준위에게도 작별을 고했다. 작별의 순간 굳은 악수를 나누며 골드블랫 준위는 적십자 활동에 일조할 수 있어 정말

진료 마지막 날 알 라지 병원 앞에서 단체 기념촬영　　　　　ⓒ 윤병학

보람 있었다고 인사말을 건넸다.

　알 라지 병원에서 마지막 날 우리는 오전까지만 진료를 하고 오후에
는 병원 관계자들이 한자리에 모여 조촐한 환송 파티를 열었다. 전쟁 중
이라 음식은 변변치 않았지만 파티를 준비한 병원 직원들의 정성만은 여
느 잔치 못지않았다. 파티가 끝나고 우리는 병원 입구로 나가 다 함께 기
념사진을 찍었다. 아쉽게도 변성환 단장님은 마지막까지 환자 수술에 매
진하시느라 기념사진 촬영에 동참하지 못하셨다. 마침내 우리는 이라크
의료진의 환송을 받으며 아쉬운 발걸음을 돌렸다. 우리를 태운 승합차가
병원 앞을 떠나오는데 동네 꼬마 알리가 뛰어서 우리 뒤를 쫓아왔다. 알
리는 알 라지 병원에 놀러오던 동네 개구쟁이들 중에 유난히 단원들을 잘

따르던 귀여운 사내아이였다. 알리는 멀어져 가는 우리 차를 기를 쓰고 쫓아오며 손을 흔들었다. 마치 영화의 한 장면을 보는 듯했다. 이 모습을 뒤돌아보던 윤혜주 간호사는 또 참지 못하고 눈시울을 붉혔다. 쉐라톤 호텔 앞에서 다시 이라크 고용인들과 눈물의 작별시간이 이어졌다. 우리는 그동안 정이 들어 다들 한 가족 같았다. 우리는 서로 번갈아 포옹하며 아쉬운 석별의 정을 나눴다.

바그다드에서의 마지막 밤, 나는 홀로 쉐라톤 호텔 15층 스카이라운지에 다시 올라갔다. 2주 전 나는 그곳에서 외신기자들 사이에 끼여 강 건너 시내에서 벌어졌던 치열한 전투를 지켜봤다. 그날과는 달리 인적 없는 스카이라운지는 어둡고 고요하기만 했다. 나는 스카이라운지 유리벽에 다가가 창밖에 펼쳐진 바그다드 시내를 내다봤다.

사람들은 흔히 바그다드를 천일야화의 도시라고 부른다. 그러나 실제로 바그다드 시내에서 천일야화의 흔적을 찾기란 쉽지 않다. 압바스 왕조의 번영이 절정에 오른 8세기 말 바그다드에는 무려 560여 개의 마스지드, 으리으리한 칼리파의 궁전, 지혜의 전당 등 수많은 문화 유적이 산재해 있었다. 그러나 세월의 풍상을 견디지 못하고 대부분 소실되어 지금 바그다드 시내에 남아 있는 압바스 왕조 시대의 유적이라고는 아바시드 궁전Abbasid Palace, 무다와라Mudawwara(大圓城) 성곽 일부, 무스탄씨리야 대학Mustansiriya University* 역사박물관이 전부다. 특히 13세기 몽고의

---

* 1227년 압바스 왕조의 제11대 칼리파 알 무스탄씨르al-Mustansir가 설립한 대학이다. 도서관에 8만 권의 장서가 보관되어 있었다는 무스탄씨리야 대학은 당대 이슬람 학문의 중심이자 아랍 지성의 상징이었다. 지금도 건물 일부가 남아 있어 역사박물관으로 활용되고 있다. 현재 바그다드 시내에 있는 무스탄씨리야 대학은 1963년 개교한 곳으로, 그 이름만 따온 것

알리바바 광장의 카흐라마나 분수상   ⓒ 조인원

침입은 바그다드 문화재 파괴의 가장 큰 원인이 되었다. 굳이 찾는다면 시내에 천일야화의 정취를 느낄 수 있는 장소가 몇 군데 있기는 하다. 바그다드의 대표적 유흥가 아부 누와스 거리에 가면 천일야화의 기본 줄거리를 이끌어 가는 유명한 두 주인공 술탄 샤흐리야르와 그의 왕비 셰에라자드의 동상이 서 있다. 강가를 따라 즐비하게 늘어선 카페와 음식점 상호는 대부분 『천일야화』에 등장하는 주인공들의 이름에서 따온 것이다. 알 사둔 거리 남쪽에 있는 알리바바 광장에 가면 알리바바의 지혜로운 여종 카흐라마나의 동상을 중심으로 천일야화 클럽, 알라딘 중국 식당(알라

'일 뿐 중세 무스탄씨리야 대학과는 무관한 학교다.

278

딘은 본래 중국인이었다고 한다.) 등 아라비안나이트 테마 거리가 조성되어 있다. 단원들과 함께 점심 식사를 하러 알라딘 중국 식당에 한 번 가봤는데, 아라비안나이트 테마 거리는 생각보다 조잡하고 유치했다.

그런들 어떠랴! 나는 약 한 달간 역사의 도시 바그다드에서 평생 잊지 못할 체험을 했다. 그곳에서의 체험담은 지금까지 내 기억 속에 나만의 천일야화로 남아 있다. 바그다드 시내를 바라보고 있노라니 그동안 있었던 일들이 주마등처럼 뇌리를 스치고 지나갔다. 창밖의 바그다드는 아직도 전기 공급이 원활하지 않아 온통 암흑천지였다. 강 건너 그린존 일대만 불야성을 이룰 뿐 도시 대부분은 칠흑 같은 어둠 속에 잠겨 있었다. 나는 어둠 속에 홀로 서서 바그다드를 향해 작별을 고했다.

"일랄 리까(안녕), 바그다드!"

귀국

6월 18일 새벽 5시경 우리는 쉐라톤 호텔 앞을 출발해 암만으로 향했다. 먼동이 터오는 바그다드에 이제 막 아침이 열리고 있었다. 우리를 태운 차는 어둠이 채 가시지 않은 바그다드 시내를 빠른 속도로 스쳐 지나갔다. 아직 이른 시간이라 거리에는 우리 외에 아무도 없었다. 그동안 정들었던 바그다드의 풍광이 차창 밖으로 휙휙 스쳐 지나갔다.

30분 만에 우리 차는 아부 그라이브 고속도로에 들어섰다. 바그다드가 점차 멀어져 가자 우리는 각자 소감을 한마디씩 던졌다. 가장 속 시원해 하신 분은 윤병학 과장님이었다. 바그다드에 머무는 동안 실질적인 단장 역할을 하셨던 윤병학 과장님은 남 몰래 부담감이 심하셨는지 차가 고속도로에 들어서자마자 뒤를 돌아보며 힘차게 외치셨다. "바그다드야, 다시 보지 말자!" 반면 이라크인들에게 공주 대접을 받을 만큼 인기가 좋았던 윤혜주 간호사는 바그다드를 떠나는 것이 못내 아쉬운 모양이었다. 윤혜주 간호사는 농담처럼 "전 내려서 혼자 걸어서 돌아갈래요."라고 아쉬움을 표명했다. 나는 한마디로 시원섭섭했다. 힘든 임무를 무사히 마쳤다는 안도감과 함께 왠지 모를 아쉬움이 샘솟았다. 그런 아쉬움은 대학을 졸업할 때 이후로는 처음 느껴 보는 감정이었다. 나중에 대한적십자사에서 퇴사할 때조차 느껴 보지 못한 진한 아쉬움이었다.

얼마 지나지 않아 태양이 중천에 떠오르자 사막은 순식간에 용광로로 변해 버렸다. 차는 쭉 뻗은 고속도로를 거침없이 내달렸다. 문득 사막 저편에서 회오리바람이 일어나 한참 동안 우리 뒤를 쫓아왔다. 마치 사막이 우리와의 이별을 아쉬워하는 것 같았다. 바그다드에 들어갈 때 지나온 협곡에 놓인 다리는 아직 보수되지 않은 상태였지만 총격을 받아 벌집이 된 버스는 보이지 않았다. 아마도 미군이 치워 버린 모양이었다.

국경을 넘어 요르단 땅에 들어서자 그때서야 정말 임무가 끝났음을 실감할 수 있었다. 이제는 더 이상 총격이나 폭탄 테러를 당할까 걱정할 필요가 없었다. 국경 통과에 시간을 지체할 필요가 없었기 때문에 우리는 바그다드로 향할 때보다 훨씬 짧은 시간 내에 암만에 도착했다. 한 달 사이에 암만의 분위기는 많이 변해 있었다. 시내에 총을 든 군인들의 모습이 심심치 않게 눈에 띄었다. 이라크 상황이 점점 악화되면서 테러의 위협이 암만까지 번진 것이다. 오후 4시쯤 우리는 마침내 라디슨 SAS 호텔에 도착했다. 바그다드 숙소에 비하면 라디슨 SAS 호텔은 천국이나 다름없었다. 오랜만에 에어컨 바람이 씽씽 나오고 깨끗한 시트가 깔린 객실 침대에 누워 있으니 기분이 날아갈 듯했다. 이제는 모든 부담을 떨쳐 버리고 휴가를 즐길 일만 남아 있었다. 회사는 힘든 임무를 마친 우리에게 귀국 전에 2박 3일의 특별휴가를 주었다. 우리는 요르단에서는 페트라 유적, 경유지 독일에서는 프랑크푸르트 시내와 인근 하이델베르크를 둘러보며 즐거운 시간을 보냈다. 독일에서 한나절 관광을 끝으로 휴가 일정을 모두 마친 우리는 그날 오후 늦게 프랑크푸르트 국제공항에서 한국행 비행기에 올랐다. 휴가가 끝났어도 아무도 아쉬워하는 사람은 없었다. 이제 곧 너무나도 그리운 가족들을 다시 만날 기대에 부풀어 있었으니까. 다들 마음은 벌써 가족들 곁에 가 있는 것 같았다. 그렇게 우리는 드디어 집으로 향했다.

6월 22일 아침 9시 30분경 우리를 태운 비행기가 인천 국제공항에 내려앉았다. 서울을 떠난 지 꼭 38일 만이었다. 비행기에서 내리자마자 눅눅한 습기가 느껴졌다. 평소에는 그토록 싫어하던 장마철의 습기가 그렇게 반가울 수가 없었다. 공항 청사를 빠져나오자마자 우리는 서둘러 각자 집을 향해 뿔뿔이 흩어졌다. 나도 귀가하기 위해 공항 리무진에 올랐다. 공항 리무진이 여의도 앞을 지날 때쯤 이제 막 시작된 장맛비가 후드득후드득 쏟아지기 시작했다. 하늘에서 나를 반기는 단비가 내렸다. 비가 그토록 반갑기는 생전 처음이었다. 차창을 두드리는 빗방울 소리는 마치 나의 무사귀환을 환영하는 사람들의 갈채소리처럼 들렸다. 올림픽대로 옆으로 굽이쳐 흐르는 한강은 눈이 부시도록 푸르렀다. 고국의 일상사가 내게는 더없이 아름답고 평화로워 보였다. 나는 심호흡을 해 한껏 공기를 들이마셨다. 폐 속 가득 습기 찬 공기가 밀려들었다. 공기에서 향기로운 꽃냄새가 나는 것 같았다. 그것은 바로 고국의 냄새이자 평화의 향기였다.

에필로그

어느새 10여 년의 세월이 흘렀다. 10년이면 강산도 변한다고 하더니
그동안 참 많은 것이 변했다. 2011년 12월 15일 8년 9개월이나 지속된
전쟁이 마침내 끝났다. 하지만 여전히 이라크에서는 유혈사태가 그치지
않고 있다. 우리가 귀국한 이래 이라크 상황은 점점 더 악화되어 갔다.
2003년 8월 19일과 9월 22일 두 차례 바그다드 UN 사무소가 공격받은
데 이어 10월 27일에는 국제적십자위원회ICRC 바그다드 지부마저 자살
폭탄 테러를 당했다. 외국인에 대한 테러 공격이 계속 격화되자 가을부
터 국제구호단체들이 하나둘 활동을 중단하고 이라크를 떠나기 시작해
2003년 연말까지 거의 모든 단체의 철수가 완료되었다. 대한적십자사도
예정된 후속 의료지원단 파견을 취소해야 했다. 결국 우리 팀이 처음이
자 마지막 이라크 파견 긴급의료지원단이 되고 말았다. 그 이후에도 이
라크에서는 끊임없이 안 좋은 소식이 날아들었다. 2005년 9월 9일 암만
에서 우리가 묵었던 라디슨 SAS 호텔이 자살 폭탄 테러를 당했다. 2005
년 10월 18일 바그다드 쉐라톤 호텔도 차량을 이용한 폭탄 공격을 받았
다. 이곳은 2010년 1월 25일에도 또 한 차례 폭탄 공격을 받은 바 있다.
일련의 테러 공격으로 호텔은 심하게 부서지고 많은 사람들이 죽거나 다

쳤다. 나중에 신문을 읽다가 이 사실을 알게 된 나는 놀란 가슴을 쓸어내려야 했다. 우리가 바그다드에 머무는 동안 그런 일이 벌어지지 않은 것이 천만다행이었다. 2006년 12월 17일에는 바그다드 이라크 적신월사 본사에 경찰 복장을 한 무장괴한 50여 명이 들이닥쳐 시설을 파괴하고 남자 직원 20명을 납치해 갔다. 이 사건으로 심각한 타격을 입은 이라크 적신월사는 조직이 와해되어 오랫동안 활동을 중단해야 했다. 우리가 환자들을 돌보던 알 라지 병원도 우리 뒤를 이어 터키 적신월사가 재건축을 시도했으나 내전 격화로 공사가 중단되는 바람에 폐허가 되었다고 한다. 우리가 바그다드에 남긴 발자취는 그렇게 모두 허망하게 사라져 버렸다.

이라크에서 유혈사태가 벌어졌다는 언론 보도를 접할 때마다 바그다드에서 함께 일했던 이라크인들의 안부가 걱정되어 마음이 무거워지곤 했다. 그들 중에 후일담이 전해진 이는 단 2명뿐이다. 2006년 10월 지나가 내게 이메일을 한 통 보냈다. 내전 때문에 온 가족이 모든 것을 버리고 요르단으로 탈출했다는 내용이었다. 2010년 9월 이철민 기자가 쓴 조선일보 칼럼을 통해 압바스의 소식도 알게 되었다. 그는 캐나다 중부 서스캐처원 주에서 목수로 일하며 살고 있었다. 캐나다 온타리오 주 정부의 이라크 지원 프로젝트에 고용됐다가 외국 앞잡이로 몰려 테러 조직에 납치될 뻔했으나 극적으로 구출되어 캐나다에 망명했다고 한다. 아쉽게도 다른 이라크인들의 소식은 알 길이 없다. 다들 어떻게 지내는지 정말 궁금하다.

2013년 6월 28일 우리는 이라크 파견 10주년 모임을 가졌다. 우리는 이태원 아랍 음식점에서 5년 만에 다시 만났다. 단원들은 서로 이산가족 상봉이라도 한 것처럼 반가워했다. 그동안 이라크에 함께 갔던 동료들의 신상에도 많은 변화가 있었다. 단원 중 반수 이상이 적십자사를 떠났다. 김정하(행정 담당) 과장님은 정년퇴직하시고 라파엘 클리닉Raphael Clinic이라는 단체에서 외국인 노동자들을 돌보는 일을 하신다. 윤병학(행정업무 총책임자) 과장님도 대한적십자사를 떠나 지금은 개인 사업을 하신다. 마침 말레이시아 출장 중이셔서 모임에는 참석하지 못하셨다. 의사 세 사람은 각자 다른 병원에서 일하고 있다. 변성환(외과의사) 단장님은 율 브리너 같은 민머리 헤어스타일로 니다나 좌중을 놀라게 했다. 그동안 머리칼이 많이 빠져 아예 밀어 버렸다고 하셨다. 이수하(내과의사) 선생은 지난 몇 년간 록밴드 기타리스트를 꿈꾸며 미국 시애틀에 있는 음악 전문 대학에서 유학 생활을 했다고 한다. 하여간 톡톡 튀는 개성 하나만은 어디 내놓아도 빠지지 않을 대단한 사람들이다. 권오명 선생은 가정의학과 전문의가 되어 아기들의 동물 알레르기 반응과 치료법을 연구하고 있다. 윤혜주 간호사는 퇴사 후 대학원을 졸업하고 국립암센터에서 연구원으로 일하고 있다. 채선영(프리랜서, 행정 담당) 씨는 여전히 국제적십자요원으로 일하면서 전 세계 재난현장을 누비고 있다. 2009년 아프리카 케냐로 파견된 이후 연락이 끊어졌다. 마인우 봉사원(통신 담당)은 사업이 바쁜지 요즘 통 연락이 없다고 한다. 류리(약사) 씨는 퇴사 후 다른 병원에서 약사로 일한다고 들었는데, 그 이후의 소식은 잘 모르겠다. 어디에서 무슨 일을 하건 다들 잘 지내고 있으리라 믿는다. 이철민, 조인원 두 기자는 여전히 조선일보에서 언론인으로 활동 중이다. 이철민 기자는 현재 조선일보 디지털뉴스본부전략팀장으로 재직하며 칼럼을 쓰고 있고, 조인원 기자는 사진기자로 왕성하게 활동하여 지난 2009년 제19회 신문사진 인간애人間愛상 대상을 수상하기도 했다. 나머지 단원들은 여전히 대한적십자사에 재직 중이다. 홍희연 간호사는 강원혈액원 간호과장으로 있다가 2013년 7월부터 본사 혈액관리본부 CRM 센터로 자리를 옮겨 부서 책임자로 일하고 있다. 문숙자, 김재경, 박연재 간호사는 변함없이 제자리를 지키고 있다. 최인화(전기 담당) 기사는 이라크에 다녀온 이래 여러 차례 해외 재난현장에 파견되어 베테랑 구호요원으로 맹활약했다. 2004년 북한 용천역 폭발사고 때는 다시 나와 한 팀을 이루어 북한 동포들을 위해 함께 일했다. 장영은(홍보 담당) 씨는 현재 서울지사에서 RCY(청소년 적십자) 업무를 담당하고 있다. 나도 지금은 대한적십자사를 떠나 다른 일을 하고 있다. 세월이 흘러 각자 다른 분야에서 일하고 있지만 모두들 최선을 다해 열심히 살고 있었다. 그날 우리는 시간 가는 줄 모르고 이라크에서 있었던 일로 이야기꽃을 피웠다.

언젠가 바그다드에 꼭 한 번 다시 가보고 싶다. 그곳에 돌아가 추억을 직접 더듬어 보고 인연을 맺었던 이라크인들도 다시 만나 보고 싶다. 바그다드를 떠나기 전 나는 쉐라톤 호텔 앞에서 함께 일한 이라크인들과 작별인사를 나누면서 전쟁이 끝나면 바그다드에 다시 와보고 싶다고, 하지만 그땐 구호업무 때문이 아니라 휴가차 오고 싶다고 말했다. 그러자 오마르는 내게 그러면 "마앗 쌀라마" 대신에 "일랄 리까"*라고 인사하자고 했다. 우리는 훗날 평화로운 바그다드에서 다시 만날 것을 약속하고 헤

---

* "마앗 쌀라마"와 "일랄 리까"는 모두 아랍어로 "안녕"이라는 의미의 작별 인사다. 보통 환송하는 사람이 "마앗 쌀라마"라고 인사하면 떠나가는 사람이 "일랄 리까"라고 화답하는데, "일랄 리까"는 영어의 "See you again"처럼 다시 만날 것을 기약한다는 의미가 내포되어 있다.

어졌다. 10여 년이 지났건만 아직 그 약속을 지키지 못했다. 지금도 여전히 이라크는 여행금지 국가로 묶여 있다. 하루속히 이라크에 평화가 찾아와 휴가를 즐기는 관광객 신분으로 바그다드를 다시 찾게 되기를 진심으로 기원한다.

제아무리 하찮은 사람의 인생에도 한 번쯤은 남에게 자랑하고픈 황금기라는 것이 있게 마련이다. 아마도 내 인생의 황금기는 바그다드에 머물렀던 한 달간이 아니었나 싶다. 2003년 오뉴월 이라크는 세계가 주목하는 역사의 현장이었다. 운명이었는지 몰라도 그때 나는 바그다드에 있었다. 나는 그곳에서 평생 잊지 못할 강렬한 체험을 했다. 그때만큼 내 인생이 보람 있고 의미 깊었던 적이 또 있었나 싶다. 나는 그때 열과 성을 다해 정말 열심히 일했다. 두 번이나 죽을 고비를 넘겨 가면서도 움츠러들거나 물러서지 않았다. 생면부지의 이라크인들을 위해 중요하고 의미 있는 일을 하고 있다는 믿음이 내게 무한한 용기와 에너지를 주었던 것 같다. 초여름 바그다드의 태양은 무척이나 뜨거웠다. 사막의 태양보다도 더 뜨거웠던 그때 그 추억을, 가슴속에 품었던 삶의 열정을 나는 결코 잊지 못할 것이다. 숨 가쁜 역사의 현장 바그다드, 나는 그곳에 있었다.

국제구호의 영역에는 세계 80여 개국, 400여 단체가 인정하고 준수하는 "Sphere Project"라는 국제 공통 규약이 있다. 국제적십자위원회ICRC의 주도하에 세계 200여 단체가 참여해 1997년 시작돼 3년간의 논의 끝에 2000년 첫 선을 보였다. 이 규약은 국제구호를 위한 인도주의 헌장을 제정하고 식수공급과 공공위생, 영양, 식량원조, 피난처, 그리고 보건서비스 등 주요 구호분야의 최소한의 기준을 규정하고 있다. 2004년 내용이 대폭 수정·보완된 이래 수차례 더 개정이 이루어져 2015년에도 신보판이 나왔다.

−홈페이지: http://www.sphereproject.org

Sphere Project의 10개 기본원칙

1. 인도주의 실현에 최우선 순위를 둔다.
   The Humanitarian imperative comes first.

2. 인종, 종교, 국적에 상관없이 도움이 가장 절실한 사람부터 구호한다.
   Aid is given regardless of the race, creed or nationality of the recipients and without adverse distinction of any kind. Aid priorities are calculated on the basis of need alone.

3. 인도적 지원은 특정한 정치 이념이나 종교적 신념을 확산하기 위한 수단으로 이용되어서는 안 된다.
   Aid will not be used to further a particular political or religious standpoint.

4. 인도적 지원은 정부 외교정책의 도구로 이용되어서는 안 된다.
   We shall endeavour not to act as instruments of government foreign policy.

5. 문화와 관습을 존중한다.
   We shall respect culture and custom.

6. 지역의 역량에 어울리는 재난 대책을 수립하도록 노력한다.
   We shall attempt to build disaster response on local capacities.

7. 구호활동 과정에 수혜자들이 직접 참여할 수 있는 방안을 마련한다.
   Ways shall be found to involve programme beneficiaries in the management of relief aid.

8. 기본적인 활동 이외에 미래에 재난이 재발할 수 있는 취약성을 줄이기 위해 노력한다.
   Relief aid must strive to reduce future vulnerabilities to disaster as well as meeting basic needs.

9. 도움을 주는 사람들뿐만 아니라 도움을 받는 사람들에게도 신뢰를 얻을 수 있어야 한다.
   We hold ourselves accountable to both those we seek to assist and those from whom we accept resources.

10. 홍보활동을 하는 중에 재난 피해자들을 동정의 대상이 아닌 존엄성을 지닌 인간으로 대해야 함을 유념한다.
    In our information, publicity and advertising activities, we shall recognize disaster victims as dignified humans, not objects of pity.

일랄 리까, 바그다드

초판 1쇄 펴낸날 2015년 4월 10일

지은이 | 유성훈
펴낸이 | 김시연

펴낸곳 | (주)일조각
등록 | 1953년 9월 3일 제300−1953−1호(구: 제1−298호)
주소 | 110−062 서울시 종로구 경희궁길 39
전화 | 734−3545 / 733−8811(편집부)
         733−5430 / 733−5431(영업부)
팩스 | 735−9994(편집부) / 738−5857(영업부)

이메일 | ilchokak@hanmail.net
홈페이지 | www.ilchokak.co.kr

ISBN 978−89−337−0698−5 03810
값 16,000원

＊지은이와 협의하여 인지를 생략합니다.
＊이 도서의 국립중앙도서관 출판예정도서목록(CIP)은 서지정보유통지원시스템 홈페이지(http://seoji.nl.go.kr)와
  국가자료공동목록시스템(http://www.nl.go.kr/kolisnet)에서 이용하실 수 있습니다.
  (CIP제어번호: 2015009468)